www.lenos.ch

Joseph Incardona

Asphaltdschungel

Roman

*Aus dem Französischen
von Lydia Dimitrow*

Lenos Verlag

Der Autor
Joseph Incardona, geboren 1969 in Lausanne. Der Schriftsteller und Drehbuchautor veröffentlichte zahlreiche Romane, Kurzgeschichten, Theaterstücke und Comics, für die er mehrfach ausgezeichnet wurde. 2014 führte er zusammen mit Cyril Bron Regie beim Film *Milky Way*. Er ist Dozent am Schweizerischen Literaturinstitut in Biel und lebt in Genf. www.josephincardona.com.

Die Übersetzerin
Lydia Dimitrow, geboren 1989 in Berlin. Studium der Allgemeinen und Vergleichenden Literaturwissenschaft in Berlin und Lausanne. Autorin von Theatertexten und Prosastücken (u. a. Stipendiatin in der Autorenwerkstatt Prosa des Literarischen Colloquiums Berlin) und Übersetzerin aus dem Englischen und dem Französischen (u. a. Isabelle Flükiger, Bruno Pellegrino, Valérie Poirier). www.lydia-dimitrow.de.

Die Übersetzerin und der Verlag danken der Schweizer Kulturstiftung Pro Helvetia für die Unterstützung.

prohelvetia

Der Lenos Verlag wird vom Bundesamt für Kultur mit einem Strukturbeitrag für die Jahre 2016–2020 unterstützt.

Titel der französischen Originalausgabe:
Derrière les panneaux, il y a des hommes
Copyright © 2015 by Editions Finitude

Dritte Auflage 2019
Copyright © der deutschen Übersetzung
2019 by Lenos Verlag, Basel
Alle Rechte vorbehalten
Satz und Gestaltung: Lenos Verlag, Basel
Umschlagillustration: Lucia Calfapietra
Printed in Germany
ISBN 978 3 85787 494 9

Was ein Mensch macht,
kann ein anderer zunichtemachen.

I

1

Pierre Castan öffnet die Augen.

Hinter der schmierigen Windschutzscheibe ist die Welt immer noch da: ein Rastplatz, hitzedurchtränkt.

Zertrampeltes gelbes Gras. Überquellende Abfalleimer. Angeschlagene Betonpicknicktische, rostige Stummel an den Ecken. Entlang der Büsche an der Umzäunung: Scheisshaufen, und auf den Scheisshaufen Taschentücher mit Scheisseflecken. Dahinter Stoppelfelder, vom Horizont verschluckt.

Fliegen auf den fleckigen Taschentüchern. Fliegen auf der Windschutzscheibe, Schwirren, Surren. Nicht verweilen. Nicht auf der süsslich aufgeweichten Kacke. Nicht auf der brennend heissen Krümmung der Scheibe.

Lucilia caesar oder auch Schmeissfliege.

Zu Unrecht: lebt von Nektar und Pollen. Nur die Larven ernähren sich von Aas, deswegen legt sie dort ihre Eier ab.

Es lohnt sich, *Lucilia caesar* unter dem Mikroskop zu betrachten. Grüner Rücken mit goldenem Schimmer. Orangefarbene Augen. Durchscheinende, scharf konturierte Flügel. Gliederfüsser mit sechs Beinen. Symmetrische Härchen als Sensoren am ganzen Körper.

7

Lucilia caesar ist ein Meisterwerk der Natur. Uns kommt ihre überdurchschnittliche Bestäubungsaktivität zugute. Ihre Lebenserwartung beträgt drei Tage. Auf sie baut das *Millennium Ecosystem Assessment* (MA) – auf Prozesse innerhalb des Ökosystems, von dem der Mensch profitiert, ohne etwas dafür tun zu müssen. Kostenlose Dienstleistung, kollektive Nutzung des Gemeinguts.

Einer ihrer Vorzüge: dass sie zu den ersten Insekten gehört, die einen verwesenden Körper aufsuchen.

Hinter der schmierigen Windschutzscheibe verharrt Pierre Castan regungslos. Er starrt auf die Fliege, wenn die Fliege sich zeigt. Sein Hemd ist schweissdurchtränkt. Der Schweiss läuft unter dem Gürtel hinab in die Leinenhose, hinab in die Gesässsspalte. Er hat alle Fenster geschlossen, seinen Renault Vel Satis in die pralle Sonne gestellt. Motor aus, keine Klimaanlage. Er lässt seinen Körper glauben, dass das sein Martyrium ist, dass er so sterben wird, dehydriert. Lässt ihn glauben, dass er eingeschlossen ist, dass sich die Türen nicht öffnen, die Scheiben nicht einschlagen lassen.

Der Körper ist leichtgläubig. Also fängt der Körper an zu rebellieren, Notsignale auszusenden: Durst, Magenkrämpfe, Kribbeln in den Beinen, übermässige Schweissproduktion. Geschwollene Zunge. Weisser Schaum in den Mundwinkeln.

Seit drei Stunden ist sein Bauchnabel ein Planschbecken. Erst geschlafen. Jetzt aufgewacht. Jetzt immer weiter warten.

Sterben braucht Zeit. Das Ausscheiden der fünfzig Liter Wasser, die ein Körper von fünfundsiebzig Kilo enthält. So Pierre Castans geschätztes Gewicht, seitdem er etwa fünfzehn auf der Autobahn verloren hat. Pierre weiss, was mit seinem Körper passieren wird, wenn er dem Organismus weiter verweigert, den Durst zu stillen, dem Reflex nachzugeben, die Tür zu öffnen: Erst wird er immer häufiger einschlafen. Die Schweissbildung wird allmählich nachlassen, ebenso die Urinproduktion. Dann wird das Wasser aus den Zellen in seinen Blutkreislauf eindringen. Die Zellen werden immer weniger gut arbeiten, je mehr sie sich zusammenziehen. Das Körpergewebe wird beginnen auszutrocknen. Da die Hirnzellen am empfindlichsten auf die Dehydratisierung reagieren, wird der Betroffene in einen Zustand der Verwirrung geraten. Der Blutdruck wird abfallen, bis unter den Grenzwert, was zu Schwindel und akutem Bewusstseinsverlust führen wird und am Ende zum hypovolämischen Schock. Die Folge: schwerwiegende Schädigungen der inneren Organe – Leber, Nieren, Gehirn.

Schliesslich das Koma.

Die Erlösung.

Der Tod.

Keine Tränen. Der Vorteil von Dehydratisierung.

Kein Verwesen, sondern Mumifizierung. Trocken sterben, ohne Aufblähen. Ohne Gase. Ohne Fäulnis. Ein Traum.

Aber.

Hinter der schmierigen Scheibe, da ist der von der Augusthitze durchtränkte Rastplatz.

Das zertretene gelbe Gras auf dem staubig-trockenen Boden.

Da sind die Abfalleimer, die überfliessen von Zucker und Fett wie ein aufgeplatzter Abszess.

Die Picknicktische mit ihren verstümmelten Ecken.

Die parfümierten Taschentücher voller Scheisse.

Die Fliegen.

Hinter der schmierigen Scheibe ignoriert Pierre beharrlich das Treiben der Menschen: zwei Wohnmobile, vier Autos, ein Motorrad. Deren Insassen drängen sich in diesem Augenblick um seinen Wagen, nur die Kinder hält man zurück.

Sie klopfen an die Scheiben des Renault. Hände, klappernde Eheringe auf dem Glas. Stimmfetzen.

Er kann sie verstehen: ein Notfall. Erregung. Angst.

Pierre sieht in ihre verschwitzten, aufgedunsenen Gesichter.

Er sieht das Innere ihrer Münder: die Zungen, die Zähne, die Worte. Sieht die Selbstgefälligkeit dieses Ferienvolks. Er stellt sich ihre Eingeweide vor, all das, was sichtbar wird, wenn man einen Körper aufschneidet, vom Brustbein bis zum Unterleib, stellt sich all die verdaute, eingeweichte Scheisse vor. All die Scheisse, die offenbart, wer wir sind.

Pierre Castan schliesst die Augen. Er findet sie rührend. Mit gewissem Abstand betrachtet, ist die Menschheit rührend. Unwillkürlich regt sich seine Hand. Er wäre gern in seinem Auto geblieben, zum Sterben, aber er hört, wie sich einer der Männer einen Weg durch die kleine Menge bahnt, mit einem Wagenheber in der Hand. Gleich schlägt er eine der Scheiben ein, man solle ihm Platz machen.

Pierre Castan kann nicht sterben.

Noch nicht.

Sein Zeigefinger krallt sich um den Türgriff. Aufklappen der Wagentür. Warmer Wind, babylonisches Stimmengewirr:

»Ist er bei Bewusstsein?«

»*Vite! Appelez une ambulance!*«

»Was hat sie gesagt?«

»Jemand soll einen Krankenwagen rufen.«

»*Cosa sta succedendo?*«

»Wie ist noch mal die Nummer?«

»*¿Cómo se siente, señor?*«

»Was für ein Idiot.«

»*Sir, Sir, do you hear me?*«

Ganz Europa auf einer beschissenen Vergnügungsfahrt.

Er versteht ihre Sprachen. Nur den Sinn versteht er nicht mehr.

Ihre Familienferien. Ihre Ferien allein, zu zweit, mit dem Liebhaber, der Geliebten, mit ihren Freunden, ihren Hunden, ihren Hamstern.

Ihre Ferien im August.

Früher war er wie sie. Im Grunde ein Optimist. Der an das Morgen glaubt, an das Versprechen von Erfüllung aus dem Katalog: Versuch von Glück.

Frage: Woher weiss Pierre all das, wieso kennt er die Eigenschaften der *Lucilia caesar,* die Symptome einer letalen Dehydratisierung, den inneren Aufbau eines vom Brustbein bis zum Unterleib geöffneten Bauchs?

Antwort: Pierre Castan war siebzehn Jahre lang Rechtsmediziner, und *Lucilia caesar* spielt eine Schlüsselrolle in der forensischen Entomologie.

Pierre dreht den Kopf, sieht sie an. Seine Stimme klingt ruhig, müde. Unter den fünf Sprachen, die er spricht, entscheidet er sich für seine Muttersprache, Französisch: *»Foutez le camp.«* Verpisst euch.

Schmeissfliegen kennt er zur Genüge.

2

Pascal wendet das Fleisch.

Drei Rinderhackfleischscheiben, für Hamburger, zertifiziert nach den geltenden Normen.

Dass ich nicht lache.

Das Induktionskochfeld erreicht an die vierhundert Grad.

Er trinkt am Tag circa fünf Liter Wasser.

Die Bratschaufel schiebt sich unter das Fleisch, schichtet es um, damit es nicht verkohlt.

Das Fleisch gibt sein Wasser ab. Weisser Dampf. Geruch nach Verbranntem. Rind, das mit Antibiotika und Steroiden vollgepumpt wurde. In den übelsten Fällen wird dem getöteten Tier zunächst Atropin gespritzt, damit sich seine Venen erweitern. Dann mit Antiseptikum versetztes Wasser, direkt ins Herz. So verteilt sich die Flüssigkeit im gesamten Blutkreislauf.

Das Gewicht des Fleischs steigt. Der Preis auch.

Das hat er gelesen. Er liest viel. Fachzeitschriften aller Art, Websites, Blogs. Ihn interessieren Informationen.

Das Fleisch kann ihm egal sein, er ist Vegetarier.

Er brät das Fleisch für andere, für die Kunden, die hier essen. Touristen, Fernfahrer, Autobahnpersonal, Vertreter, Bullen.

Die Hacksteaks sind meistens für die Kinder. Der grosse Klassiker mit Pommes. Fettigen Pommes in Öl, das alle zwei Tage gewechselt wird. Die Kollegen lassen ihn das machen, und er folgt den Anweisungen des Chefs. Kleinvieh macht auch Mist. Fett. Salz. Ketchup. Zucker. Cholesterin.

Das Cholesterin kann ihm egal sein, er ist mager.

Nicht dürr, das nicht. Muskeln, Sehnen. Er verbringt seine Freizeit mit Sport: Laufen, Wandern, Klettern, Velo. Alles, was auf die Dauer die Sauerstoffaufnahme anregt. Regeneration der roten Blutkörperchen, im Freien, in der Natur, im Grünen. Schluss mit Beton, mit Asphalt, mit Stossverkehr, Klimaanlagen, Küchengerüchen. Mit Benzin. Mit Kohlenmonoxid.

Sauerstoff. Nike Air.

Der Autobahn entkommen.

Seiner Arbeit entkommen.

Weg mit der lächerlichen Papiermütze, die er in der Küche tragen muss. Der Schürze, dem weissen Hemd, den weissen Schlappen.

Von wegen Koch.

Er erschafft nichts.

Kreiert nichts.

Spiegelt nur eine Projektion, stellt die Kunden zufrieden.

Steht mit drei anderen Kollegen hinter der Selbstbedienungstheke und serviert den Kunden die gewünschten Gerichte.

Jedes Jahr sieht er Hunderte, Tausende, Zehntausende Gesichter. Nur ihn sieht niemand. Sie sehen bloss das Essen hinter dem Spuckschutz der Theke, die »Beispielteller« in der Vitrine, die riesengrossen Speisekarten hinter ihm, die Reklame, die Tagesangebote.

Sie haben Hunger. Sie sind müde. Gestresst. Gereizt. Ihnen ist warm, sie sind angespannt oder aufgedreht. Zufallsbegegnungen, eine Meute, verbunden durch all die Pipistopps, das Volltanken, die knurrenden Mägen.

In der kleinen Welt der Raststätte.

Aber er sieht sie.

Beobachtet sie. Studiert. Analysiert sie. Hinter dem immer gleichen, aufgesetzten Lächeln. Effizienten, reduzierten Gesten.

Auf der anderen Seite: nichts. Sie starren auf seine Hände, die das Essen auftun. Wenn sie ihn anschauten, wenn sie ihn aufmerksam betrachteten, würden sie die zu eng beieinanderstehenden Augen sehen und in ihnen die völlige Abwesenheit von Helligkeit. Pupillen, die das Licht schlucken. Es einsaugen, ohne es zu reflektieren. Sie würden auch seine fast schon übermässig mächtigen Unterarme sehen.

Aber niemand sieht.

Niemand sieht hin.

Nicht mal seine Kollegen. Die kommen und gehen. Kurzzeitverträge, Frust, Beschwerden, Rausschmiss, fristlos. Studenten in den Semesterferien, Migranten mit unsicherem Aufenthaltsstatus.

Aber er bleibt.

Er weiss, wie man sich wegduckt. Die mächtigen Schultern hängen lassen, die Füsse einziehen. Weniger stark wirken, als er in Wirklichkeit ist, die ungeheure Kraft seines Körpers drosseln. Unmerklich den Rücken wölben, um kleiner als seine eins zweiundachtzig zu erscheinen. Diese Kraft, die von Geburt an in ihm steckt und die er durch obsessives Sporttreiben erhält.

Nein, er bleibt.

Und wenn sie wüssten, wie man hinsieht, wie man sieht, wenn sie ihm seine Papierkochmütze abnehmen würden, dann würden sie unter seinen braunen Haaren, unter den dichten Stoppeln seines Bürstenschnitts eine lange Narbe entdecken, die mitten auf seinem Schädel quer von einem Ohr zum anderen verläuft.

Es ist vor langer Zeit passiert. Motorradunfall, zehn Stunden lang mussten sich zwei Chirurgen abwechseln, um ihm das Leben zu retten.

Intensivstation. Langwierige Reha in einer Spezialeinrichtung. Mit einem Ergebnis, das selbst die optimistischsten Prognosen übertroffen hat.

Einzige Beeinträchtigung: Taubheit.

Spätfolgen: wiederkehrende Migräneanfälle. Schlafstörungen. Verlust des Durstgefühls, des Geschmacks- und des Geruchssinns.

Ansonsten ein normales Leben.

Er musste lernen, von den Lippen abzulesen und daran zu denken, regelmässig zu trinken.

Seine Kraft hat ihn gerettet.

Nur dass niemand sah, was sich da im Schatten entspann.

Man hatte ihn aufgeschnitten, um ihm das Böse einzupflanzen.

Er hat darüber mit einem Psychologen gesprochen, der seinen Fall an einen Psychiater übergeben hat. Zwei Sitzungen die Woche, montags und freitags. Der Psychologe hatte nichts verstanden. Der Psychiater hat ihn missverstanden. Dabei war es so einfach: Man hatte ihn aufgeschnitten, um ihm das Böse in seinen Kopf zu pflanzen. Ein ausgewachsenes Böses. Bis zu dem Unfall hatte er sein kindliches, später jugendliches Böses kontrollieren können. Während der Operation hat sich einer der Ärzte seines eigenen Bösen entledigt und es ihm in den Kopf eingesetzt.

Er hatte genug Sitzungen, um immer wieder dieselbe Sache zu erklären, ohne Erfolg.

Schliesslich hat er kooperiert. Er hat seine Medikamente genommen. Er hat gewartet.

Er hat die Klinik verlassen.

Er ist in den Süden gegangen.

Ein Heimkind hat niemanden, dem es Lebewohl sagen müsste.

Entlassungsschein unterschreiben, fertig.

Die Lösung für das Böse in seinem Schädel, damit es

nicht herauskommt: ein tätowierter Reissverschluss entlang der wulstigen Narbe.

Die Haare sind nach der Tonsur wieder gewachsen.

Und jetzt, jetzt ist er hier. Mit einer Papiermütze auf
dem Kopf.

Die Kunden kommen und gehen, sie nehmen ihn
wahr, aber sie sehen ihn nicht.

Er zählt sie.

Er bleibt.

Unbefristeter Vertrag. Vorzeigeangestellter. Pünktlich.
Sauber. Effizient. Nicht sehr gesprächig. Flexibel. Nicht in
der Gewerkschaft.

Er sieht sie.

Er wählt aus.

Auf dem Schildchen steht sein Vorname: »Pascal«.

Aber in Wahrheit ist er jemand anderes.

So kann das Böse lange in seinem Inneren bleiben.

Bis es herauswill, unruhig wird, ihn drängt. Bis seine
Narbe anfängt, anzuschwellen und zu jucken. Die Migrä-
nen ihn immer tiefer in die Stille treiben, die zu seinem
Leben geworden ist.

Also stellt Pascal den Eltern, die Steak-Salat-Pommes
bestellen, die immer gleiche Frage. Sie sind ein wenig
überrascht von seiner merkwürdigen Art zu sprechen.
Oft muss er seine Frage wiederholen. Seine Augen bleiben
matt, auch wenn er sich bemüht zu lächeln. Aber das Lächeln reicht ihnen.

Wie heisst denn die Kleine?

Meistens antworten die Eltern für ihr Kind.

Ihre Münder öffnen sich, verziehen sich, schliessen sich wieder.

Pascal nickt.

Die Antwort, die ihn befriedigt, kommt recht schnell: Er bevorzugt die Namen von Heiligen – Sainte Lucie zum Beispiel.

Wir leben in einer christlichen Welt. Aber nicht unbedingt in einer Welt der Güte.

Und so fährt Pascal mit der Hand über seinen Schädel. Man könnte glauben, dass er nur seine Mütze zurechtrückt.

Das könnte man glauben.

In Wahrheit öffnet Pascal den Reissverschluss.

Und tut dann das Fleisch auf.

3

Das Telefon klingelt.

Zwischen den paar Dutzend Melodien, die zur Auswahl stehen, hat sich Ingrid für ein Crescendo aus fünf Tönen entschieden. Die Lautstärke ist auf drei eingestellt.

Das Geräusch des Telefons schiebt sich sanft in ihr Wohnzimmer und in ihr Leben. Wenn es klingelt, liegt sie meist in ihrem Bademantel ausgestreckt auf dem Sofa und masturbiert. Sich zu berühren ist ein Reflex geworden, eine notwendige Empfindung, die ihr immer tiefere Ringe unter die Augen gräbt.

Um sie herum: Verwüstung.

Jemand hat das Zimmer auseinandergenommen.

Chaos der Einsamkeit, der Abschottung, der Lethargie.

Der Depression: Unterwäsche, überquellende Aschen-
becher, schmutziges Geschirr, Essensreste, leere Flaschen,
Post (Briefe, Rechnungen, Zeitschriften, Gratisbeilagen,
Werbung: Professor Dialo – sofortige und garantierte
Rückkehr des geliebten Menschen).

In der Küche, im Schlafzimmer, im Bad. Wo sie geht
und steht: Sie berührt, nimmt, benutzt, wirft weg. Sie sät
die Verwüstung, die sie in sich trägt.

Jemand hat das Zimmer auseinandergenommen.

Alle Zimmer.

Ihren Körper, den sie mit der zur Qual gewordenen
Lust geisselt.

Ihren Kopf, wo der fortschreitende Verlust des Ver-
stands langsam alles vernichtet.

Zwanghafte Lust, ihr Mittelfinger reibt und reibt über
die Klitoris, um das pechklebrige Dunkel zu verdrängen,
das sie umgibt.

Denn wo sie ist, bleiben die Vorhänge zu.

Die Fenster auch.

Und das riecht.

Essen, Nikotin, abgestandene Luft.

Ihre fettigen roten Haare fallen auf den speckigen
Kragen ihres Bademantels. Ihre Beine sind wunderschön.
Wenn sie den Bademantel ablegen würde, käme darunter
ein Körper von achtunddreissig Jahren zum Vorschein, der
inzwischen zwar aufgeschwemmt von schlechtem Essen
und Alkohol, aber früher einmal stark gewesen ist und

immer noch grundsätzlich schön, wohlproportioniert. Der Körper einer Athletin. Dreifache deutsche Meisterin im Fechten, Damenflorett.

Inzwischen kämpft sie nur noch mit ihrem Geschlecht.

Auf dem Fernseher ziehen stumme Bilder vorüber. Der Flachbildschirm wird einem Langlebigkeitstest unterzogen, bis zur geplanten Obsoleszenz. Sie besorgt es sich selbst vor Kriegsreportagen, Serien, Werbespots, Spielshows, allen möglichen Unterhaltungsprogrammen, Reality-TV.

Was auch immer. Ihre Klitoris ist ein Geschwür. Frei von jeglicher Erotik, frei von Phantasien. Reine Mechanik. Sie wird immer weniger feucht. Ihr Orgasmus ist eine immer später platzende Blase.

Jemand hat das Zimmer auseinandergenommen.

Alle Zimmer.

Bis auf das von Lucie.

Unangetastet. Aufgeräumt. Sauber.

Die Bücher, das Spielzeug, alles an seinem Platz. Auf dem kleinen Schreibtisch, an dem sie ihre Hausaufgaben gemacht hat, ist alles geordnet: Bleistifte angespitzt, Filzstifte in der Schachtel dem Farbverlauf folgend sortiert. Der Bettbezug wirft nicht eine Falte, die Kissen sind auf der mit riesigen Gänseblümchen bedruckten Tagesdecke drapiert. Ein Globus, Ozeanien und der Pazifik zeigen nach vorn. Ein Holz-Pinocchio an einer Feder an der Decke. Bilder an den Wänden: Kängurus, Koalas, Strand, Papa, Mama, Boote, Meeresgrund, Korallen, Fische. Fotos rund um den Spiegel: Papa, Mama, Freundinnen, Oma,

Opa und Floppy, der Cockerspaniel ihrer Patentante. Lucie allein, leichtes Make-up, zum ersten Mal mit Lippenstift – ihr letztes Silvester. Der Schrank mit ihren Sachen: Kleider, Hosen, Unterwäsche, Socken, Pyjamas, Shorts, Jacken, Pullover, Blusen. Vier Regale voller Bücher: hauptsächlich Spannung und Mystery. Angstkriegen, zum Spass. Der Kinderschreck. Im Spiel heraufbeschworen.

Und schliesslich erschienen.

Ingrid will sterben, wie Pierre, aber sie kann nicht.

Noch nicht.

Das Telefon klingelt.

Es ist exakt zwanzig Uhr.

Sie hört auf, sich zu berühren. Auf dem Couchtisch steht das Bloody-Mary-Glas. Zigaretten hat sie noch stangenweise im Küchenschrank. Und Konserven, Saucissons, Chips, Süssigkeiten, die ganze Scheisse, die sie sich immer geweigert hat ihrer Tochter zu kaufen.

Jetzt ist es, was sie will. Lieferanten bringen ihr, was sie will.

Meistens bläst sie ihnen einen oder lässt sich ficken. Anhäufung von Verpackungen. Die zeigen, wie leer für sie alles wird mit der Zeit.

Pierre ist nicht wiedergekommen.

Seit es passiert ist, will sie ihn nicht mehr sehen.

Seine Augen: Lucies Augen.

Blau. Etwas schwere Lider.

Seine Nase: Lucies Nase.

Gerade. Leicht fleischige Nasenflügel.

Seine Ohren: Lucies Ohren.

Gerade, eng am Schädel anliegend, das deutlich von der Ohrmuschel abgesetzte Ohrläppchen.

Der Rest, der grosse Mund, die vollen Lippen, die hohe Stirn, die roten Haare, die vorstehenden Wangenknochen, das ist sie, ihre Mutter: Ingrid.

Sie hat die Spiegel im Haus abgenommen.

Das Telefon klingelt.

Zwanzig Uhr.

Anderswo sieht man gerade die Nachrichten. Zur Hölle mit der Welt. Sie hatte daran geglaubt: an Respekt, Würde, Geradlinigkeit, eine gewisse Grosszügigkeit. Die Welt hat sie betrogen.

Sie drückt auf den grünen Knopf des schnurlosen Hörers, den sie immer griffbereit hat, stellt auf Freisprechen.

Motorengeräusch im Hintergrund.

Er ist nicht wiedergekommen.

Seit sechs Monaten.

Er ist auf der Jagd.

Sie wartet.

Sie ist am Telefon.

Er belässt es erst einmal beim Schweigen.

Sie hört dem Motorengeräusch zu.

Er hat nie aufgehört, sie zu lieben. Er ist der Mann einer einzigen Frau. Sie hatte mehrere vor ihm, sieben, um genau zu sein. Aber er hat sie am meisten geliebt.

Grenzenlose, bedingungslose Liebe schlägt man nicht aus.

Er war nicht der Hübscheste, nicht der Geistreichste,

nicht der Interessanteste, nicht der beste Liebhaber, nicht der Wohlhabendste.

Aber er war der Verlässlichste. Der Integerste. Der Geduldigste. Der Ehrlichste. Der Treuste.

Der, mit dem man ein Kind bekommt.

Der, mit dem man ein Kind verliert.

Sie nimmt das Glas Bloody Mary, rührt noch einmal mit dem Löffel um und trinkt einen Schluck.

Er sagt seinen Namen, wie immer. Das ist das Allererste. Sein Name.

Ingrid hat ihn noch nie so sehr geliebt wie in diesem Moment. Das »noch nie so sehr« ist nicht viel, aber es ist alles, was sie diesem Mann noch geben kann.

Frontbericht.

Der Jäger gibt Meldung.

Pierre fängt an zu reden.

II

1

Der Wetterbericht kündigt für diesen Samstag, den
15. August, einen neuen Temperaturrekord an. Die Gluthitze wird zu einer zweiten Haut.

Sogar im Norden, wo Ingrid lebt, wobei das Wort »leben« eigentlich zu optimistisch klingt.

Wo sich Ingrid dahinschleppt. Wo sie zerfliesst. Sie
weiss es nicht, aber die Wettervorhersage spricht von einem Jahrhundertrekord. Wenn der Ton angeschaltet wäre,
würde man nicht genau verstehen, ob dabei das vergan-
gene oder das aktuelle Jahrhundert gemeint ist. So am
Übergang von einem ins andere hat man, angesichts der
Umstände, nicht unbedingt den Eindruck, eine Vergangenheit gehabt zu haben.

Nur Zukunft.

Sinnentleert.

Die Tage, die da kommen. Hundstage. Und dann der
Frost.

Ingrid schnarcht leise, ihr Mund steht halboffen, sie
liegt mit der linken Seite ihres Gesichts auf dem Rand des
Ledersofas, aus dem Mundwinkel läuft ein dünnes Rinnsal
Spucke. Es läuft ihr über die Wange, in den Gehörgang,

wo sich immer mehr Speichel sammelt. Sie könnte es nachverfolgen bis in ihr Gehirn hinein, sie würde dort ein Loch finden, das jeden Tag ein bisschen weiter ausgehöhlt wird von der Abstumpfung durch die Antidepressiva.

Ingrid schreckt hoch.

Öffnet die Augen und sieht lauter kleine Sonnen.

Sie meint den Umriss, die politischen Grenzen eines Landes zu erkennen, das ihr fremd geworden ist.

Der Wetterbericht.

Eine junge Frau lächelt, holt zu ausladenden Gesten aus, die sich vor einer physischen Karte der Region entfalten. Stumm. Sie hat nicht viel an, wirkt dabei aber nicht aufreizend. Alles an ihr ist perfekt: Make-up, Frisur, Haltung. Selbst wenn sie die Apokalypse ankündigen würde, wäre noch immer alles perfekt an ihr. Lebendig, farbenfroh, adrett. Das hochauflösende Versprechen einer strahlenden Zukunft: Phosphor zwischen zwei Glasplatten, angeregt von den elektrischen Impulsen des Plasmas.

Ingrid schliesst wieder die Augen, zu grell sind die in das Satellitenfoto eingestanzten Sonnen. Ihr pechverklebtes Hirn denkt an ein Frühstück »à la dépression«: grosses Glas Wodka-Tomatensaft-Tabasco-Sellerie, Xanax und Zigarette.

Es ist sechs Uhr dreissig.

Licht fällt durch die nicht ganz zugezogenen Vorhänge. Anderswo schlüpfen Frauen in ihre Sportschuhe, schwingen sich auf ihr Mountainbike. Andere hoffen, dass ihr Kind noch ein bisschen schläft, und schmiegen sich an ihren Ehemann.

Um wie viel Uhr ist wohl das Mädchen vom Wetterbericht aufgestanden, so alles miteingerechnet, Weckerklingeln, Frühstück, Styling, Fahrt zum Studio, Maske und das morgendliche Briefing?

Das macht sie nicht ihr Leben lang. Hinter diesem Aufstehen im Morgengrauen steht die Ambition auf ein grösseres Projekt.

Eine Zukunft.

Noch eine.

Ingrid setzt sich auf, schlägt den Bademantel über ihre nackten Schenkel, über ihr wild spriessendes Schamhaar. Geruch von Schweiss und Urin steigt ihr in die Nase.

Wenn eine schöne Frau tief fällt, ist es nur umso entwürdigender. Schönheit hat nicht das Recht, sich Gewalt anzutun.

Sie steht auf, schleppt ihre nackten Füsse bis zum Bad im Erdgeschoss. Setzt sich rittlings auf das Bidet. Das Wasser aus dem aufgedrehten Hahn läuft zwischen ihre offenen Schenkel. Sie lehnt die Stirn an die kalten Fliesen, wartet, bis das Bidet vollgelaufen ist. Greift nach der Seife – ein bisschen Würde ist ihr noch geblieben.

Sie hat beim Aufwachen Sonnen gesehen. Was sieht Pierre in diesem Moment, was ist das erste Bild seines Tages?

Ein Schauder.

Ingrid.

Die kalte Emaille unter ihrem Hintern?

Nein. Eine Intuition.

Etwas rührt sich auf dem Asphalt.

Der Zyklus eines anderen, wie eine eigene Zeitrechnung, die sich nun wiederholen muss.

Das Wasser ist kurz vorm Überschwappen, fliesst ab durch den Überlauf des Bidets. Kleine Wellen streichen über die Innenseiten ihrer Schenkel.

Ingrid schickt ihm eine Nachricht.

Mach die Augen auf, Pierre.

Heute ist es so weit.

Die dritte.

Weiblich. Zwischen acht und zwölf Jahren.

Ein kleines, junges Mädchen.

An der Autobahn.

Von Zufall wird keine Rede mehr sein können.

Bist du da, Pierre?

2

Vogelgezwitscher mischt sich in das Verkehrsrauschen: vereinzelte Fahrzeuge, im Fluss.

Pierre lässt seinen Traum nicht los. Er fliegt über einen Dschungel, der Wind braust in seinen Ohren. Er neigt seine ausgestreckten Handflächen, und sein Körper streift über die Wipfel. Ein Streicheln. Wo die Bäume noch weiterwachsen. Wo die jahrhundertealten Stämme am zartesten sind, weit oben. Wie die Kindheit, die sie immer weiter in sich tragen, die sich unter ihrer Rinde entfaltet.

Pierre streckt den Arm unter seinem Kopf aus. Das Blut beginnt zu zirkulieren, ein Kribbeln schiesst in seine

Fingerspitzen. Das Traumlächeln verschwindet. Er dreht sich um und sieht zur Decke des Autos, in dem er inzwischen schläft.

Er hat genug Platz, um die Beine auszustrecken.

Die Rückbank hat er ausgebaut, seitdem er an der Autobahn lebt. Hat sie in einem Wäldchen am Rastplatz zurückgelassen. Dafür hat er eine Luftmatratze aufgepustet, die er in einem Tankstellenshop gekauft hat.

Er setzt sich auf. Sein Hintern drückt sich tief in die aufgeblähten Furchen der Matratze. Er schiebt sich zwischen den Vordersitzen nach vorn, öffnet die Beifahrertür und steigt aus dem Wagen.

Die Sonne ergiesst sich über die Felder hinter dem Gitterzaun, fliesst zwischen den Stämmen der Pinien hindurch. Er blinzelt in dem sanften Licht. Mit nackten Füssen läuft er über Asphalt, dann über Gras und Erde. Piniennadeln bohren sich in seine Sohlen. Er macht einen Bogen um ein benutztes Kondom, Scherben, eine Aluminiumdose.

Pierre holt seinen Penis raus und fängt an zu pissen. Erst stossweise, dann bewässert der Strahl ganz gleichmässig den Baumstumpf vor ihm. Ein schmaler, S-förmiger Weg führt zu den Toiletten unterhalb der kleinen Anhöhe. Rotes Backsteinhäuschen.

Und die Erziehung?

Und der Anstand?

Wohin kämen wir denn, wenn das alle so machen würden wie er?

Halt die Klappe, Schleimscheisser. Ich bin ein freier Mann. So was von frei.

Ein Ingenieur hatte ihm erklärt:

Als die Autobahn gebaut wurde, hat man ganze Mammuts ausgegraben, dutzendweise, Gebeine, Spuren früherer Zivilisationen. Man hat alles vermessen, gezählt, dokumentiert, katalogisiert, bevor eingeebnet, aufgeschichtet, asphaltiert wurde. Rettungsgrabung nennt man das. Manchmal wird die Autobahn drum herumgeführt: Dann wird zuzementiert, und man legt registrierte Hügel an, um später dort zu graben. Manchmal führt die Autobahn auch drüber hinweg, dann wird das Ganze luftdicht verschlossen, und man behält nur die eingezeichnete Spur als Erinnerung, Pläne der Archäologen, für spätere Generationen, wie ein Tresor, der niemals geöffnet wird.

Da unten.

Pierre pisst, wie der Mann schon immer gepisst hat. Der Mann von heute auf den Mann von gestern. In Wahrheit ist Pierre sehr nah,

sehr, sehr nah

an dem Mann von gestern,

von vorgestern,

dem Mann im Urzustand.

Er kann Auto fahren, er hat studiert, er spricht mehrere Sprachen, er ist sozialisiert.

Aber er wurde bis ins Mark verletzt. Sein protoreptilisches Gehirn hat die Oberhand gewonnen. Was begraben liegt, steigt durch den überhitzten Asphalt an die Oberfläche. Die Wurzeln werden sichtbar, der Bart spriesst auf dem müden Gesicht, ein Schatten auf der von all den Rastplätzen verbrannten Haut.

Pierre schüttelt seinen Schwanz, den Schwanz eines

modernen Mannes, steckt ihn zurück in den Slip, macht seine Hose zu.

Geht zurück zum Auto.

Auf dem Parkplatz: zwei Sattelschlepper, direkt hintereinander. Zugelassen in Spanien. Málaga. Die Fahrer sind noch weit weg von zu Hause, von ihrer sich wie eine Gussform perfekt ihrem Körper anpassenden Matratze.

Wie ein Sarkophag.

Pierre nimmt ein ausgeblichenes Handtuch, die kleine »Hello Kitty«-Waschtasche aus seinem Rucksack. Zwei kleine Augen ohne Mund. Zwei kleine, autistische Augen. Was ein Vater eben tun kann aus Verbitterung, aus Kummer. Den Schmerz im Verborgenen mit sich tragen, kein Raum mehr für das kleinste bisschen Hoffnung.

Unter dem Gaspedal zieht Pierre seine Mokassins hervor. Öffentliche Toiletten sind schmutzig, Herde für Dreck, der von den Füssen bis ins Herz hinaufkriecht, und dann kommen die Krankheiten. Er kann sich keine Schwäche erlauben.

Das Wasser ist lauwarm, ein kräftiger Strahl. Hohl klingt das Waschbecken aus Metall, von seinen Wänden prallt der Widerhall der Leere. Der falsche Spiegel aus Aluminium zeigt ein Gesicht im Nebel, doch er sieht nicht hin: Aknenarben, seine schwarzen, innerhalb von drei Monaten ergrauten Haare. Er putzt sich die Zähne, bis sein Zahnfleisch blutet. Die Zahnpasta mit Minzgeschmack lindert, erfrischt. Vertreibt den Geschmack vom Raststättenessen, die Metall- und Rostpartikel, die sich ins Innere seiner Wangen gegraben haben. Er spült den Mund, spuckt aus. Er zieht sein von getrocknetem Schweiss starres Hemd aus, wäscht sich das Gesicht und die Achseln mit einem Stück Seife. Trocknet sich mit dem kleinen blauen Handtuch ab, dessen raue Baumwolle etwas weicher wird, als sie über die Wassertropfen in seinen Brusthaaren reibt.

Pierre geht zurück zum Auto, eine laue Brise streift seinen nackten Oberkörper. Der Wagen ist das Floss. Ölstand prüfen, Kühlmittel, Reifendruck.

Als er gerade mit dem dreckigen Lappen in der Hand die Motorhaube wieder zuklappen will, hält er inne und schliesst die Augen. Eine Atempause, nur für einen Moment vergessen, was ihn hier, in diesem undurchdringlichen Netz hält. Was ihn antreibt, was ihn durchhalten lässt. Solange er in Bewegung bleibt, gibt es keinen Stillstand. Wenn er zum Stillstand kommt, ist er verloren. Wie ein Hai. Immer in Bewegung. Und so wird auch er zum Jäger.

Er öffnet die Augen und sieht die beiden roten Laster, Ivecos mit spanischem Kennzeichen. Nichts hat sich verändert auf dem still daliegenden Parkplatz, nur dass da jetzt dieses Wohnmobil steht, leicht zurückgesetzt hinter den Brummis, Klickern des noch warmen Motors. Pierre liegt auf der Lauer, registriert die kleinsten Veränderungen. Für ihn wäre die Anwesenheit von Menschen wie ein sich bewegender roter Fleck auf einem Wärmebildgerät.

Er öffnet die Wagentür, wirft sein Hemd auf den Sitz und nimmt die kleine neunschüssige Taurus aus dem Handschuhfach. Er klemmt den kurzen Lauf des Revolvers unter seinen Gürtel und zieht ein knittriges T-Shirt darüber.

Lässt die Wagentür zufallen, ohne sie abzuschliessen, geht um den Vel Satis herum und bewegt sich lautlos Richtung Büsche.

Der plötzliche Adrenalinstoss hat ihm den Mund ausgetrocknet. Seine Ohren summen, es kribbelt in jedem einzelnen Finger. Er bewegt sich weiter lautlos vorwärts, sieht schon, wie ein Männerkörper sich über ein kleines Mädchen beugt. Wie der sein Geschlecht zwischen den zarten, gebräunten Beinen reibt. Das Summen wird lauter, die Waffe presst sich kalt gegen seinen Bauch. Er zögert noch, zieht sie noch nicht, er weiss, dass es schnell gehen würde: zugreifen, entsichern, schiessen. Er hat diese Szene bis zum Erbrechen geprobt, haufenweise leere Flaschen weggeknallt. Wartet genau darauf, um sich endlich zu befreien.

Mit aufgerissenem Mund taucht Pierre hinter den Büschen auf, ein Schrei klebt ihm im Hals. Was er da sieht auf der kleinen grasbewachsenen Fläche, die ein Gitterzaun von den Feldern trennt, ist kein Abziehbild der Hölle.

Ein Mann.

Eine Frau.

Schabadabada.

Er: sucht den Boden mit einem Metalldetektor ab. Akribisch. Vor und zurück, vor und zurück, langsam, hypnotisch.

Sie: sitzt knapp über dem Boden auf einem winzigen Klappcampingstuhl und zieht an einer Zigarettenspitze.

Der Mann trägt ein elfenbeinfarbenes Hemd zu Hosen in Wäscheklammerbeige und zweifarbigen Schuhen: braun und Vanille.

Ihre langen Beine stecken in einem kurzen pinkfarbenen Rock, darüber trägt sie eine violette, schwarz gepunktete Bluse, die über dem Bauchnabel hochgeknotet ist. Flacher Bauch. Rosa Pumps. Dicker roter Lippenstift.

Als Pierre näher tritt, stellt er fest, dass die beiden um die sechzig sein müssen. Die Frau hat ihn nicht gesehen. Sie konsultiert ein aufgeschlagenes Notizbuch in ihrem Schoss und erläutert dem Mann: »So leicht, wie sie sind, können sie jedenfalls nicht bis hinter den Zaun geflogen sein.«

»Wer weiss, wo die gelandet sind«, gibt der Mann zurück.

»Kannst du mir die Bewegung noch mal vormachen, Schatz? Wärst du so lieb?«

»Von da hinten?«

»Das wäre am besten. Anders wird es wohl nicht gehen.«

Der Mann legt sein Gerät auf dem Boden ab und geht etwa zwanzig Meter zurück bis zum Rand des Wäldchens. Er ist überrascht, als er Pierre bemerkt, nickt ihm zu und stellt sich an die von der Frau ausgewiesene Stelle.

»Hier?«

»Genau. Und die Bewegung war ungefähr so« – die Frau mimt einen Wurf –, »in diese Richtung da.«

Der Mann nimmt einen kleinen Stein aus seiner Tasche und wirft ihn vor sich.

»Ich habe eine Dummheit begangen«, sagt er zu Pierre. »Vor etwas über einem Jahr war das. Jetzt versuche ich, die Sache wieder geradezubiegen. Alles in Ordnung? Geht es Ihnen gut?«

Pierre spürt den Revolver unter seinem Hemd. Er kommt sich dumm vor, neben der Spur. Das Leben um ihn herum geht weiter. Andere Menschen, andere Probleme. Das Unglück ist egoistisch.

»Wollen Sie einen Kaffee?«, fragt ihn die Frau. »Ich hab welchen in der Thermoskanne.«

»Kommen Sie«, sagt der Mann. »Der Kaffee meiner Frau ist der beste, den man an der Autobahn kriegen kann. Sie macht ihn im Wohnmobil.«

»Der Kaffee deiner Zukünftigen«, korrigiert sie ihn.

»Meiner Ex und Zukünftigen«, sagt der Mann. »Wir waren zwanzig Jahre verheiratet, Sabine und ich. Dann haben wir uns scheiden lassen.«

»Es lief nicht mehr in unserer Beziehung«, erzählt Sabine weiter. »Wir waren auf dem Weg in den Süden ... Wann war das noch gleich, Hugo? Anfang oder Mitte Juni?«

»Anfang«, bestätigt Hugo. »Anfang Juni vergangenen Jahres.«

»Wir waren auf dem Weg in den Süden«, wiederholt Sabine. »Und da war es dann ganz aus. Wir sind umgedreht. Schlimm war das, wirklich schlimm. Wie heissen Sie denn?«

»Pierre.«

»Also, Pierre, wollen Sie einen Kaffee?«, fragt Hugo.

»Kommen Sie, nehmen Sie«, sagt Sabine und wischt den Becher der Thermoskanne mit einem Taschentuch aus. »Machen Sie sich keine Sorgen, ich bin gesund wie ein Fisch im Wasser. Ich bin zweiundsechzig und habe in meinem ganzen Leben noch keine Antibiotika genommen.«

»Das kann ich bestätigen. Eine echte Naturgewalt.«

»Danke«, sagt Pierre.

»Setzen Sie sich!« Hugo faltet neben Sabine den zweiten Campinghocker auseinander.

»Ich hab zu Hugo gesagt: Lass mich nur, ich komme schon allein zurecht. Aber er wollte das nicht, und das hat mich nur noch mehr auf die Palme gebracht.«

»In der Hitze des Gefechts greift sie nach meinem Ehering und zieht ihren eigenen ab.«

»Das war ein Hin und Her, erst hatte ich sie, dann hatte er sie … Und am Ende hat er sie weggeworfen.«

Pierre nimmt einen Schluck vom Kaffee. Schwarz, stark, mit Zucker. Er hat vergessen, was Freundlichkeit bedeutet. Vergessen, was Menschlichkeit bedeutet. Es ist notwendig. Hart sein. Aber nicht jetzt. Nicht zu ihnen. »Zeigen Sie es mir«, sagt Pierre. »Zeigen Sie mir, wie es passiert ist.«

Sabine lächelt und steht mühelos aus ihrem Stuhl auf. Unter ihrer Haut zeichnen sich deutlich die drahtigen Muskeln ab, kein Gramm Fett, kaum eine Falte am Knie. Pierre denkt an Ingrid, ihre Gelenkigkeit, ihre Kraft, ihre Schönheit. Einmal, am Anfang, hat sie ihre Fechtmaske getragen, als sie mit ihm geschlafen hat. Ihr nackter Körper, die Maske über ihrem Gesicht. Keine Küsse, nur erregende Worte, die durch das Gitter drangen wie eine Beichte. Er erinnert sich genau an diesen Körper, wird sich immer an ihn erinnern, selbst wenn Ingrid fett würde, selbst wenn ihr Körper nur noch ein Stück verbrannte Kohle wäre.

Das Paar nimmt neben den Büschen Aufstellung. Sie tut so, als würde sie ihm den Ehering abziehen, und er, als würde er nach etwas greifen, sie stehen ganz dicht beieinander, lächeln jetzt verlegen, es funkelt in ihren Augen. Er macht eine Armbewegung, holt etwas theatralisch aus. Sabine verfolgt mit den Augen seine Bewegung und die unsichtbare Flugbahn der Ringe.

Pierre durchbricht die Stille: »Von da haben Sie also die Ringe geworfen, in Richtung der Baumgruppe?«

Hugo nickt. Er ist ergriffen, trocknet die Tränen unter seinen Augen. Sabine nimmt seinen Kopf, legt ihn auf ihre Brust und streicht ihm durch die Haare.

Was treibst du da, Pierre?

Das ist ihr Leben, und sie können nichts für dich tun. Nichts.

Pierre will aufstehen und gehen, aber der Kaffee ist heiss, und er will die Frau nicht kränken, indem er ihn einfach wegschüttet.

»Wir hatten schon vorher einen Streit«, sagt Sabine. »Ich hatte meine Koffer gepackt, meine Sachen zusammengesucht. Wir hatten beschlossen, dass ich zwei Monate bei meiner Schwester in Nizza verbringe.«

»Ich wollte sie fahren und dann wiederkommen«, sagt Hugo.

»Um mal durchzuatmen.«

»Ein bisschen Luft holen, Abstand voneinander kriegen.«

»Aber dann, auf halbem Weg, ganz plötzlich ...«

»... hat sich alles zugespitzt ... Es kam nicht mehr in Frage, dass ich sie fahre, verstehen Sie?«, sagt Hugo.

»Also sind wir dieses Jahr mit dem Metalldetektor zurückgekommen«, fährt Sabine fort.

»Der Tisch, die Bank, der Zaun, das ist alles klar, es war genau hier. Und der Detektor hat eine Reichweite von achtzig Zentimetern unter der Oberfläche, das lässt ein wenig Spielraum.«

»Wir haben uns scheiden lassen, aber wir heiraten wieder. Acht Monate waren wir getrennt.«

»Wozu neue Eheringe kaufen, wir wollen doch genau die. Unsere.«

Steh von diesem Scheisshocker auf, Pierre.

Und geh los.

Aber du kannst nicht.

Du bist ihr Zeuge. Der Einzige, der gesehen hat, wie sie die Szene nachspielen. Wie sie schliesslich doch den Wert des anderen erkannt haben – weil er fehlte.

Wie du mit Lucie.

Aber Lucie ist eine offene Wunde.

Ein verschwundenes Kind.

Ihm genommen, ihm gestohlen.

Das hätte er nicht gebraucht, um zu verstehen, wie sehr er sie geliebt hat.

Das Schlimmste vom Schlimmen.

Der sichere Weg ins Irrenhaus, in den Suizid oder ins Verbrechen.

»Wenn es dauert, dann ist es eben so«, sagt Hugo. »Wir können beim Detektor einen anderen Modus ausprobieren und noch mal dieselben Stellen absuchen. Wir übernachten hier. Bis morgen Abend bleiben wir auf jeden Fall noch.«

»Wir werden sie schon finden, ganz sicher werden wir das«, schaltet sich Sabine ein.

»Diebische Elstern gibt es nur im Märchen.«

»Sollten unsere Ringe durch ein Unwetter tiefer in den Boden geraten sein, wird der Detektor sie finden.«

»Gold und Platin; bei Platin schlägt er nicht an, aber bei Gold schon.«

Schliesslich stürzt Pierre den Rest des Kaffees herunter. Er ist abgekühlt, hat etwas von seinem Aroma, seiner Stärke verloren.

Pierre trocknet sich das Gesicht mit dem unteren Teil seines T-Shirts ab.

Den Dreckskerl finden.

»Den Dreckskerl finden«, wiederholt Pierre laut.

Hugo und Sabine erstarren.

Die Taurus PT22 ist eine kleinkalibrige halbautomatische Pistole, hat eine Gesamtlänge von 133 Millimetern, wobei das Leergewicht weniger als 350 Gramm beträgt.

Trotzdem: Wenn man sie dann plötzlich am Gürtel eines wenig redseligen Typen entdeckt, wird die Geschichte mit den Eheringen auf einmal zur Nebensache. Da möchte man sich ganz klein machen, Hauptsache, die eigene Haut retten.

Pierre sieht an sich herab und versteht. Lässt sein T-Shirt wieder fallen. »Ich bin auch auf der Suche«, sagt er.

Der Mann hat sich seinen Metalldetektor wieder umgehängt, versucht, die Fassung zu bewahren. Die Frau hält sich an seinem Arm fest.

Pierre geht ein Stück, hält an, dreht sich um.

In diesem einen, klaren Moment will er sich entschuldigen.

Sieht sie an.

Und tut es nicht.

3

Pascal sitzt in dem Raum, der zum Büro des Chefs wird, wenn der in ihrem Restaurant nach dem Rechten sieht. Normalerweise ist es das Büro des Filialleiters. Eines gewissen Patrick. Ein kleines Licht, gerade damit beschäftigt, neu gelieferte Ware abzuhaken.

Spartanische Einrichtung: ein Tisch, ein »Relax«-Sessel, zwei Stühle, feuerfeste graue Auslegware. Ein Regal mit Aktenordnern, Dienstpläne an einer Magnettafel, ein Dokumentenschrank aus Metall.

Was Pascal angeht – er konferiert mit der Spitze der Pyramide.

Direkt mit seinem Chef: Gérard Lucino. Privileg des Dienstalters.

Über dem Chef: nur der Verwaltungsrat.

Anders gesagt: nur Schatten.

Abstraktion.

Pascal sitzt kerzengerade auf seinem Stuhl, hält ohne Anstrengung seine Wirbelsäule in korrekter Position, seine Rückenmuskulatur stützt ganz natürlich die ideale Sitzhaltung.

Wie man sie in allen Schulen zeigen müsste.

Präventionsplakat.

Pascal liest so gut von den Lippen ab, dass selbst Gérard Lucino vergisst, dass er zu neunzig Prozent taub ist. Pascal hat sich ein Mini-Mischpult gekauft, mit dem sich anhand von roten Balken auf kleinen Leuchtdisplays Frequenzen und Modulationen der Stimme ablesen lassen. Geduldig hat er so lange seine Stimme aufgenommen, bis alle Balken im mittleren Bereich angekommen sind. Wenn er ruhig bleibt und die Umgebungsgeräusche nicht zu laut sind, spricht er ganz normal. Je nach Ort hebt er etwas die Stimme, ist sich dann aber nie ganz sicher, ob sie wirklich macht, was er will.

Gérard Lucino hat seinen Zigarrenstummel angezündet, während er gesprochen hat. Pascal muss ihn bitten, sich zu wiederholen, wegen der Hände vor dem Mund, der Bewegung des Streichholzes, der Wangen, die sich hohl machen, damit die Spitze erglimmt.

»Wie bitte?«, fragt Pascal.

Gérard Lucino, siebenundvierzig, Chef von vier Restaurants auf dem südwestlichen Autobahnnetz, trägt den Bauch eines Mannes vor sich her, der den Kampf gegen die Kalorien verloren hat. Und der steckt in einem beigefarbenen Anzug, der das ständige Autofahren satthat. Pascal sieht vor sich einen Lebemann mit einer Schwäche für fettiges Essen und Frauenärsche. Sieht die platte Nase eines ehemaligen Rugbyspielers, der sich gehenlässt und zu viel trinkt.

Gérard Lucino schwitzt und schwitzt unter den Achseln, trotz der Klimaanlage, er muss sich die Stirn mit einem grossen Stofftaschentuch abtupfen. Die gelbe Krawatte über dem königsblauen Hemd hat er gelockert. Cholesterin, Bluthochdruck. Bald wird auch noch Diabetes auf den Plan treten, wenn das nicht schon längst der Fall ist.

Die Menschen sind erbärmlich.

Das sind sie die meiste Zeit.

Das ist Pascals Meinung.

Es fehlt ihnen an Disziplin.

Disziplin. Das Richtige tun, auf Dauer.

Gérard Lucino muss gut gewesen sein zu seiner Zeit. In der Zeit seines Aufstiegs. Nur dass er gedacht hat, er wäre angekommen. Jetzt muss er Talk zwischen seine Schenkel pudern, um das Wundscheuern abzumildern.

Hautwolf nennt man das. Unschön.

Er kann seinen Schwanz nicht mehr sehen, wenn er pisst. Vielleicht sieht er ihn nicht mal mehr, wenn er einen Steifen hat.

Jämmerlich.

Der Chef tut ein paar letzte kurze Züge aus seiner Zigarre. Pustet das lange Streichholz aus und wirft es in den Aschenbecher auf dem Schreibtisch. Die weisse Rauchwolke verteilt sich, von der Belüftungsanlage verweht.

»Ich sagte, Sie müssen mir einen Gefallen tun, Pascal. Ich weiss, dass ich auf Sie zählen kann.«

Zählen kann.

Leichte Verzögerung beim Adressaten.

»Ja, natürlich.«

»Wunderbar. Sie müssen für einen Koch einspringen, an der Aire des Campanules. Bis wir Ersatz für ihn gefunden haben. In ein bis zwei Wochen, schätze ich. Sie müssen mir aus der Scheisse helfen. Da drüben brennt die Hütte, die Umsätze steigen und steigen. Sie kriegen natürlich einen Bonus zum Monatsende, als Entschädigung für die Anfahrt. Dienstantritt ist heute um achtzehn Uhr. Sie können hier weg, sobald der grosse Mittagsansturm vorbei ist. Patrick weiss Bescheid. Geht das so in Ordnung?«

»Für wen springe ich ein?«

»Enrico.«

»Der Italiener? Was ist mit ihm?«

Erst ist der Chef überrascht, dann denkt er sich nichts weiter. Pascal arbeitet seit Jahren für sie, er weiss nicht mehr, wie lange genau, müsste er mal in der Akte nachsehen. Er ahnt nicht, dass Pascal sich die Mitarbeiterwände aller Filialen eingeprägt hat. Jedes einzelne Gesicht auf den hübschen Bildern aus dem Fotoautomaten am Eingang.

»Die Überwachungskamera hat aufgezeichnet, wie er Fleisch in seiner Sporttasche wegschleppt. Sechs Kilo Entrecôte. Filets, das richtig gute Zeug.«

»Hatte wohl mächtig Hunger.«

Lucino lacht.

»Ich zähle auf Sie, dass Sie das den Itakern in der Küche verklickern: Beim kleinsten Fehltritt sitzen die, zack, auf der Strasse, mit 'ner saftigen Anzeige am Hacken. Nur weil das hier Europa ist, bin ich noch lange kein verdammter Goldesel. Ich habe Sandrine die Anweisung gegeben: Sie sind der Einzige mit einem Zugang zur Kühlkammer. Ein Schlüssel, ein Mann: Sie.«

»Und der Filialleiter?«

Lucino verzieht das Gesicht. Offenbar hat Pascal einen wunden Punkt getroffen.

Die 1000-Euro-Frage.

Er wartet.

Der Chef lässt die Bombe platzen: »Der Filialleiter steckt auch mit drin. Ich habe den Verdacht, dass da schon seit einer ganzen Weile was faul ist. Ich werde ab morgen vor Ort sein, den Laden erst mal gründlich aufräumen und dann entscheiden, wer die neue Leitung übernimmt.«

Pascal lächelt.

Ihm kommt das alles gelegen.

Er wechselt gern das Umfeld. Variation desselben Themas: Neuntausend Kilometer Autobahn gibt es in diesem Land. Den Kuchen teilen verschiedene Gesellschaften unter sich auf. Die wiederum vergeben die Restaurantbetriebe an Franchisenehmer. Wenn er alle Möglichkeiten bei Gérard Lucino ausgeschöpft hat, reicht er seinen Lebenslauf woanders ein. Er hat eine Zukunft. Und ausreichenden Handlungsspielraum, wann immer er seinen Schädel öffnen muss, damit das Böse herauskann.

»Warum lächeln Sie so, Pascal?«

»Ich danke Ihnen für Ihr Vertrauen.«

»Ich vertraue auf ehrliche Menschen und auf Über-wachungskameras. Da ist dieser kleine Absatz am Ende des Vertrags, den liest immer keiner, aber dem habe ich es zu verdanken, dass ich diese Arschlöcher kriegen werde, die mich übers Ohr hauen wollen.«

Pascal steht auf, zögert, nimmt die Hand, die ihm sein Chef hinhält. Seine Haut ist überraschend weich. Pascal denkt: Maniküre. Und trotz der Kraft, die sie erahnen lässt, weiss er, dass er diese Hand zerquetschen könnte, so wie er einen Apfel zerquetscht.

»Ansonsten geht es Ihnen gut, Pascal?«

Warum fragt er mich das?

»Irgendwelche Beschwerden? Anregungen?«

Pascal entspannt sich.

»Alles bestens, Monsieur Lucino.«

»Wie alt sind Sie noch mal? Siebenundzwanzig? Acht-undzwanzig?«

»Einunddreissig.«

Gérard Lucino will ihm schon fast die Beförderung an-bieten, dann fällt es ihm plötzlich ein.

Verdammte Scheisse, wenn der Typ nicht behindert wäre, dann könnte er die ganze Sache reissen.

Stattdessen muss er jetzt Sandrine den Posten anbie-ten. Die ihn wie einen kleinen Scheisser hat abblitzen las-sen, als er versucht hat, ihr bei den Toiletten auf die Pelle zu rücken. Aber auch wenn es an seinem Stolz nagt, ist sie, wenn Not am Mann ist, die Einzige, die eben auch etwas anderes in die Hand nehmen kann als seinen Schwanz.

»Meine Güte, Ihre Jugend wünscht man sich irgend-wann zurück! Passen Sie auf sich auf, Pascal. Und haben Sie ein Auge auf diese Mafiabande. Die haben uns schon um einen Weltmeistertitel gebracht, wir lassen uns doch nicht noch mal von denen bescheissen.«

Pascal hat sich geirrt. Doch kein Rugby, sondern Fuss-ball.

Fussball.

Beschissener Sport.

4

Sie heisst Marie.

Zwölf Jahre alt. Weisses Spaghetti-T-Shirt, Hot Pants, gelbe Flipflops.

Kindermenü für 5,99 Euro: Hacksteak, Pommes, zwei Kugeln Eis (nach Wahl), ein Getränk (Limo, Wasser oder Saft), Ketchup und Mayo bei den Tabletts und dem Be-steck zur Selbstbedienung.

Das Kindermenü gibt es nur bis zum zwölften Lebens-jahr. Die Kassiererin hat ein Auge zugedrückt.

Die Eltern, Marc und Sylvie, haben sich beim Früh-stück, kurz vorm Losfahren gestritten. Seitdem haben die beiden ihre Konversation auf das absolute Minimum be-schränkt:

Gib mal die Kreditkarte. Im Portemonnaie, ver-dammt, jetzt mach schon. *(Mautstelle)*

Die Kleine muss mal. *(Kilometer 430)*

Die Kleine hat einen Mund und kann sich selber äussern. *(Kilometer 430)*

Nein, ich sag doch, Kleingeld. *(Mautstelle 2)*

Wo hast du das Wasser hingetan? *(Kilometer 489)*

Du fährst zu schnell. *(Kilometer 530)*

Ich hab echt die Faxen dicke! Willst du mir vielleicht noch ins Lenkrad greifen? Verdammt noch mal! *(Kilometer 531)*

Du weisst ganz genau, dass ich die Tickets unter die Sonnenblende klemme. *(Mautstelle 3)*

Marie ist jetzt schon klar, dass das beschissene Ferien werden. Dass ihre Eltern sich trennen werden, sie ist ja nicht blöd. Vielleicht lassen sie sich scheiden, oder wenn nicht, dann legen sie mindestens eine Beziehungspause ein – »um nachzudenken«. Ihre Mutter hat von der Möglichkeit schon gesprochen. Ihr Vater denkt ernsthaft darüber nach. Was Marie nicht weiss, ist, dass Papa die bildhübsche Assistentin der Geschäftsführung gevögelt und Mama es rausgekriegt hat. Das iPhone war schuld. Früher oder später kommen uns unsere Kommunikationsmittel in die Quere. Es sollte Fremdgehkurse für Anfänger geben.

Mission Urlaub also als letzte Chance: Wie rettet man eine Beziehung mitten im Ferientrubel des Augusts?

Retten wir eine Beziehung – zertrümmern wir ein iPhone.

Zumal es Marie am Meer mit ihrer Freundin Solange bestens ging. Jetzt auf der Rückbank des Citroën C3 versteht sie nicht, warum sie sie abgeholt haben, wenn sie sich jetzt eh nur an die Gurgel gehen. Die Mutter von Solange ist megacool, soll heissen: nie da. Innerhalb einer Woche hat Marie:

zwei Zigaretten geraucht

einen Malibu-Ananas getrunken

mit einem Jungen rumgeknutscht

ihn ihre Brüste anfassen lassen

nie vor Mitternacht das Licht ausgemacht

das alles stolz ihren Freundinnen erzählt

jetzt plötzlich das Gefühl, sich übergeben zu müssen, weswegen sie ihren Vater bittet anzuhalten.

»Du hast ja auch seit heute früh nichts mehr gegessen, mein Schatz, das ist bestimmt der Hunger«, sagt die Mutter.

»Sie kann ja einfach erst mal einen Keks essen«, schaltet sich der Vater ein.

Zwölf Uhr vierzig, die nächste Raststätte ist noch fünfzig Kilometer entfernt. Sylvie überschlägt: Angesichts des Verkehrs jetzt zur Stosszeit werden sie vor dreizehn Uhr dreissig nichts zu essen bekommen.

Sie hatte ihm schon vorher gesagt, dass sie eine Pause machen müssen. Er hatte geantwortet, dass sie eine Pause machen, wenn er tankt.

»Bei der nächsten halten wir an, Marc.«

Die Mutter hat gesprochen. Es ist entschieden.

Marc ist das schnurz. Wenn sie zurück sind, wird er sie verlassen. Lara ist genauso alt wie seine Frau, sieht aber zehn Jahre jünger aus. Sie ist witzig, energiegeladen, sportlich, angemessen gebildet. Zum Teufel mit Grund-

48

schullehrerinnen, zum Teufel mit irgendwelchen Ver-
pflichtungen gegenüber dem Vater von XY, mit Freiwilli-
genabenden bei den Obdachlosen, die Sylvies Augen zum
Leuchten bringen.

Scheisse, Sylvie, was ist mit dir passiert?

Jetzt sitzen sie an einem Resopaltisch einander gegenüber.

Marc sieht seiner tief über den Teller gebeugten Frau
beim Essen zu.

Er hat Lust auf eine Kippe. Er raucht wieder, heimlich,
vor allem nach dem Sex mit Lara.

Marie hat keinen Hunger (ein paar Pommes, drei Bissen vom Fleisch), die Übelkeit kommt von dem erbärmli-
chen Schauspiel ihrer Eltern. Eis will sie auch nicht.

Sylvie hat ihnen einen Sitzplatz erkämpft, während
Marc an der Selbstbedienungstheke in der Schlange stand.
Sie essen einen schnöden Salat, einfach wegen der Kalorien. Dabei sind Marc und Sylvie in Form, keine Frage, fast
zu dünn. Wegen der Nähe zum Nachbartisch, an dem eine
Gruppe aufgekratzter junger Leute sitzt, verkneifen sie
sich den Grossteil ihrer bissigen Bemerkungen. Am liebs-
ten würde Sylvie sich einfach gehenlassen und losweinen.

Erleichterung, als Marie fragt: »Kann ich draussen auf
euch warten, Mama? Da ist ein Spielplatz.«

Der Spielplatz ist Marie scheissegal, das sagt sie nur
wegen der Eltern.

Marc will nein sagen, da legt Sylvie ihre Hand auf
seinen Arm und sieht ihre Tochter an: »Unter der Bedin-
gung, dass du nicht zu weit weggehst.«

»Ich glaube nicht, dass …«

»Lass sie, Marc. Wir müssen reden.«

Marc verstummt.

Er ist müde. Er fühlt sich schuldig. Er kapituliert.

Marie steht auf und nimmt ihre Fanta mit. Ein orange-blauer Strohhalm ragt aus einer Dose in denselben Farben.

An dieses Detail wird sie sich erinnern, dieses lächerliche Detail wird sie bis zu ihrem Tod verfolgen. Keine Spur von sogenanntem Mutterinstinkt. Was hätte sie tun sollen? Sie musste es doch versuchen, versuchen, sie beide, sich und Marc, ihre kleine Familie zu retten.

»In einer Viertelstunde bist du wieder da, in Ordnung?«

Marie zuckt mit den Schultern.

Marc sieht ihr nach.

Er findet die Shorts, die sie trägt, zu kurz für ein zwölfjähriges Mädchen. Er hat Angst, dass Marie jetzt schon zu so einer Tussi geworden ist, die sich bei H & M einkleidet. Er denkt ausserdem, dass ihre Tochter sich nicht mehr mit dieser Solange treffen sollte und auch nicht mit diesen anderen Tussis, die all die jahrelange, geduldige Erziehung einfach so aus dem Fenster schmeissen.

Er denkt, dass zu viele Dinge in letzter Zeit aus dem Ruder gelaufen sind: seine Arbeit im Fitnessstudio, seine Abendkurse, die in irgendwelchen Bumsgeschichten enden. Die meiste Zeit hat er gar keine Lust, aber es ist, als wäre in der allgemeinen Vorstellung eines Bodysculpt-Kurses sein Schwanz im Preis inbegriffen.

Er denkt an die vernachlässigten Ehefrauen, die das Verbotene anzieht.

Und dieses Verbotene ist ein komplexes Gemisch aus sexueller Erregung, Masochismus, Exhibitionismus und der Sehnsucht nach mütterlicher Aufopferung. Das Auto ist dabei eine seiner bevorzugten Wirkungsstätten, bis dann die Ansprüche steigen und ein Hotelzimmer mit bequemem Bett erfordern. Vernachlässigte Ehefrauen neigen dazu, einen gleich im Ganzen zu verschlingen, wenn man nicht aufpasst.

Marc ist nicht der Cleverste. Aber er ist auch nicht blöd. Seine Frau hat vier Jahre studiert, und er hat den Verdacht, dass sie mehr an seinem Sixpack interessiert ist als an seiner Meinung zur Innenpolitik.

Dafür weiss er instinktiv, dass diese Hose zu kurz ist für die langen, braungebrannten Beine seiner Tochter. Er weiss, dass Marie ihnen Sorgen bereiten wird. Sex ist ein Dauerproblem, wenn erst mal die Hormone in Wallung geraten.

Doch die Mammuts ruhen unter der Erde.

Die Zeiten haben sich geändert.

Es gibt Grenzen, verdammt. Tabus. Gesetze. Erziehung. Anstand. Respekt.

Eine Schicht Asphalt zwischen dem Mann von gestern und dem Mann von heute.

Marie stösst die Tür des Restaurants auf.

Geht nach draussen.

Sylvie hat seine Hände in ihre genommen.

Marc will sie zurückziehen, lässt sie dann doch.

Und das ist der Moment, in dem das Unglück in ihr Leben tritt.

5

Marie wandert ungezwungen auf und ab und schlürft ihre noch kühle Fanta. Es ist so heiss, dass ihre Flip-flops am Asphalt kleben. In der prallen Sonne hat sie das Gefühl zu zerfliessen. Marie folgt dem unregelmässigen Schatten der Pinien. Sie mag diesen Geruch: Pinienzapfen, trockene Erde, Lavendel. Sie beobachtet die Leute, findet die meisten lächerlich, denkt an ihre Freundin Solange, an die Dummheiten, die sie letzte Woche gemacht haben. Sie hält zwischen den Touristen nach anderen Teenagern Ausschau, nach gleichaltrigen Mädchen, die sich langweilen, die wie sie Lust hätten, ihr ganzes Leben am Strand zu tanzen, Alcopops zu trinken und die Begierde der Jungs auf sich zu spüren. Am Rand des Geschehens zu bleiben, wie eine Puppe hinter Glas – begehrenswert und begehrt. Unbeschwert zu bleiben, an nichts zu denken als an den Rhythmus, der durch den Körper wallt; da ist eine kleine Begierde, die sich tief unten im Schlüpfer regt, gerade genug, um sich erwachsen zu fühlen, aber ohne gleich in ihre Welt eintreten zu müssen. Am Ende geht es ihren Eltern wie allen anderen. Sie können ihr diese Schaumblasenwelt nicht versprechen; sie können ihr nicht versprechen, dass die Begierde eine glatte Oberfläche bleibt und das Leben eine Regung ist und keine Penetration. Diese Gefahr macht ihr Angst und zieht sie gleichzeitig an, es ist das Fundament für alles andere, für diesen ganzen Schlamassel rund ums Frauwerden.

Marie schwitzt, vielleicht sollte sie zurück zu ihrer Mutter und ihrem Vater gehen, sie überlegt. Vielleicht beruhigen sie sich auch, wenn sie sie noch ein bisschen reden lässt. Sie balanciert auf dem Bordstein, hebt den Blick zu den Fahrerkabinen der Lkws, geschlossene Türen, Dieselmotoren im Leerlauf, wegen der Klimaanlage. Am Rastplatz sind Richtung Wäldchen ein Spielplatz, eine Kletterwand ausgeschildert. Ein paar Jugendliche kommen ihr entgegengerannt, sie rempeln sie an, lachen. Jungs. Sie beschliesst, auf dem direktesten Weg zum Parkplatz zurückzugehen, ihr wird plötzlich mulmig. Sie ist doch nur ein Kind in einem frühreifen Körper. Ihre Brüste wachsen und tun weh. Oder fühlen sich gut an, je nachdem, das kommt darauf an, wie sie sie berührt. Sie läuft zwischen den Lastern, den Autos, den Wohnmobilen. Die aufgeheizten Motoren machen die Luft noch stickiger.

In diesem Moment kommen mehrere scheinbar unbedeutende Umstände zusammen:

In der Gesässtasche ihrer Hot Pants vibriert ihr Handy.

Und zwar genau, als sie an einem glänzenden metallicgrauen Transporter vorbeikommt.

Genau an einer Stelle im Schatten, an der ein laues Lüftchen weht.

Ein bisschen abseits vom Lärm, von den anderen. Ein bisschen versteckt.

Marie erkennt am Klingelton: SMS von Solange.

Sie liest: »Bin mit Renaud am Strand.«

Stich ins Herz.

Ja, Schmerz, wirklicher Schmerz.

Renaud ist der Junge, der sie geküsst und berührt hat: lange blonde Locken, Muschelkette um den Hals, Surfer, drei Jahre älter als sie.

Mit Daumen so geschmeidig wie Tentakel tippt Marie eine Antwort.

Eifersucht.

Schlampe.

Schlampen-Solange.

Blöde Kuh.

Miststück.

Sie sieht nichts mehr um sich herum.

Die Seitentür des Vans öffnet sich, kurzes Surren. Gut-geölte Mechanik. Sie hätte nicht vermutet, dass sich hinter den getönten Scheiben jemand im Inneren befinden könnte.

Marie blickt hoch.

Marie ist eine besonders aufgeweckte Schülerin. Das hat ihre Lehrerin oft genug betont.

Marie erkennt den Koch wieder, der ihr an der Selbst-bedienungstheke Essen aufgetan hat.

Der sie gefragt hat, wie sie heisst, mit starrem Gesicht versucht hat zu lächeln.

Jetzt lächelt er immer noch, und es kostet ihn noch genauso viel Mühe.

Aber aus einem anderen Grund.

Zwei kräftige Arme.

Zwei riesige Hände.

Eine auf ihrem Bauch. Eine auf ihrem Mund.

Geschmack von Zwiebeln, von rohem Fleisch.

Die Tür schliesst sich wieder.

Und verschluckt sie.

Auf dem Boden das Samsung Chat 335 (max. 30 Minuten telefonieren + eine Stunde auf die Nummer der Eltern + unbegrenzte SMS/MMS abends (16–22 Uhr) und
am Wochenende (24 h), 11,99 Euro/Monat, 24 Monate
Vertragsbindung).

Dreihundert Kilometer entfernt bekommt Solange
eine SMS: »Bitch«.

Solange hört inmitten der Dünen den Klingelton des
Handys, aber das ist ihr egal. Sie hat die Augen geschlossen, den Mund geöffnet und knutscht mit Renaud, und
der fasst ihre Brüste an.

6

In seinem Van kann Pascal durchatmen.

Schichtende.

Elf dreissig / vierzehn Uhr.

Zweieinhalb Stunden Wahnsinn. Scheiss-Stosszeit.
Kein Entkommen.

Hungrige Bäuche, Fett zu Fett. Unübersehbar auch
ohne Statistiken, dass die Zahl der Übergewichtigen steigt.

Salz. Wassereinlagerung.

Er weiss Bescheid. Weiss, was man ihnen für eine
Scheisse vorsetzt.

Keine Disziplin.

Kein Wissen.

Fettleibiger Chef.

Fettleibige Kunden.

Dummheit.

Pascal blendet alles aus.

All das bleibt draussen.

Sein Van ist ein VW T5 California in Metallicgrau.

Zweiunddreissigtausend Euro.

Gebraucht.

Kilometerstand 89 000, Diesel.

Voll ausgestattet.

Halbautomatische Klimaanlage mit Duftspender.

Ausserdem:

Bordcomputer mit grossem Bildschirm, Radio, Gaskocher mit zwei Flammen und Zündung, Schrank unter der Kücheneinheit, Spülbecken, hinten links ein Schiebefenster mit Fliegengitter, Leselampe für das Bett oben, Bett unter dem Dach mit Lattenrost, Kleiderschrank mit Spiegel, 230-V-Steckdose, ausklappbare Liegefläche, automatisch ausfahrbares Aluminiumdach, Kühlschrank mit einem Fassungsvermögen von 42 Litern, blickdichte Vorhänge an allen Fenstern, in der Seitentür montierter Campingtisch, für drinnen wie draussen, ausziehbarer verschiebbarer Tisch, direkt an der Kücheneinheit befestigt.

Aussen am Heck auf einem vertikalen Fahrradträger sein Mountainbike in einer Schutzhülle.

Pascal schuldet der Bank noch 17 809,20 Euro. Also 34 Monatsraten zu 523,80 Euro, bis der Kredit vollständig getilgt ist.

Sein Van ist alles, was er besitzt, sein Leben, sein Zuhause.

Sein Nabel der Welt.

Den er pflegt und hegt, innen wie aussen.

Lebensraum, alles hat seinen Platz, alles erfüllt einen Zweck. Nichts zu viel.

Pascal ist ein Seemann auf Asphalt.

Bald setzt er wieder seine Segel.

Achtzig Kilometersteine bis zu seiner neuen Arbeitsstelle Aire des Campanules.

Grüssen, sich umziehen, an die Arbeit gehen.

Aber erst mal durchatmen.

Pascal sitzt im Schneidersitz auf seiner Liege.

Beobachtet im Schutz der abgedunkelten Scheiben das Treiben auf dem Parkplatz.

Nur im Slip, mit nacktem Oberkörper.

Seine Arbeitskleidung liegt zusammengefaltet im vorderen Teil des Vans.

Abstand zum Fettgestank.

Er bleibt regungslos, mit geradem Rücken, im Lotossitz.

Langsam einatmen.

Ein Krokodil.

Langsam ausatmen.

Auf der Lauer.

Der Puls sinkt auf fünfzig.

Ein Ast in einem Fluss.

Affen klettern auf die tiefhängenden Zweige über dem schlammigen Flusswasser.

Und werden eiskalt erwischt.

Das Krokodil schnellt aus dem Wasser.

Fast mit der ganzen Länge seines Körpers.

Hochkatapultiert von der enormen Kraft in seinem Schwanz.

Das hat Pascal in einer Tierdokumentation gesehen.

Früher im Heim wurde er von Rémi und Abdel »Skalp« genannt. Er fing Katzen, kleine Hunde, Kaninchen, Hamster, Mäuse. Er machte einen Schnitt am Hals und an den Gliedmassen. Mit einer bewährten Technik häutete er sie und hängte sie dann in den Baum.

Das war sein Markenzeichen.

Inzwischen bereut er es, es war dumm, ein Dummejungenstreich.

Ein feiges Dampfablassen ohne Risiko, ohne Mumm.

Inzwischen spielt er in einer anderen Liga. Er arbeitet jetzt am Menschen.

Unsichtbar in der Masse aufgehen, immer da sein, ohne aufzufallen.

Dazu braucht es schon etwas.

Aufopferung. Verzicht. Demut.

Verschwinden, zuschlagen, verschwinden.

Warten.

Tribut, den er dem Bösen schuldet.

Der genaue Punkt, an dem sich die toten Winkel der Überwachungskameras schneiden. Den Parkplatz studieren, einen Lageplan anfertigen, Zirkelberechnungen machen, kontrollieren, dass sich seit dem letzten Mal nichts verändert hat. Die ach so schlaue Überwachungstechnik austricksen.

Alles ist in Bewegung. Immerzu.

Und wenn der bevorzugte Ort nicht sicher ist, verzichten.

Verzichten lernen, auch wenn das Böse rauswill.

Mit ihm sprechen, reden, verhandeln, es erklären. Behutsam oder entschlossen.

Sich mit seinen Anwandlungen arrangieren.

Warten.

Die Ampulle mit dem Chloroform liegt auf der Platte des Ausziehtischs.

Auf dem Frotteehandtuch.

Er hat in Foren gelesen, dass viele diese Phantasie haben: mit Chloroform betäubt zu werden. Dem anderen ausgeliefert zu sein.

Er versteht das nicht.

Aber Erwachsene interessieren ihn sowieso nicht.

Erwachsene brauchen mehr Platz, haben mehr Kraft. Und sind weniger naiv.

Obwohl.

Er sieht so viele Dummköpfe.

Erwachsene sind verdorben.

So viel Dummheit überall.

Ja, warten.

Er weiss, sie wird kommen.

Er weiss, ihr ist langweilig.

Pascal bleibt noch Zeit, bevor er ein Risiko eingehen, sich die Beute holen muss. Seiner Schätzung nach steht der Van noch bis in den Nachmittag hinein im Schatten. Es hat sich gezeigt, dass Schatten und Kühle das Annähern der Beute potentiell begünstigen. Wenn es keinen Schatten gibt, spannt er das Vordach des Wagens auf. Klappt einen Stuhl auseinander. Schafft eine kühle Oase. Eine Fliege am Angelhaken.

Aber.

Aber wenn.

Aber wenn das junge Mädchen.

Aber wenn das junge Mädchen kommt, sich nähert, dann kann Pascal sich noch so sehr beherrschen, sein Herzschlag fährt hoch, eine Hitzewelle wallt in seinem Hals auf, lässt sein Gesicht puterrot werden wie bei einem Anfänger.

Wie beim ersten Mal.

Marie. Da bist du ja. Endlich.

Wulstige Lippen, übergrosse Augen. Einzelheiten, die schneller gewachsen sind als der Rest. Die kleinen Brustwarzen unter dem T-Shirt.

Und wie heisst die junge Dame?

…

Ist die junge Dame schüchtern?

…

Antworte, Schatz. Der Herr hat dir eine Frage gestellt. (Leise:) Marie.

Sie ist schüchtern, wissen Sie.

Noch ein paar Pommes, Marie?

Marie hatte mit den Schultern gezuckt, er hatte ihr so viel auf den Teller gehäuft, bis das Fleisch bedeckt war, ihn auf die Glasablage gestellt und sich dem nächsten Kunden zugewandt.

Vertrauen gewinnen für später.

Für den Fall.

Aber das alles ist unnötig. Sie kommt, kommt näher, ist gleich da. Bleibt genau vor der Schiebetür stehen. Holt ihr Handy raus. Ihr Gesicht verkrampft, sie beisst sich auf die Lippen, als sie die Nachricht liest. Sie bleibt, wo sie ist, ahnt nichts von der Gefahr, dreht ihm den Rücken zu.

Kleiner Affe auf dem Ast eines Baums.

7

Das Entführungsalarmsystem ist perfekt ausgeklügelt.

Bündelung der verschiedenen Stellen, der Kräfte, Ressourcen und der Technologien.

Unterbrechung des Programms auf den verschiedenen Kanälen:

Ein Kind wurde entführt, wir brauchen Sie.

TV: (Sirene – der Fernsehton ist ausgeschaltet) roter Hintergrund, Foto, Beschreibung des Kindes und Kontaktdaten – Ingrid lässt ihre Bloody Mary fallen, das Glas rollt geräuschlos auf den Teppich. Wie eine Nervenzelle sieht der Tomatensaft auf den wollweissen Fasern aus.

Autobahnradio, UKW 107,7: Sirene, eine Ansage (Männerstimme), Beschreibung des Kindes und Notfallhotline – Pierre schert auf die rechte Spur aus, über den Rüttelstreifen, tiefrote Bremslichter, Vollbremsung auf der Standspur. Fast wäre er bei dem Manöver mit einem Renault-Sattelschlepper kollidiert, Aufblenden, wütendes Hupen.

Motor im Leerlauf.

Ingrids Beine geben nach, sie fällt zurück aufs Sofa.

Ohne den Blick vom Fernseher abzuwenden, tastet sie auf dem Durcheinander des Couchtischs nach der Fernbedienung. Ihre Finger kramen, wühlen, graben.

Ingrid denkt: Lucie.

Pierre schaltet den Warnblinker an. Schliesst die Augen. Lehnt den Nacken an die Kopfstütze.

Nimmt die Schachtel Zigaretten vom Armaturenbrett.

Die Sonnenblende ist heruntergeklappt. Wenn er jetzt umdreht, wird er die Sonne im Rücken haben.

Pierre denkt: endlich.

Umdrehen heisst die Zeit zurückdrehen.

Er zündet sich eine Zigarette an.

Seinem Navi zufolge kommt die nächste Abfahrt in fünfzehn Kilometern. Danach muss er gute achtzig Kilometer in die Gegenrichtung, dann noch mal umdrehen und wieder gegen die Sonne fahren, bis er bei der Aire des Lilas ankommt. Er kennt sie, natürlich. Wie er alle Raststätten mit Tankstelle, Parkplatz, Imbiss kennt. Er kennt sie in- und auswendig: ihre Toiletten, Shops, Restaurants, das Mobiliar, das Sortiment, die Speisekarten. Er würde die meisten der Angestellten erkennen. Manche grüssen ihn, die an der Kasse. Sie wissen natürlich nicht, wer er ist, wissen nicht, warum er auf der Autobahn unterwegs ist.

Wahrscheinlich halten sie ihn für einen Vertreter.

Einen verfickten Vertreter.

Pierre hält den Rauch für einen langen Moment in seiner Lunge. Der Krebs ist ihm scheissegal, er ist schon vorher tot, er ist jetzt schon tot.

Im Radio wird die Alarmmeldung wiederholt.

Wie ein wiederkehrender Albtraum:

Ein Mädchen wurde entführt. Dies ist ein Entführungs-alarm des Justizministeriums.

Ein Schauder. Die ursprüngliche Meldung wird er-gänzt:

Marie Mercier, zwölf Jahre alt, braune Haare, blaue Augen, bekleidet mit einem weissen T-Shirt und einer kurzen Jeanshose, ist heute Nachmittag gegen vierzehn Uhr an der Raststätte Aire des Lilas verschwunden, als sie im Aussenbereich spazieren ging.

Gänsehaut am ganzen Körper.

Die Zigarette fliegt aus dem heruntergekurbelten Fenster.

Zeugen, die sachdienliche Hinweise über den Aufenthaltsort des Opfers oder eines Verdächtigen geben können, werden gebeten, sich unverzüglich an die Behörden zu wenden.

Ab jetzt wird die Alarmmeldung in den nächsten drei Stunden alle fünfzehn Minuten gesendet werden.

Er kennt die Abläufe in- und auswendig.

Eine 1993 in den USA durchgeführte Studie

Lass es sein, Pierre.

… hat ergeben, dass von 621 Kindesentführungen mit Todesfolge

Anstand. Respekt. Würde.

… 44% der Kinder innerhalb der ersten Stunde getö-tet wurden

Wenn Maries Eltern dich jetzt so sehen würden.

… 74% innerhalb der ersten drei Stunden

Verdorbenes Vergnügen, Pierre.

... und 91% innerhalb von 24 Stunden nach der Entführung.

Schäm dich.

Du kannst nicht anders. Du denkst an Lucie.

»Er« hat sich wieder gezeigt.

»Er« ist zurück.

Und du lächelst.

8

Der Renault-Sattelschlepper schert genau in dem Moment aus, als Pascal auf die Überholspur wechselt. Scharf bremsen, das Lenkrad unter Kontrolle behalten. Grund ist ein Renault Vel Satis, der ganz plötzlich auf den Standstreifen gezogen ist.

Der Sattelschlepper lässt ausgiebig sein Horn erklingen, die Vibration hallt in Pascals Körper nach. Taub zu sein bedeutet, ein Reptil zu sein. Taub zu sein heisst, den Klang anhand des Bildes zu rekonstruieren, ständiges Entschlüsseln, Interpretieren der Zeichen.

Der Verkehr fängt wieder an zu fliessen; ein Unfall bei Tempo 130 mit der Kleinen hinten drin – das hätte ihm jetzt noch gefehlt. Das Schlimmste ist, wenn einen die Dummheit der anderen in die Scheisse reitet. Ihre Fehler fallen dir auf die Füsse, obwohl *du* aufgepasst hast, obwohl *du* der verdammte Inbegriff von Perfektion bist.

Beruhig dich, Pascal.

Atmen, genau so.

Das Beste wäre, überhaupt nichts zu fühlen, nicht die kleinste Emotion hochkommen zu lassen. Das Äussere hat er im Griff, das hat er gelernt, aber das Innere entgleitet ihm noch. Die Chemie, Partikel in Aufruhr. Er muss einen Gang runterschalten, wenn er nicht die Kontrolle verlieren und alles versauen will.

Erstes Schild mit grossen Leuchtbuchstaben über der Fahrbahn: »Entführungsalarm, schalten Sie auf 107,7.«

Pascal wirft einen Blick auf die Uhr im Armaturenbrett.

15 Uhr 19.

Er hat den Parkplatz verlassen, als die erste Polizeistreife eingetroffen ist.

Hat sich in aller Ruhe hinter einem Auto mit Wohnwagen eingeordnet.

Kommen und Gehen auf dem Rastplatz: Autos, Lastwagen, Motorräder, Wohnmobile ...

Trubel.

Ihre Scheissferien.

Ihr Scheiss-fünfzehnter-August.

Mariä Himmelfahrt.

Unbefleckte Empfängnis.

Er hat auch eine kleine Maria da hinten.

Zwischen dem Zeitpunkt des Verschwindens und dem Auslösen des Alarms ist fast eine Stunde vergangen.

Pascal fährt.

Bei allen Risiken, die eine Autobahnraststätte mit sich bringt: Am Ende ist es leichter.

Alles ist die ganze Zeit in Bewegung.

Hauptsache, man verlässt nicht das Netz.

Das hat Pascal nicht vor.

Pascal mag: Einkaufszentren, Supermärkte, grosse Parkplätze, Bahnhöfe, Flughäfen.

Die Autobahn.

Ein Nichtort.

Man ist dort richtig: arbeiten, observieren, fangen.

Man ist niemand.

Man ist: Funktion, Zahnrad, Ware.

Marie hinten ist brav.

Plastikriemen um Knöchel und Handgelenke.

Klebeband über ihrem Mund.

Das Chloroform ist zum Betäuben.

Danach: Flunitrazepam zur völligen Selbstaufgabe.

Bewegungsunfähigkeit. Gedächtnisverlust. Bewusstlosigkeit.

Versteck unter dem Schrank der Kücheneinheit.

Fötusstellung.

Marie schläft.

III

1

Siedepunkt.

Bewegung, Gedränge, und dann noch die Gluthitze.

Polizisten in schweissdurchnässten Hemden. Klebrige Schenkel unter den Hosen. Schweissfüsse in den Socken.

Ein Desaster. Das Horrorszenario.

Reinstes Chaos.

Logik in das Chaos bringen.

Alles durchkämmen, Informationen zusammentragen.

Gendarmerie départementale auf Alarmstufe Rot. Polizeikontrollen an den Abfahrten, an den Mautstellen. Durchsuchung des Parkplatzareals.

Ein Helikopter ist unterwegs.

Die gesamte Raststätte und die Umgebung wurden durchkämmt.

Julie Martinez, Capitaine der Gendarmerie, nimmt ihre Mütze vom Kopf. Auf ihrer glänzenden Stirn zeichnet sich eine rote Linie ab. Ihre kurzen Haare machen weder die Hitze erträglicher noch diese vertrackte Situation, die ihre ganze Tagesplanung über den Haufen wirft.

Ein Kollege bringt ihr eine zimmerwarme Flasche Wasser. Eine Karies macht ihr zu schaffen, aber sie hat keine Zeit, sich damit zu befassen: also kein Eis, keine kalten Speisen oder Getränke. Julie Martinez gibt dem Kollegen zu verstehen, dass er sie allein lassen soll. Sie geht ein Stück, auf einen Picknicktisch zu, will wenigstens einen Moment für sich haben.

Zehn Minuten, sie will nur zehn Minuten Ruhe.

Tote Zweige knacken unter ihren Stiefeln. Eine dicke schwarze Natter verschwindet zwischen den Blättern. Julie bleibt stehen, setzt sich.

Durch den Baumwollstoff ihrer Uniform spürt sie den kühlen Beton. Ungeachtet des Rauchverbots, das wegen der Trockenheit verhängt wurde, zündet sie sich eine Marlboro Light an.

Sie würde gern alles ausblenden, aber »alles ausblenden« bedeutet häufig, über alles nachzudenken. Selbst im Schlaf hat sie noch das Gefühl zu grübeln. Sorgen werden zu Träumen; unruhiger, stressgeplagter Halbschlaf. Und dann das Aufwachen wie eine Rettung vor dem Schlimmsten.

Eine verdammte Scheissentführung.

Wovor es Polizisten am allermeisten graut.

Wegen der Verwerflichkeit der Tat. Wegen des Presserummels. Der Wellen, die die Sache schlägt. Wegen des Grossaufgebots, das in vielen Fällen doch zu keinem Ergebnis führt.

Die beiden Schäferhunde, zwei Malinois, ziehen weiter ihre Kreise, sind bestimmt zehnmal zwischen Restaurant und Parkplatz hin- und hergelaufen. Die Hundestaffel schliesst inzwischen die Möglichkeit einer Flucht über den

Gitterzaun an der Autobahn aus. Die Hundeführer konnten keine »heisse Fährte« aufnehmen.

Die Geruchsspur von Marie Mercier, zwölf Jahre alt.

Sie war nur auf der Durchreise.

Marie, aufgelöst im Äther.

Verfluchtes Verschwinden.

Das Durchkämmen des Geländes und die Fahrzeugkontrollen rund um die Raststätte haben nichts Neues ergeben.

Julie Martinez knetet mechanisch die Stelle mit den drei Ringen an ihrem linken Ohr durch.

Die Fährtensuche hat nichts ergeben.

Die Zeugenbefragungen haben nichts ergeben.

Alle sind mit ihren Ferien beschäftigt. Kümmern sich um ihre Lieben. Angst vor Stau. Hitze. Unleidliche Kinder. So schnell wie möglich am Ferienhaus ankommen. Müdigkeit von der Reise. Müdigkeit von mehr als elf Monaten stumpfsinniger Plackerei. Heilsversprechen der Ferien.

Gesetz der Trägheit.

Mit dem Strom schwimmen.

Doch ein freies Elektron konnte sich loslösen. Dieser eine, der das Kind eines anderen fortreisst. Oder »diese eine«. Aber Frauen stellen laut Statistik die Minderheit der Täter bei Kindesentführungen. Das ist so wie mit Suizid durch Schusswaffen, noch so ein Männerding. Selbsterfüllende Stereotype oder echte genetische Veranlagung?

Keine Zeit zum Philosophieren, Julie. Die Hälfte deiner Zigarette, und du hast noch nichts aus deinem Moment der Einsamkeit gemacht: kein Alles-Ausblenden, kein Alles-noch-mal-Durchgehen.

Also geh alles noch mal durch.

Erster Schritt. Mutmasslicher Tathergang. Nochmals die Notizen im blauen Spiralheft studieren:

13 Uhr 20: Ankunft der Familie Mercier an der Raststätte Aire des Lilas. Betreten des Restaurants.

13 Uhr 30: Marc, Sylvie und ihre Tochter Marie stehen an der Selbstbedienungstheke an.

13 Uhr 40: Die drei setzen sich an einen Tisch und essen.

13 Uhr 55: Marie steht vom Tisch auf. Sagt, sie habe keinen Hunger mehr.

14 Uhr 15: Marc und Sylvie reden. Machen sich anschliessend auf die Suche nach ihrer Tochter, die entgegen ihrer Vereinbarung noch nicht zurück ist.

14 Uhr 25: Sylvie ruft von ihrem Handy aus die Polizei an.

14 Uhr 40: Ein erster Streifenwagen erreicht die Raststätte Aire des Lilas.

14 Uhr 50: Der Beamte Lebert ruft in der Zentrale an und informiert die Vorgesetzten über die Möglichkeit einer Entführung.

15 Uhr: Zwei weitere Streifenwagen treffen ein.

15 Uhr 05: Voraussetzungen, um von einer Entführung auszugehen, sind erfüllt: begründeter Verdacht auf Freiheitsberaubung, Gefahr für Leib und Leben des Opfers, das Opfer ist minderjährig.

15 Uhr 15: Auslösen des Entführungsalarmsystems.

Eine Meldung wird durchgegeben, um den Aufenthalt des Kindes oder des Verdächtigen zu ermitteln.

Da kann man nichts sagen.

Das Entführungsalarmsystem funktioniert bestens.

Und da kann sich Julie Martinez so viel von kaufen, dass sie sich überhaupt kein Bein mehr ausreissen muss.

Also bleiben ihr zwei kräftige, eher übermässig muskulöse Beine, die sie einfach nicht schlanker kriegt, trotz eines speziell vom Fitnesstrainer entwickelten Programms, trotz der Ratschläge einer Ernährungsberaterin.

Ja, das Entführungsalarmsystem ist das Leuchtturmprojekt von Oberstaatsanwalt, Ermittlungsbeamten und Justizministerium.

Durchaus.

Nur nicht für diesen spezifischen Fall. Nicht auf einer Autobahnraststätte. Vor allem nicht, wenn man davon ausgeht, dass die erste Stunde entscheidet.

Danach wird es kritisch.

Die erste Stunde ist schon vorbei.

Julie Martinez raucht ihre Zigarette zu Ende, zerdrückt sie unter der Sohle, bis der Stummel vollständig zerrieben ist. Sie kennt das erhöhte Tötungsrisiko. Es besteht noch eine sechsundzwanzigprozentige Wahrscheinlichkeit, Marie in den nächsten zwei Stunden lebend zu finden.

Sie wirft einen Blick auf ihre Fliegeruhr.

Die Zeiger verschlingen die Zeit.

Weniger als zwei Stunden, um genau zu sein.

Und das den Eltern sagen.

Sag ihnen das mal, Julie.

2

Pierre betritt die Raststätte, niemand beachtet ihn.

Bei dem Geräusch der Sirene – roter Hintergrund, dann ein Foto des Kindes mit Personenbeschreibung – richten alle Kunden, alle Mitarbeiter ihre Blicke auf die drei im Restaurant verteilten Bildschirme an der Wand: Auf einen Schlag ist alles still.

Weltmeisterschaft.

Elfmeter.

Nur dass der Ball das Gesicht eines zwölfjährigen Mädchens ist.

Pierre schlängelt sich durch bis zur Theke. Hinter ihm strömen immer mehr Menschen zusammen. Schaulustige. Die in der Nähe waren und im Radio gehört haben, dass Aire des Lilas der »Ort des Geschehens« ist.

Der Brennpunkt.

Der Mittelpunkt der Welt.

Auf der Welle reiten.

Der Reiz des Morbiden.

Vielleicht sind auch ein paar gute Seelen unter ihnen. Ehrliche, mitfühlende, Mutter Teresas.

Oder jemand, der weder das eine noch das andere ist. Eine Ausnahme. Ein Getriebener.

»Er«.

Pierre Castan bezahlt seinen Kaffee und legt den Bon auf den Tresen. Der Fernseheinspieler ist kurz, das Publikum löst sich auf, das Publikum kann wieder durchatmen, kommt wieder in Bewegung. Das Publikum wird wieder zu Mann, Frau oder Kind, Einzelperson und Kunde. Man nimmt den Sprössling bei der Hand und hält sie ganz fest. Etwas zu fest im Übrigen, der Sprössling beschwert sich.

Der Kommentator fährt fort: Das Spielergebnis bleibt ungewiss, aber die Niederlage liegt in der Luft. Wird man sie finden? Beunruhigte Blicke, bange Worte, Betroffenheit. Es geht schliesslich um ein Kind. Pierre schnappt auf, Pierre versteht. Bekanntermassen fünf verschiedene Sprachen. Bei den anderen reimt er es sich zusammen, bei den Sprachen aus Skandinavien oder den aufstrebenden Ländern im Osten: Rumänien, Bulgarien, Kroatien. Wo das Geld fürs Reisen da ist.

Pierres Blick fällt auf zwei Beamte, die vom Gewimmel der Leute sichtlich genervt sind. Die Menge macht ihnen nach und nach Platz, und so bahnen sie sich einen Weg durchs Restaurant. Eine Frau und ein Mann. Sie gehen so dicht an ihm vorbei, dass er ihren Schweiss riechen kann, der sich mit einem leichten Parfum mischt, Deo, Eau de Cologne. Ihrer Uniform zufolge Capitaine und Lieutenant. Drei und zwei Streifen auf den Schulterklappen. Er hatte genug Zeit, um zu lernen. Er hört, wie die Frau ihren Kollegen »Gaspard« nennt.

Gaspard, verdammt.

Pierre folgt ihnen, er registriert den muskulösen Hintern und das etwas zu breite Becken des Capitaine, ihre kräftigen, festen Beine, die er unter der Uniform erahnt. Auf der Höhe ihrer linken Hüfte ragt der Griff ihrer Pistole aus dem Holster. Nur die Knarre und ein Handy.

Nichts von dem anderen Krempel, den sie sonst an ihrem Gürtel mit sich herumschleppen. Eine Minimalistin.

Less is more.

Pierre vertraut ihr instinktiv.

Ganz einfach.

Sich an sie schmiegen, damit sie zu ihm spricht wie eine Mutter zu ihrem Sohn. Ihm über das Gesicht streicht. Ihn beruhigt.

Pierre würde sie gern an der Schulter fassen, sie zurückhalten, mit ihr reden, ihr Zeit ersparen. Seitdem Pierre auf der Autobahn lebt, hat er gewisse Dinge erfahren, er hat seine Schlüsse gezogen.

Capitaine Martinez macht eine Dreivierteldrehung; einfache, flüssige Rotation des Oberkörpers.

Kurzer Blickwechsel.

Gewisse Dinge.

Weil du überzeugt bist.

Weil du weisst, dass du recht hast.

Aber wenn du dich offenbarst, dann nehmen sie dir deine Rache.

Und dann gäbe es für dich keinen Grund mehr weiterzumachen.

Pierre lässt Capitaine Martinez ziehen. Lieutenant Gaspard öffnet eine von einem Beamten bewachte Tür. Hinter der Tür: ein Büro und ein Paar, auf zwei Stühlen, Seite an Seite. Die Mutter tränenüberströmt. Das Gesicht des Vaters verschlossen und hart.

Flash.

Ein Bild.

Alles wie bei dir.

Damals.

Die Tür schliesst sich.

3

Eine Spannung.

Capitaine Julie Martinez spürt eine Präsenz, ein Bohren in ihrem Rücken. Sie dreht sich um, als wenn nichts
wäre, und in der Bewegung sieht sie den Mann, der sie
beobachtet: um die fünfzig, kräftig, aber wie von innen
ausgehöhlt. Graue Haare, blaue Augen. Eingefallene Wangen, schlecht rasiert. Capitaine Julie Martinez entspannt
sich, als sie etwas mehr Abstand gewonnen hat. Sie prägt
sich Pierres Gesicht ein.

Und denkt schon nicht mehr daran, als sie das Büro
betritt, das ihnen der Geschäftsführer des Restaurants,
Gérard Lucino, zur Verfügung gestellt hat.

Ein dämlicher, fetter Lustmolch, der sie gleich nach
Fickpotential unter der Uniform abscannt.

Soll er ruhig. Das ist Teil des Spiels. Seitdem sie sich
das Schauspiel der Menschheit zu Gemüte führt, erkennt
sie die wiederkehrenden Schemata, das Unvermögen,
Strukturen zu durchbrechen: Erziehung, soziale Katego-
rien, Umfeld, Mangel an Offenheit, Faulheit.

Dummheit.

So schwer, unsere Ketten zu sprengen, nicht wahr?

Die nächste Stufe erreichen.

Versuchen, etwas freier zu sein.

Lieutenant Gaspard lässt ihr den Vortritt.

Gaspard ist ein guter Kerl. Er erntet Spott wegen seines Namens, Gaspard, Kaspar, aber mir gefällt er. Der Name und der Mann. Zurückhaltend, effizient, aufrecht und zielstrebig. Hat kein einziges Mal etwas versucht, ausser an dem einen Abend, als sie beide getrunken hatten und er seine Hand auf ihre gelegt hat.

Julie Martinez geht um den Schreibtisch herum, sie wünschte, all das wäre weniger offiziell, weniger angespannt, irgendwie intimer.

Wodurch intim?

Wodurch weniger angespannt?

Abgesehen von dem hässlichen, aber bequemen Sessel, in dem sie sich gerade niedergelassen hat, sieht sie nichts, nein.

Um sie herum,

um sie alle herum

gibt es nichts, was auch nur ein bisschen Hoffnung versprüht – Aktenordner in einem IKEA-Regal, Dienstpläne der Mitarbeiter an einer Magnettafel, noch mehr Aktenordner in einem Metallschrank (Lohnabrechnungen, Buchhaltung, Lieferscheine), Kurzhaarteppich voller Milben.

Scheisse, wie trist kann das Leben sein.

Nein, nichts.

Weder um sie herum noch sonst wo.

Schon gar nicht hier, nicht jetzt.

Auf die Frage der Mutter – »Und?« – kann Martinez nur mit anderen Fragen antworten.

»Wir haben Ihnen schon alles gesagt«, erklärt der Vater.

»Ein Detail, egal wie unwichtig es auch scheint«, beharrt Gaspard.

Die Mutter nimmt den Kopf in die Hände.

»Es ist unsere Schuld, ohne ... ohne unsere ständigen Streitereien wären wir jetzt nicht hier.«

Vielsagende Miene des Vaters. In den Schmerz mischt sich Scham.

Julie denkt: die Grundschullehrerin und der Fitnesstrainer.

Er wüsste vielleicht, wie ich meine Beine dünner kriege.

Julie fährt mit der Hand über ihr Gesicht – den unpassenden Gedanken vertreiben. Müdigkeit. Stress.

Bei wem ist die Scham in diesem Moment am grössten?

Bei Julie oder Marc?

»Was für Streitereien?«, fragt Gaspard nach.

Die Mutter lässt alles raus, erzählt: vom Ehebruch ihres Mannes, von den Ferien als letztem Versuch nach ihrer schrecklichen Woche ohne Marie. Die Möglichkeit einer Versöhnung: Familie, sie drei, es versuchen, sagt Sylvie schluchzend.

»Wir wollten reden«, sagt Marc schliesslich. »Wir haben unserer Tochter erlaubt rauszugehen, damit sie ... sich ein bisschen die Beine vertreten kann. Sylvie und ich, wir haben uns vollkommen idiotisch aufgeführt. Es ... es tut uns leid, mein Gott, Marie, es tut uns leid!«

Marc beugt sich zu seiner Frau hinüber, bis er fast vom Stuhl fällt. Sie stehen auf, um einander besser in die Arme schliessen zu können. Raunen sich gegenseitig Entschuldigungen zu, geben sich den Zärtlichkeiten hin, ihrer Liebe im Unglück.

Als brauchten die Menschen eine Katastrophe, damit ihnen klarwird, was sie im Begriff sind zu verlieren.

Als könnten sie den Lauf der Dinge verändern, wenn sie sich nur wieder zusammenraufen.

Auf den tränenüberströmten Gesichtern deutet sich ein Lächeln an.

Aufflackernde Hoffnung: »Sie werden sie finden, nicht wahr?«

Der Vater stellt die Frage, aber in Wirklichkeit fragen sie beide.

Julie Martinez streift den ausweichenden Blick von Gaspard.

Seine feuchten Augen.

Gütiger Himmel, sie ist kurz davor, ihre Bluse aufzuknöpfen und ihm ihre Brust zu geben, damit er daran saugen, daran lecken kann.

Es geht ihr nah, verdammt. So ist das.

Julie ist keine Mutter, wird es vielleicht niemals sein.

Ihre Brüste drückt sie unter einem Sport-BH weg wie ihre Gefühle.

Perfekt fürs Joggen.

Extrastarker Halt.

4

Frostiger Empfang.

Als wäre er ein verdammter Kapo.

Direkt aus dem Arsch vom Chef gekrochen.

Nur Sandrine zeigt sich freundlich: »Küsschen zur Begrüssung?«

Pascal folgt ihr ins Büro. Identisch mit dem anderen, nur unordentlicher: stapelweise Unterlagen auf dem Schreibtisch, dreckiger Teppich, von Papierkram und leeren Verpackungen überquellende Abfallkörbe. Essensgeruch, abgestandene Klimaanlagenluft.

Pascal reisst sich zusammen, unterdrückt das klaustrophobische Gefühl, das ihn überkommt.

Sandrine packt aus: »Ich bin so froh, dass du da bist. Monsieur Lucino sagt, dass er dir vertraut. Hier stinkt es zum Himmel. Scheissatmosphäre, jeder gegen jeden. Anscheinend war die Sache mit dem Fleisch nur die Spitze des Eisbergs. Der Filialleiter hat wohl Geld unterschlagen.«

»Mortier?«

»Du kennst ihn?«

»Ich weiss, wer hier arbeitet.«

»Ach ja? Jedenfalls: Es ist gut möglich, dass auch noch andere aus der Belegschaft in die Sache verwickelt sind. Abkassieren ohne Quittung, so was, du verstehst?«

Sandrine fährt sich mit flinker Zunge über die geschminkten Lippen. Die blaue Bluse mit den weissen Streifen spannt sich mehr schlecht als recht über einen korpulenten Körper, der wohl noch unter der Bezeichnung

»vollschlank« läuft. Augenringe, Grübchen, die Haare zum Dutt zusammengebunden, goldenes Kettchen mit Kruzifixanhänger um den Hals. Aufgeknöpfte Schürze, die den Ansatz der Brüste freigibt. Weisse Haut. Genau die richtige Sorte für Gérard Lucino, die Sorte, die du gleich hier im Büro flachlegst, kurze, schnelle Nummer und dann zurück an die Arbeit. Die Sorte Frau, bei der gewisse Männer denken: »zum Ficken, ja, aber nicht zum Heiraten«.

Pascal hat nicht vor, irgendjemanden zu heiraten.

Pascal ist impotent.

Das stört ihn nicht weiter. Er nimmt Abstand und lässt die anderen sich herumschlagen mit ihrer Libido.

Absolute Freiheit ist für ihn, wenn er seinen Bus abgezahlt haben wird. Dann schuldet er niemandem mehr irgendwas.

»Hier sind die Schlüssel«, sagt Sandrine und legt sie nebeneinander auf den Tisch. »Personaleingang, Umkleide und, am wichtigsten, die Kühlkammer. Du kümmerst dich erst mal um die Vorräte, okay?«

Pascal lächelt.

Sandrine lächelt zurück. Eine Sache beschäftigt sie noch: »Sag mal, Pascal, kann ich dich was fragen? Denkst du, ich habe eine Chance, die Filialleitung zu übernehmen? Hat Lucino irgendwas fallenlassen?«

Es ist wirklich gut, keinen hochzukriegen, denkt Pascal. Das erspart dir jede Menge Scherereien.

Jede Menge.

Ein Hintern denkt nicht nach.

Von all seinen verschiedenen Verwendungsmöglichkeiten ist die gängigste, ihn auf einen Stuhl zu setzen.

Auch ein Stuhl denkt nicht nach.

Sein vorrangiger Zweck ist, sich einem Hintern zur Verfügung zu stellen und dafür zu sorgen, dass der es möglichst bequem hat.

Was bei diesem Stuhl hier nicht der Fall ist.

Rot. Klappbar. Wackelig. Plastik. Leichte Vertiefung in der Sitzfläche. Gerade Rückenlehne. Vier Füsse. Nicht unbedingt ergonomisch. Steht nicht in diesem Büro, um es jemandem bequem zu machen, sondern um zweckmässig zu sein. Wenn man erfasst hätte, wie lange auf ihm gesessen wurde, seitdem er in diesem Raum steht, ergäbe das eine durchschnittliche Benutzungsdauer von zwölf Minuten pro Sitzenden. Dann würde auch auffallen, dass dieser Durchschnitt in den letzten Stunden, seitdem das Büro zum provisorischen Hauptquartier für Capitaine Julie Martinez geworden ist, deutlich gestiegen ist. Die Sitzfläche ist noch warm, als Sylvie Mercier, von ihrem Mann gestützt, den Raum verlässt und sie beide vom wachhabenden Beamten zur Psychologin begleitet werden, die zur Unterstützung herangezogen worden ist.

Die Tür schliesst sich.

Gaspard sieht Martinez an, die Gaspard ansieht. Nicken. Sie zünden sich beide eine Zigarette an, zur Hölle mit dem Rauchverbot.

Stille.

Gaspard wartet, bis seine Vorgesetzte das Schweigen bricht. Gaspard geht auf andere einen Schritt zu. Auf andere einen Schritt zugehen bedeutet auch, sich zurückhalten zu können.

Julie weiss das zu schätzen und gibt sich nach dem dritten Zug einen Ruck: »Das ist eine verdammte Scheisse, Thierry.«

Thierry Gaspard nickt.

Sie wissen es beide.

Es gibt das Innen (a) und das Aussen (b).

a) Das Innen: das Autobahnnetz. Fluchtmöglichkeit in nur eine Richtung, mit dem Verkehrsfluss. In diesem Fall ist Marie Mercier in einem Fahrzeug eingesperrt, das sich in genau diesem Moment immer weiter seinem Ziel nähert.

Hunderte, Tausende Fahrzeuge.

Marie Mercier: 148 Zentimeter, 47 Kilogramm. Body-Mass-Index (BMI): 21,5 (unterer Durchschnitt, aber nicht untergewichtig). Zarter Knochenbau. Geschmeidige Muskeln und Bänder erleichtern Verrenkungen auf begrenztem Raum.

Beliebige Verstauungsmöglichkeiten: Rückbank, Kofferraum, Kisten, Kästen, Laderaum, Fahrerkabine, Container, Anhänger, Wohnwagen.

Ununterbrochener Strom von Fahrzeugen. Den Strom eindämmen durch Kontrollen an: Mautstellen, Ausfahrten, Parkplätzen, Rastplätzen. Zügige Durchsuchungen. Anordnung des Präfekten: Staus vermeiden. Effiziente Suche, ohne den Ferienverkehr auf der Nord-Süd-Achse zu beeinträchtigen. Wo üblicherweise die Müdigkeit der Anreisenden auf den Verdruss der Abreisenden prallt.

b) Das Aussen: ausserhalb des Autobahngeländes.

Zunächst die direkte Umgebung: Felder, Wälder, Weiher, Dörfer, einzelnstehende Häuser. Suchaktionen, Hundestaffel, Taucher, Helikopter und Luftbilder, Befragungen der Anwohner. Oben, unten, in alle Richtungen. Distanz. Nähe. Verschiedene Perspektiven.

Dann den Bereich erweitern: verzweigtes Strassensystem, vom Weg bis zur Landstrasse.

Zusammenfassend: innen wie aussen in einem Winkel, der immer grösser wird, weil sich die Frage in Wirklichkeit zu 360 Grad stellt.

Wo ist die kleine Marie Mercier?

Wo suchen?

Julie Martinez ist die erste von beiden, die ihren Zigarettenstummel in dem kalten Kaffeerest ertränkt. Sie reicht Thierry den Plastikbecher, er nimmt ihn, sieht ihr dabei in die Augen. Die beiden verstehen sich auch ohne Worte. Bestes Beispiel für völligen Einklang, perfektes Zusammenspiel zweier Kollegen. Und das innerhalb der Gendarmerie nationale. In ihrer jeweiligen Privatsphäre schlägt sich das weniger nieder. Julie klopft bei Männern an, die schon in einer Beziehung leben (die Verheirateten) oder genau das nicht mehr wollen (die Geschiedenen) oder Angst davor haben (die egozentrischen Singles) oder die geradezu danach lechzen (die verzweifelten Singles). Thierry klopft bei niemandem mehr an, hat es sich bequem gemacht im Alltag einer stabilen Beziehung, die ihm nicht den geringsten Anlass gibt, diese in Frage zu stellen (verheirateter Vater von zwei Söhnen), ihm aber auch seit ein paar Jahren zu keinem echten Höhenflug mehr verhilft.

Sie denken aneinander vor dem Einschlafen. Sie denken aneinander kurz nach dem Aufwachen. So kommt es zu einem zusätzlichen Spritzer Parfum hinters Ohr oder zu einer etwas gründlicheren Kinnrasur. Bleibt abzuwarten, ob das Liebe ist.

Die beiden verstehen sich auch ohne Worte, belassen es am Ende aber nicht ganz dabei, trotz allem. Julie Martinez kennt die Antwort, aber sie muss sie hören: »Was bleibt uns noch?«

Thierry lächelt. Er weiss, dass die Frage in Wirklichkeit viel weiter, viel tiefer greift: Was bleibt von unseren Träumen, unserer Naivität, unseren Überzeugungen, unseren Sehnsüchten, der Zeit, die uns zu leben bleibt.

Thierry lächelt und beschränkt sich auf das Konkrete: »Videoüberwachung und Handy.«

Technologie. Sich den Zufall zunutze machen. Manchmal kann das funktionieren.

»Was noch?«

Und noch einmal. Zurück zu der weitgreifenderen Frage, zu dem, was wir nicht fassen können. Zusammentreffen von Zeit und Raum: »Ein Glückstreffer.«

Purer Zufall. Manchmal gibt es das.

»Machen wir weiter?«, fragt Capitaine Martinez fast entschuldigend.

Stunde null für den Zufall, für existentielle Fragen.

Am Ende bestehen wir aus Atomen. Unterliegen wir reiner Physik.

Gaspard nickt, verlässt das Büro und kommt mit dem Chef der Restaurantkette wieder.

»Ich stecke bis zum Hals in Arbeit«, sagt Gérard Lucino. »Ärger mit dem Personal.«

Julie Martinez ist nicht entgangen, dass ihm die Sache scheissegal ist. Es ist nicht seine Tochter, wenn er überhaupt eine hat. Kein Fünkchen Empathie. Sie hat oft mit diesem Typ Mensch zu tun. Das Unglück muss man unterm Mikroskop betrachten, und selten sind die, die hinsehen.

Routinefragen, Aufforderung zur Zusammenarbeit: Julie will die Aufnahmen der Überwachungskameras.

Zwischenmenschliche Beziehungen. Manchmal hilft das.

Gérard Lucino setzt sich auf die andere Seite des Schreibtischs, wie zu seinen Anfängen, als er nur ein einfacher Angestellter war.

Dorthin, wo eben noch Sylvie Mercier gesessen hat.

Dorthin, wo heute Morgen Pascal gesessen hat.

Ein Stuhl denkt nicht.

Unterscheidet nicht.

Urteilt nicht.

Er stellt sich Chef wie Angestellten zur Verfügung.

Opfern wie Henkern.

IV

1

Sie haben alle Schleusen geöffnet.

Sind verloren.

Allein. Vollkommen allein. Mit dem Schlimmsten konfrontiert.

Nach einhelliger Meinung von Psychologen sind die zwei grössten Leiden für einen Menschen:

a) die Behinderung des eigenen Kindes

b) der Tod des eigenen Kindes.

Marc und Sylvie stehen an einer Schwelle, am Rande des Abgrunds. Die Hoffnung bewahrt sie vor dem Fall. Eine Hoffnung, die mit jeder Minute weiter in die Ferne rückt. Man kann sie beruhigen, sie können sich selbst beruhigen, aber tief in ihrer Magengrube, in der letzten Verästelung der letzten Nervenbahnen, da bleibt dieser winzige, bittere Rest nackter Angst; ein Bild, dessen Negativ sich ohne jedes Erbarmen immer deutlicher zeigt: Marie ist verloren.

Die Psychologin hat ihnen zugehört. Camille Boustraki. Camille hat ihnen ihre Angst genommen, ihre Schuldgefühle, ihre Verzweiflung, und mit sanfter, ruhiger Stimme drängt sie das Grauen zurück, verschiebt es auf einen späteren Zeitpunkt, zumindest für jetzt.

Aufschub.

Camille ist neunundzwanzig und noch nie mit dem Schlimmsten konfrontiert worden.

Camille Boustraki hat kein Kind.

Aber sie beherrscht trotzdem ihr Metier.

Die Theorie.

Im Grunde ist sie die logische Konsequenz der von einer Autobahnmenschheit geschaffenen virtuellen Welt.

Einer Gesellschaft des Internets, der Dienstleistungen, der Kreditkarten.

Camille Boustraki, neunundzwanzig, lange schwarze Locken, hat niemals Akne gehabt. Schön. Makellos. Fitness dreimal die Woche. Sie ist das Bollwerk gegen die schlafenden Mammuts unter dem Asphalt.

Marc und Sylvie Mercier haben sich erhoben, sind aus dem wie ein Sitzungsraum im Kleinformat ausgestatteten Mercedes-Minibus ausgestiegen. Sie haben das komfortable Hotelzimmer abgelehnt, das man ihnen angeboten hatte. Wollen lieber so nah wie möglich am Rastplatz bleiben, auf dem Marie verschwunden ist. In fünfundzwanzig Kilometern Entfernung zur Einschlagstelle, zu dem Ort, der alles aus den Angeln gehoben hat. Der sie verletzt, verstört und für immer verändert hat.

Jetzt sind sie in einem B & B-Hotel an einer Umgehungsstrasse. Ganz in der Nähe einer Fertighaussiedlung. Hinter dem Fenster des letzten Zimmers in der letzten Etage, ganz hinten am Ende des Flurs, wird Marc klar, wie unecht all das ist, wie sehr alles, was man ihnen verkauft hat, nur Schwindel war, was für ein Betrug diese Wirklichkeit ist. Schilder und Schriftzüge ziehen sich am Horizont entlang, und die Sonne räkelt sich gleichgültig über der verwüsteten Landschaft.

Sylvie, seine Frau, Mutter ihres einzigen Kindes, steht vor dem Waschbecken und sieht in den Spiegel. Sie will die quälenden Fragen nicht mehr hören, sie konzentriert sich ganz auf das Pochen ihres Herzens und den Anblick ihrer hängenden Brüste.

Wie konnte es so weit kommen?

Man hat uns eine Welt versprochen, die das Tier im Käfig hält.

Man hat uns eine Lebensversicherung verkauft.

Man hat uns einen Immobilienkredit mit zwanzig Jahren Laufzeit gewährt.

Sylvie ist kalt. Sylvie zittert. Sylvie rührt sich nicht.

Sie hört durch die Rigipswand hindurch, wie sich die Zimmertür schliesst. Anflug von Panik bei dem Gedanken, Marc könnte sie hier alleinlassen. Nackt stürzt sie ins Zimmer, dann hinaus auf den Flur. Wellige Cellulite an ihren Oberschenkeln, an den Umrissen ihres Körpers. In der Ferne klappt die Tür zur Fluchttreppe. Unter all dem unnützen Fett ist sie immer noch die junge Frau, die Marc einmal gekannt hat.

Sylvie geht zurück. Sylvie zieht einen Pullover und einen Slip an. Sylvie setzt sich auf den Rand des Bettes und betrachtet die Reproduktion von Monets Seerosen an der Wand.

Der Blick wandert nach unten.

Auf dem Nachttisch, neben dem Handy: die Visiten-karte von Camille Boustraki, die sie jederzeit anrufen kann.

Ihr einziger, inständigster Wunsch, der letzte, den sie jemals haben wird: die Stimme ihrer kleinen Marie hören.

Das Telefon bleibt stumm.

Sylvie öffnet die Schublade des Nachttischs.

Der direkt an das Bett gebaut ist.

Klein. Aus Sperrholz.

Schliesst sie wieder.

Öffnet sie noch einmal.

Ein kleines Buch weckt ihre Aufmerksamkeit.

Eine Bibel.

Blau.

Das Neue Testament.

Camille Boustraki vs. Jesus Christus.

Auf gut Glück:

Es waren aber auch falsche Propheten unter dem Volk, wie auch unter euch sein werden falsche Lehrer, die verderbliche Irr-lehren einführen und verleugnen den Herrn, der sie erkauft hat; die werden über sich selbst herbeiführen ein schnelles Verderben.

Nimm das, Camille.

Du dumme Pute, was weisst du schon vom Leid?

2

Frauen.

Kriegen Kinder.

Oder nicht.

Ganz egal.

Manche bedauern es, welche zu haben.

Manche bedauern es, keine zu haben.

Manche leiden an ihrem Muttersein.

Manche leiden an dem unerfüllten Wunsch.

Camille Boustraki hat kein Kind.

Sylvie Mercier sucht ihres.

Ingrid Castan weiss es nicht mehr. Zwanzig Uhr. Das Telefon klingelt. Sie nimmt ab. Legt den Hörer auf das Kissen neben sich. Helle Bloody Mary: wenig Tomatensaft, viel Wodka. Die Selleriestange als Reminiszenz an die Zeit von fünfmal Obst und Gemüse am Tag.

Gefechtspause am Abend.

Die Verbrennung klingt ab. Vernarbt.

Bevor sie wieder anfängt zu jucken.

Pierre, mein Fels. Der du deinem Namen alle Ehre machst.

Aber der Riss ist im Inneren.

Pierre ist ein Mensch, der zum Mineral geworden ist. Pierre ist ein Wasser mit Sprudel. Pierre ist Sand. Pierre, das sind die Kiesel auf dem Grund des Flusses. Die gegeneinandergespült werden, bis sie ganz klein und irgendwann Sand sind. Pierre ist ein vor Müdigkeit klebriger Mund, die Zunge löst sich vom Gaumen.

Pierre spricht:

Ich bin ganz nah dran, Ingrid.

Ich berühre, was er berührt hat.

Den Kaltwasserhahn.

Den Knopf vom Händetrockner.

Den Tresen unter der Registrierkasse.

Das Buch in der Auslage.

In meiner Tasche habe ich das Kleingeld, mit dem er seinen Kaffee bezahlt hat.

Ich bin ganz nah dran.

Ich bin ganz nah dran, ich weiss nur nicht, wo.

Wir müssen warten.

Noch warten, Ingrid.

Warten.

Klick.

Freizeichen.

Dauerton.

Warten.

Auf die Rückkehr des Soldaten.

Auf das Ende des Krieges.

Auf die Ehemänner, die Söhne, die Väter, die man hat gehen lassen.

Frauen kriegen Kinder und lassen sich dann nehmen, was ihnen am teuersten ist.

Zu feige, um nein zu sagen.

Oder zu ergeben.

Ingrid denkt, Frage:

Was ist der Unterschied zwischen einer Mutter, die ihren Sohn im Irak verloren hat, und einer Mutter, die ihre Tochter auf der Autobahn verloren hat?

Nein, besser:

Was haben eine Mutter, die ihren Sohn im Irak verloren hat, und eine Mutter, die ihre Tochter auf der Autobahn verloren hat, gemeinsam?

Was aufs selbe hinausläuft.
Ende der Kommunikation.

3

Pierre in Bewegung.
Ein umherstreifender Jäger.
Riecht, beobachtet, lauscht.
Sucht ein Indiz, eine Spur.
Auf der Aire des Lilas geht er die Toiletten ab, den
Imbiss, den Shop, den Spielplatz, die Tankstelle. Bis der
Touristenstrom abnimmt. Dann verlangsamt Pierre sei-
nen Rhythmus. Bloss keinen Verdacht erregen bei dem
Einsatzwagen, der auf dem Parkplatz Wache schiebt. Die
Beamten sollen nur die Verbindung zum Ausgangsort halten. Pierre weiss sehr wohl, dass sich das eigentliche Ge-
schehen woanders abspielt. Strohhunde.
Jetzt geht er an dem Zaun zwischen Raststätte und Feldern entlang. Er hat sein T-Shirt ausgezogen, sein Körper
ist schweissbedeckt. Abgemagerter weisser Oberkörper,
hervorstehende Rippen. Im Kontrast dazu braungebrannt
im Gesicht, am Hals, an den Armen. Wie ein Radfah-
rer oder ein Maurer. Unter seinen ungeschnürten Schuhen
knacken die Zweige, seine nackten Füsse rutschen in dem
feuchten Leder hin und her, die Blasen sind zu Schwielen
geworden. Pierre will über den Zaun klettern, aber lässt es
bleiben. Da ist ein Magnet, der ihn auf dieser Seite hält,
bei der Autobahn. Der ihm alles genommen hat.

Und darin steckt Lucie.

Denk nach, Pierre.

Denk scharf nach.

Versetz dich in seine Lage.

Werde zu dem, der Lucie genommen hat. Der das Licht löscht. Dir in die Augen sticht. Sei blind. Geh in dich.

Wer bist du?

Ich bin.

Wer bist du?

Ich bin.

Knacken im Gehölz. Pierre wird mitten in seinem substantiellen Gedanken gestört. Sein Reflex geht ins Leere. Er tastet auf seinem Bauch, fühlt nur seinen feuchten Bauchnabel unter der Gürtelschnalle. Die Waffe liegt noch im Handschuhfach. Herzflimmern, er ballt die Fäuste, macht sich bereit.

Der Mann, der aus dem Gebüsch kommt, ist korpulent: knittriger beigefarbener Anzug, gelbe Krawatte mit gelockertem Knoten am geöffneten Hemdkragen. Übergewicht. Pfeifende Atmung. Der Mann ist überrascht, als er Pierre bemerkt. Keiner von beiden weiss, was er vom anderen zu halten hat. Gérard Lucino ist der Erste, der eine Vermutung hat. Er folgt einer Logik, und diese Logik wird durch den Akt bestimmt, mit dem er gerade befasst war.

»Bist du der Nächste?«, fragt er. »Da drüben musst du hin.«

Gérard geht an Pierre vorbei. Über seinem Bauch spannt die Knopfleiste seines blauen Hemds. Ein Knopf steht offen. Gérard wischt sich mit einem Stofftaschentuch über den Nacken, steckt es zurück in seine Tasche.

»Nicht mehr als dreissig Euro. Lass dich nicht verarschen. Sonst komm mit der Konkurrenz ...«

Er geht hämisch lachend weiter. Er hustet, spuckt aus.

Gérard Lucino / Pierre Castan: Diese Begegnung wird nicht in die Annalen eingehen.

Existenzen sind Wege, die sich kreuzen.

Milgrams Hypothese. Das »Kleine-Welt-Phänomen«.

Jeder Mensch ist mit jedem anderen über eine kurze Kette von sozialen Beziehungen verbunden.

Pierre und Gérard sind in der abgeschlossenen Welt der Autobahn überdurchschnittlich vernetzt. Sie sind gedachte Vertreter des »Trichtereffekts«.

Anders gesagt: wenn sich die Welt verengt.

Diesen Trichtereffekt kann man zum Beispiel unter Wissenschaftlern oder in der Filmbranche beobachten.

Hier in der kleinen Welt der Autobahn sind sie durch nur ein Zwischenglied getrennt:

durch Pascal, aber davon wissen die beiden nichts.

Pierre zögert. Er könnte Lucino nachgehen und ihn fragen, was er hier treibe. Mit welchem Recht? Dem Recht des Vaters, Blödmann. Und dann, plötzlich: singt da eine Stimme wie frisch gefallener Schnee mitten im August.

Wir bitten um Aufmerksamkeit:

Eine kleine Melodie. Eine Kantilene. Ein Lamento.

Zart. Kristallklar.

Atiéndeme /

Quiero decirte algo /

Kann das sein?

Que quizás no esperes /

Doloroso tal vez /

Kann es wirklich sein,

dass er

mitten

in

dieser

Scheisse

so etwas hört?

Escúchame /

Aunque me duela el alma /

Eine Sirene so weit vor der Küste?

Yo necesito hablarte /

Y así lo haré ...

Pierre tritt näher. Er sieht nicht viel in dem Helldunkel dieses zögerlichen Monds, milchig flirrende Strahlen streifen einen Körper, dahinter ein Zweimannzelt.

Das Mädchen verstummt, zerreisst den Helldunkelschleier, indem sie Pierre plötzlich mit dem Strahl einer Taschenlampe ins Gesicht leuchtet. Er ist geblendet, hält seine Hände vor die zusammengekniffenen Augen. Keiner von beiden bewegt sich. Nur das Licht flackert. Das Mädchen mustert Pierre, scheint beruhigt.

»Blasen vierzig, das volle Programm fünfzig.«

Das Mädchen lässt die Taschenlampe sinken, hängt sie an der Schlaufe an einen Ast. Der Strahl erhellt das Geäst, nach und nach werden im Lichtkegel ebenso sichtbar: ein Gaskocher, eine Kühlbox, ein blauer Schlafsack, der halb aus dem geöffneten Reissverschluss des Igluzelts ragt.

»Und?«, fragt das Mädchen. »Was ist jetzt?«

Pierre sieht ihr dabei zu, wie sie die Körbchen ihres BHs zurechtrückt.

»Dreissig, wurde mir gesagt.«

»Manchmal zwanzig. Manchmal gratis. Gib nichts auf die Gerüchte. Wir sind nicht alle gleich. Vierzig oder fünfzig, musst du wissen.«

»Sie haben auf Spanisch gesungen.«

»Wie nach jedem Arschfick. Was willst du, mein Herz?«

»Ich suche einen Mann.«

Das Mädchen lächelt, hebt ihren Jeansrock und zeigt ihm ihren Penis: schlaff, fleischig, dunkler als der Rest ihrer matten Haut.

»Ich heisse Lola. Du siehst hier eine Anomalie. Ich bin in Wirklichkeit eine Frau, ich hab nur nicht den Mut, ihn mir wegmachen zu lassen. Weder den Mut noch das Geld. Und vor allem hab ich Angst, den Spass zu verlieren, verstehst du? Jetzt, *querido,* musst du dich entscheiden. Für zwanzig Euro kannst du ihn auch lutschen ...«

Pierre holt sein Portemonnaie aus der Gesässtasche. Er nimmt einen Zwanziger, gibt ihn ihr.

»*Me llamo Pierre.*«

»Ich glaube, du hast nicht verstanden, Pierre. Auch wenn du was auf Spanisch faselst, der Tarif bleibt derselbe.«

»Ganz genau. Fürs Reden. Zwanzig Euro fürs Reden«, sagt Pierre und zieht eine Zigarette aus der Packung.

Lola seufzt, wirft einen Blick auf ihre Plastikuhr.

»Soll ich dir gut zureden? Brauchst du ein bisschen Zärtlichkeit, um einen hochzukriegen?«

Pierre zündet sich seine Zigarette an.

»Fünf Minuten, Lola. Ich stelle die Fragen, du antwortest. Leichtverdientes Geld.«

»Es ist leichter, euch zu ficken, als euch beim Jammern zuzuhören. Was habt ihr denn immer mit euren Frauen? Was ist euer verdammtes Problem? – *Dame un cigarrillo,* Pierre.«

Pierre gehorcht, gibt ihr Feuer. Er wartet, bis das Mädchen den Rauch des ersten Zugs in die Luft gepafft hat.

»Ich suche einen Mann«, wiederholt Pierre. »Nicht dich. Nicht zum Ficken und nicht zum Reden.«

»Also einen Mann zum Angucken?«

»Korrekt. Einen Mann, den ich mir ansehen kann. Dem ich in die Augen blicken kann.«

»Stell deine Fragen, *mi amor,* die Zeit läuft.«

»Seit wann arbeitest du auf diesem Parkplatz?«

»Sag mal, bist du etwa Bulle? Na gut. Ich wandere, verstehst du? Ich reise, von einem Ort zum anderen, aber immer hier in der Gegend, damit sie mich finden. Die Fahrer wissen dann, wo, sie nehmen mich mit, und ich zahle immer in Naturalien. Und wenn mich die Bullen kontrollieren, bin ich eine Touristin.«

Pierre kaut auf der Innenseite seiner Lippe.

»Und den Rest der Zeit, wo wohnst du da, was machst du?«

»Den Rest der Zeit lebe ich mein Leben, ich mache, was ich will.«

»Hast du heute Nachmittag hier auf dem Parkplatz irgendwas gesehen?«

»Wegen der Entführung von der Kleinen? Machst du Witze, *mi amor?* Ich bin vor grad mal 'ner Stunde hier angekommen.«

»Woher weisst du, was passiert ist?«

»Ich hab's im Radio gehört, als ich einem Slowaken in seinem Brummi den Schwanz gelutscht habe. Sonst noch was?«

Pierre schüttelt den Kopf. Durch die Zweige der Bäume hindurch kann er sie nicht sehen, aber die Sterne funkeln am schwarzen Himmel. In regelmässigen Abständen zerreibt es kosmische Trümmer bei ihrem Eintritt in die Erdatmosphäre.

»Na, komm, setz dich«, sagt Lola und zeigt auf einen länglichen Sitz neben dem Zelt. »Für zehn mehr kann ich es dir machen.«

Pierre erkennt die Rückbank aus seinem Auto. Auf der Lucie sass. Auf der jetzt Lola ihre Kunden bedient.

»Wo hast du die her?«, fragt Pierre. »Wie hast du sie hierhergeschafft?«

»Denkst du, ich bin mutterseelenallein? Dass mir nicht auch mal jemand behilflich ist?«

Pierre tritt seine Zigarette aus, bedankt sich und geht. Alle Fragen laufen am Ende auf die eine hinaus: Wo ist er?

»He, Pierre! Wie sieht der denn aus, den du suchst?«

Pierre weiss es nicht.

Lola lässt ihn ziehen, ohne ihn zu fragen, warum er einen Mann auf der Autobahn sucht.

Auch sie tritt jetzt ihre Zigarette auf dem trockenen Boden aus.

Sternschnuppen sind Teilchen von Kometen, die in der Erdatmosphäre verglühen.

Ein Unfall.

Ein simpler Unfall auf einer Flugbahn.

Weder Pierre noch Lola glauben noch daran, dass sich Wünsche erfüllen. Nicht weil sie verbittert oder zynisch wären. Sondern weil sie mittendrin, im Inneren sind.

Im harten Kern der Existenz.

Da, wo man überlebt.

4

Und?

Frau Ingrid Castan, geborene Steiner.

Was haben eine Mutter, die ihren Sohn im Irak verloren hat, und eine Mutter, die ihre Tochter auf der Autobahn verloren hat, gemeinsam?

Wieso Irak?

Halt die Klappe, Ingrid. Zufall des Krieges. Immer der Krieg.

Nur eine mögliche Antwort:

Sie haben sie nicht aufgehalten? Haben sie nicht beschützt?

Genau, Ingrid.

Siehst du? Du kannst, wenn du willst.

Schuldig.

Coupable.

Kau an deinen Nägeln, du Miststück.

Zernag die Millimeter.

Danach frisst du deine Finger.

5

Die Sirene ist verstummt.

Drei schicksalsschwere Stunden, danach schwindet die Hoffnung.

Zur Erinnerung: 180 Minuten lang jede Viertelstunde dieselbe Nachricht.

Die Alarmmeldung wird schon zur Vergangenheit.

Radio. Fernsehen. Soziale Netzwerke. Leuchtschilder.

Die Zeit tut ihr Werk.

Allmähliches Entschwinden aus dem Gedächtnis.

Ins Vergessen.

Julie Martinez ist müde. Julie Martinez hat seit dem Nachmittag dreimal den Tampon gewechselt. Das hat noch gefehlt. Diesem zerfliessenden Körper bloss keine Beachtung schenken. Ihrer Menstruation, die immer schmerzhafter wird, je älter sie ist, ohne ein Kind zu bekommen. Sie muss denken, anweisen, einordnen, entscheiden. Muss ihre stechenden, bohrenden Eierstöcke ignorieren. Die ihr auf die Stimmung schlagen. Ihren Ton schärfer werden lassen.

Immer noch derselbe Schreibtisch, nur quillt er inzwischen über. Was sich mit der Zeit so ansammelt, durchs Rauchen, Trinken, Essen, Befragen, Zusammentragen,

Telefonieren: Zigarettenstummel, Becher, PET-Flaschen, Zellophan, Krümel, Servietten, Papiere, vollgeschriebene Seiten von Notizblöcken, offener Laptop, Kulis, Handyladekabel in der Steckdose.

Zwei Hundeführer erstatten zum x-ten Mal Bericht. Fehlanzeige, Leere, Nichts, KBV. Immer noch keine heisse Fährte, keine Geruchsspur. Nur benutzte Kondome und Glasscherben, an denen sich die Tiere verletzen können. Als hätte die Kleine sich in Luft aufgelöst.

Keine besonderen Vorkommnisse abgesehen von einem Detail: Die beiden Malinois-Schäferhunde schnüffeln an Julie Martinez' Schritt. Sie ärgert sich, dass sie so bescheuert war und nicht auf ihrem Stuhl sitzen geblieben, sondern zum Rauchen ans Fenster gegangen ist. Peinlich berührt schiebt sie die Hunde weg. Die beiden Beamten grinsen und lassen die Leinen länger. Verstohlenes Feixen hinter einem unmerklichen ironischen Zucken im Gesicht: Du weisst, was ich weiss. Den Capitaine vorführen, männliche Überlegenheit. Plötzlich wird Julie nicht mehr rot. Die bleiche Wut setzt sich durch. Kalt. Beherrscht. Deutlich.

»Stillgestanden!«

Die Männer reissen mit einem Ruck an der Leine, nehmen Aufstellung. Die Hunde fiepen, spüren die veränderte Haltung des Weibchens. Mögliche Bedrohung. Ihre Herrchen geben kein Kommando zum Angriff. Die Hunde rühren sich nicht, sie wittern Furcht.

»Eines Tages riechen sie den Prostatakrebs an euren Eiern. Wegtreten!«

Hinter ihrem Rücken lacht sich Thierry Gaspard ins Fäustchen. Er mag seine Vorgesetzte mit dem ausrasierten Nacken und den eingeschnürten Brüsten.

Capitaine Martinez reibt sich über die Wangen, schnalzt mit der Zunge. Als wäre ein vermisstes Kind nicht schon genug. Als würde man immer wieder von vorn beginnen müssen. Bei null starten, sobald man es mit einem menschlichen Wesen zu tun hat.

»Das Leben ist eine verdammte Versuchsanstalt«, sagt sie.

V

1

Pascal hört nicht.

Er schläft – schläft noch – einen tiefen, regenerieren-
den Schlaf. Er hat jemanden, um den er sich kümmern
muss. Den er umhegen muss. So ein Körper nimmt Raum
ein, verlangt Aufmerksamkeit. Waschen, kämmen, bürs-
ten, anziehen. So ein Körper spendet Trost.

Und dieser Trost hat ihm einen so festen Schlaf beschert.

Pascal hört nicht.

Die extremen Emotionen, die Anspannung: abgefallen.

Ein paar Tage lang wirst du dich leichter fühlen, lächeln. Jemand ist für dich da. Du musstest sie erst ein
bisschen zwingen, sicher, aber nach einer Weile gewöhnen
sie sich daran und vergessen ihr altes Leben. Die hier wirst
du versuchen so lange wie möglich zu behalten. Du hattest
gleich dieses Gefühl – da waren so viele Dinge, die dir
sagen: Du bist der Richtige am richtigen Ort, geh deinen
Weg. Wie könnte man sonst das Zusammentreffen, das
perfekte Ineinandergreifen all dieser Umstände erklären?
Erst kommt die Kleine zu dir. Ein Wesen, dir, Pascal, dar-
gebracht. Und dann der Rest: die plötzliche Versetzung,

die Summe all der Kettenreaktionen, die deiner Einsamkeit abhelfen.

Pascal hört nicht.

Die Stimmen ausserhalb des Campers.

Die Walkie-Talkies in Aufruhr.

Erst als einer der Polizisten mehrmals gegen die Karosserie seines Wagens hämmert, richtet Pascal sich auf.

Vibration.

Blech, Metallstrukturen: Teile, Organe.

Nähte. Verbindungen.

Vektoren.

Pascal kontrolliert seinen Herzschlag, er spricht mit ihm in seinem Kopf. Wischt seine leicht feucht werdenden Handflächen an dem roten Schlafsack ab.

Hebt den blickdichten Vorhang an und sieht:

Drei Polizisten umkreisen seinen Bus. Drei kräftige Männer, kurze Haare. Bewaffnet, gewappnet, müde.

Mach keinen Scheiss, Pascal.

Bleib ruhig.

Er steigt rückwärts die kleine, am Klappbett befestigte Leiter hinunter, entriegelt, zieht am Türgriff.

Die Polizisten sind fast überrascht, als sie die Seitentür aufgehen hören. Einer von ihnen tritt heran, ein Blonder, vielleicht der Älteste, die anderen halten sich im Hintergrund. Er ist auch der Ranghöchste: »Ausweis und Fahrzeugpapiere, bitte.«

Pascal reagiert mit längerer Verzögerung, als der Lieutenant erwartet hätte. Er wirft seinen Kollegen einen Blick zu, gibt ihnen mit einer leichten Kopfbewegung zu verstehen: »erhöhte Wachsamkeit«. Sie sind auf der Suche nach einem entführten Mädchen, da kann man auch noch einen anderen Fisch an Land ziehen.

Pascal steigt barfuss, mit nacktem Oberkörper und in Adidas-Trainingshose aus dem VW, öffnet die Beifahrertür und nimmt die Papiere aus dem Handschuhfach. Der Lieutenant faltet den Führerschein und die Zulassung auseinander, beides in einer Dokumentenhülle im Format A5, und liest.

Und versteht jetzt die verzögerte Reaktion, stellt die Verbindung her zu dem Aufkleber an der Heckscheibe.

»Können Sie mir von den Lippen ablesen, wenn ich langsam spreche?«

»Ja«, antwortet Pascal.

Einer der Beamten deutet auf das Kennzeichen, das nicht zur Region passt.

»Ferien?«

»Ich arbeite hier.«

»Wo?«

»Im Restaurant.«

»Sie sind Angestellter des Restaurants?«

»Ja.«

»Sie wissen, dass das Parken hier auf vierundzwanzig Stunden begrenzt ist?«

»Normalerweise stelle ich den Wagen auf den Parkflächen für die Mitarbeiter ab. Das ist am einfachsten für mich.«

»Seit wann sind Sie hier?«

»Seit gestern Nachmittag.«

»Welche Zeit?«

»Etwa siebzehn Uhr dreissig.«

»Bitte treten Sie zur Seite, wir müssen Ihr Fahrzeug durchsuchen.«

»Warum?«

»Haben Sie nicht gehö…«

Der Polizist stockt. Unpassende Wortwahl. Er stutzt für einen Moment, aber eigentlich – warum nicht? Warum kann es nicht sein, dass er gar nichts vom Verschwinden der kleinen Marie Mercier weiss?

»Routinekontrolle. Bitte entfernen Sie sich vom Fahrzeug.« Zu seinen Männern: »Auf geht's!«

Seine Kollegen gehen planvoll vor: Sitzbänke, Schrank unter der Kücheneinheit, Kleiderablage, Bett.

»Krass, das ist sauberer hier als bei mir zu Hause«, sagt der eine in Pascals Rücken. »Richtige Putzfee.«

Der andere lacht. Pascal dreht sich um, eine Art Echo in seinem Inneren. Der Lieutenant nutzt die Gelegenheit und mustert seine kräftige Muskulatur, die hervortretenden Sehnen. Triathlet oder Kampfsport, denkt er.

»Ich bedanke mich bei Ihnen, Monsieur. Entschuldigen Sie die Störung zu so früher Stunde. Aber Sie müssen sowieso zur Arbeit, oder?«

Die Polizisten ziehen ab, gehen wieder zu ihrem Einsatzwagen.

Pascal bleibt allein zurück in seiner Parklücke. Der Himmel ist rosa. Es ist noch nicht mal sechs Uhr. Er steigt zurück in seinen Van, faltet seinen Schlafsack zusammen. Beseitigt die Spuren der Durchsuchung: Gegenstände am falschen Platz, Fingerabdrücke auf den Möbeln, trockene Erde auf dem Teppich.

Er lässt das ausfahrbare Dach herunter. Putzt sich die Zähne, spuckt in das kleine Waschbecken, spült sich den Mund aus. Wenn sie einen Hund dabeigehabt hätten, dann hätte der Maries Geruch gewittert. Den Geruch der Angst.

Da, wo er sie zusammengefaltet und verstaut hat.

Aber er ist mehr als sechzig Kilometer vom Entführungsort entfernt.

Atmen.

Pascal zieht seine Turnschuhe an, schliesst den Bus ab und geht über den Parkplatz. Ein Stück weiter trinken die Bullen Kaffee aus einer Thermoskanne, stützen ihre Füsse auf den Tritt ihres offenen Transporters. Sie drehen ihm den Rücken zu.

Pascal geht zur Fitnessanlage, macht zunächst ein paar Lockerungsübungen, bevor er dann zu den ersten fünfundzwanzig Klimmzügen an der Reckstange ansetzt.

Zweihundert wird er insgesamt machen.

2

Fehlanzeige auf ganzer Linie.

Die Sache geht den Bach runter.

Fällt in sich zusammen.

Eine Spur hat es nie gegeben.

Der Trostpreis: Sie sind weg vom Rastplatz, haben ein neues Hauptquartier auf einer Dienststelle ganz in der

Nähe einer Mautstelle. Frische Sandwiches, Kaffee und ein Feldbett für ein paar Stunden Schlaf.

Eine Dusche.

Den Schweiss und das Blut abwaschen.

Den Tampon wechseln. Den Slip wechseln. Die Bluse wechseln.

Mit ihren nassen Haaren fühlt sich Julie fast beschwingt. Im Büro sitzt Lieutenant Gaspard vor seinem Computer, den Hörer des Festnetztelefons zwischen Ohr und Schlüsselbein geklemmt, ganz auf die altmodische Art. Er tippt auf der Tastatur, macht ein paar flüchtige Notizen auf seinem Block. Er sieht tadellos aus in seinem frisch gebügelten Hemd – seine Frau oder die Reinigung? –; gekämmte Haare, rasierte Wangen, braungebrannte Haut. Sie sind fast allein in dem Büro, in dem sie sich vorläufig eingerichtet haben. Julie Martinez sorgt dafür, dass sie ganz ungestört sind, indem sie den ihnen zur Seite gestellten Beamten bittet, ihnen Kaffee und zwei dieser plastikverpackten dreieckigen Sandwiches zu holen.

Thierry Gaspard beendet das Gespräch, speichert das Dokument und klappt den Bildschirm des Computers herunter.

Verkündet: »Wir haben Marie Merciers Handy gefunden.«

Das ist eigentlich der Wahnsinn. Diese Nachricht sollte neuen Schwung in ihre Ermittlungen bringen.

Trotzdem sagt Julie Martinez nichts.

Freut sich nicht.

Sie kennt ihren Kollegen.

Gaspards Gesicht bleibt düster. Sie fragt sich, ob er ihr gleich das Schlimmste mitteilt.

»Der Kerl ist ganz schön ausgebufft«, sagt Gaspard. »Motorrad mit Beiwagen. Ein Biker mit seiner Freundin. Die Streife, die sie aufgegabelt hat, dachte, sie hätten die Richtigen geschnappt. Mehr als eine Packung Gras haben die aber nicht im Gepäck.«

»Das Telefon war wo?«

»In einer der Motorradtaschen. War auf lautlos gestellt.«

»Damit uns die Ortung in die Irre führt.«

»Du weisst noch nicht das Beste. Sie haben nicht an der Raststätte gehalten, wo das Mädchen verschwunden ist, sondern an der danach.«

»Er hat sich die Zeit genommen, uns zu verarschen.«

»Der Typ fühlt sich sicher. Also wenn es ein Mann ist.«

»Was denkst du?«

»Es ist ein Mann.«

Julie Martinez tastet auf der Brusttasche nach ihrer Packung Zigaretten. Thierry hält ihr seine hin. Sie entscheidet sich um: »Ich warte auf den Kaffee. Wie sieht es aus mit den Videoaufzeichnungen?«

»Die Jungs haben sich alles angeguckt. Nichts.«

»Toter Winkel?«

»Eine andere Erklärung habe ich nicht.«

»Vielleicht haben wir Glück mit den Bikern.«

»Ich habe Lucino kontaktiert. Er kümmert sich darum, uns die Bänder von der Raststätte zukommen zu lassen.«

»Derselbe Penner?«

»Hat mehrere Franchisestandorte in der Gegend.«

Der Beamte kommt mit dem Kaffee und den Sandwiches zurück. Er stellt das Tablett auf einer Ecke des Schreibtisches ab. Capitaine Martinez bittet ihn, sie allein zu lassen. Eine Ermittlung ist viel intimer, als man glauben mag. Zumindest für Julie. Man würde es nicht denken, wenn man sie so sieht, aber sie ist eine besitzergreifende Frau mit ausgeprägtem Beschützerinstinkt. Eifersüchtig bei allem, was ihr nah an ihrer Intimsphäre erscheint.

Ein Schluck Kaffee, dann sagt sie: »Toter Winkel bedeutet, dass er die Positionierung der Kameras kennt.«

»Ausserdem werden die Aufnahmen nach achtundvierzig Stunden gelöscht. Unmöglich also, weiter zurückzugehen, um nach jemandem Ausschau zu halten, der verdächtig auf dem Parkplatz herumschleicht.«

Tatsächlich könnte sich Julie mit ihren sauberen Haaren und der frischen Haut fast beschwingt fühlen – wenn sie sich nicht mit jeder quälenden Stunde immer lächerlicher vorkäme. Vergeblichkeit des Unterfangens. Schmerzhaft begrenzter Handlungsspielraum trotz des Grossaufgebots. Sie sind schon in der Verlängerung. Bald kommt die Nachspielzeit und dann das Ende der Partie. Julie Martinez würde gern den Sinn von all dem hinterfragen. Sie muss den Tatsachen ins Auge sehen und konstatieren, dass der Mistkerl immer mehr Distanz gewinnt. Also wird nichts hinterfragt. In Bewegung bleiben. Keine Selbsteinkehr. Nicht die grossen Fragen nach dem Sinn und dem Warum aufwerfen.

Ein Bissen vom Poulet-Curry-Sandwich, dann:

»Wo sind die Biker?«, fragt sie.

»Hundertzwanzig Kilometer von hier entfernt. Erst mal in einem Formule-1-Hotel.«

»Siehst du eine andere Möglichkeit, Thierry?«

»Als ihnen die Ferien zu versauen? Nein.«

3

Gérard Lucino beendet das Gespräch.

iPhone 5. Ein technologisches Juwel, Gott schmiert Steve Jobs Honig um den Bart.

Aber die Technologie geht Hand in Hand mit einem Mehr an Arbeit.

Glaubt diese beschränkte Politesse, dass er nichts anderes zu tun hat, als ihr irgendwelche Videoaufnahmen vorbeizubringen, während er nicht mehr weiss, wohin vor lauter Arbeit, und sein gesamtes Franchise Nummer zwei neu aufstellen muss? Zumal die Hälfte der Überwachungskameras sowieso nicht funktioniert, die sind nur da, um hübsch auszusehen und den Anschein zu erwecken. Das muss er jetzt irgendwie vertuschen, auch wenn die Gefahr gross ist, dass er von ganz oben eins aufs Dach kriegt.

Verdammte Scheisswoche.

Mal ganz abgesehen davon, dass er einen Haufen Kunden verloren hat, als sie den Rastplatz abgeriegelt haben, inklusive Restaurant.

Und wer erstattet ihm den entgangenen Gewinn? Etwa der Vater der kleinen Ausreisserin?

Mit einer Hand am Lenkrad, lockert Gérard den Knoten seiner Krawatte und krempelt die Ärmel seines Hemds hoch. Der Knopf im Ohr ist inzwischen fester Bestandteil seiner Anatomie. Er hört rechts besser, also ist er am rechten Ohr befestigt. Wie sein Schwanz. Rechtsneigung auch da. Apropos: Besagte Politesse hat ihm einen Steifen beschert, den er in Lolas Mund entladen musste. Gérard würde sie sich gern mal vornehmen. Polizisten ficken, im wörtlichen Sinne – eine Frau ficken, die Macht hat, so sieht die Phantasie doch aus. Aber Gérard ist zu blöd, um die wahre Quelle seiner Erregung zu identifizieren. Eine Frau mit Macht ficken. Besser noch: gemütlich im Sessel sitzen und sich einen blasen lassen.

Sein Schwanz wird nervös. Unangenehm beim Fahren. Der Slip schnürt seine Hoden ein, der Frust lässt ihn nur noch mehr aufs Gaspedal treten. Alfa Romeo 159 Sportwagon. Die Kombiversion: praktisch, wenn er die Kinder hat, und gleichzeitig spritzig genug für einen Single.

Abgesehen davon, dass er immer jede Menge Zeug mit sich herumfährt: Akten, Warenmuster, Prospekte, Wechselklamotten.

Mit 150 km/h bewegt sich Gérard Lucino auf seine Phantasie zu. Was ein Capitaine der Gendarmerie wohl für ein Höschen trägt? Bestimmt irgendwas Praktisches. Wenn es mal schlecht läuft, hat sie garantiert keine Lust, in der Notaufnahme erst mal ihren String auszuziehen.

O ja, irgendwas Praktisches.

Egal, er bekommt trotzdem einen Steifen.

Gérard berührt seinen Schwanz durch den Leinenstoff seiner Hose. Er würde ihn gern in die Hand nehmen und sich einen runterholen. Lässt es bleiben wegen der Lastwagenfahrer. Die könnten ihn von ihrer Kabine aus sehen. Das ist ihm schon mal passiert, als ihm eine Praktikantin den Schwanz gelutscht hat. Der Lkw-Fahrer hatte seinen kleinen Freunden über Funk Bescheid gegeben. Jedes Mal, wenn er dann einen Laster überholte, blendete im Rückspiegel seines roten Alfa die Lichthupe auf.

Zurück zur Sache, Gégé.

Lass den Blödsinn.

Auch du solltest an etwas Praktisches denken.

An Zahlen.

Willst du ein paar Statistiken, damit er wieder schlaff wird?

... 9078,1 Kilometer Autobahn – 85,2 Milliarden gefahrene Kilometer – durchschnittliche auf dem Netz zurückgelegte Strecke: 58,6 Kilometer (Pkws), 73,9 Kilometer (Lkws) – 367 Raststätten – 632 Rastplätze – 911 Anschlussstellen – 34 Verkehrsinformationsleitstellen – 2203 Wechselverkehrszeichen – 2,1 Milliarden Liter verkaufter Sprit – 20 Hotels – 260 663 Übernachtungen – 429 Restaurants – 1,51 Milliarden jährliche Investitionen, davon 139,7 Millionen für den Erhalt von Infrastruktur und Sicherheit – 30,9 Milliarden Schulden – 94% der Raststätten und Rastplätze mit Mülltrennungsvorrichtungen ausgestattet – 14 798 Arbeitskräfte (60% Männer, 40% Frauen) – 20,1 Millionen Ausbildungskosten ...

Ihm klebt ein Porsche Cayenne am Arsch. Gérard gibt noch ein bisschen Gas, er weiss, dass er ihn nicht abschütteln kann. Er kostet sein Vergnügen an der Lichthupe aus, dann zieht er auf die rechte Spur. Der Porsche Cayenne ist sein nächstes Ziel. Nicht für die Arbeit, zu auffällig, aber für sein Privatvergnügen. Erst mal hat er aber noch den Unterhalt für seine drei Blagen am Hacken. Und den Kredit für eine Villa, in der ein verdammter Wichser mit seiner Frau und seinen Kindern wohnt.

»Scheisse, Gégé«, sagt er laut in einem plötzlich lichten Moment, »du bist ein verdammtes Klischee!«

4

Sie wusste es.

Sie wollte nur erst sicher sein.

Keine Ausreisserin. Kein frustrierter Teenager, dessen Eltern sich scheiden lassen. Keine psychisch labile Jugendliche, die Aufmerksamkeit will.

Zwischen den von Gérard Lucino angeführten statistischen Grössen fehlte eine. Eine weniger offizielle, weniger auffällige. Eine, auf die man nicht stolz ist. Sie betrifft die Polizei im Allgemeinen und inzwischen Capitaine Martinez im Besonderen.

Und hier kommt sie:

Innerhalb von acht Monaten sind zwei junge Mädchen von der Autobahn verschwunden, acht beziehungsweise zwölf Jahre alt.

Die Torte wird noch grösser, wenn man das Verschwinden eines dritten, zehnjährigen Mädchens aus dem letzten Jahr miteinberechnet – sie wurde zuletzt in einem Kyriad-Motel nahe der Autobahn gesehen und war, um genau zu sein, die Erste einer Serie.

Alles im Umkreis von circa zweihundert Kilometern.

Plural, Serie, Serientäter.

Die Verbindung finden.

Der Zufall tritt hinter der Heimtücke zurück.

Julie Martinez versucht, den inquisitorischen Blicken von Commandant Henri Loubès und Colonel Raymond Masséna standzuhalten. Der Lichtstrahl des Beamers, der eine vergrösserte Karte der Region an die Wand wirft, verleiht ihren Gesichtern einen bleichen Teint.

Kranke kurz vorm Kotzen.

Tatsächlich sitzen sie alle drei im selben Boot.

Es schwankt wie verrückt, und sie steht auch noch an Deck.

Loubès koordiniert, kümmert sich um die Presse. Masséna pocht darauf, dass sie alle an einem Strang ziehen müssen, betont den Druck von oben, seitdem die Presse sich auf die Sache gestürzt hat.

Was wünscht man sich mehr für einen 15. August als eine Serie von Kindesentführungen?

Von einer Serie wird gesprochen, wenn eine Straftat dreimal auf die gleiche Weise begangen wird.

Capitaine Martinez tut so, als würde sie zuhören. Sie ist nicht blöd. Sie hat einfach Pech. In einer Woche hätte sie Ferien gehabt, vierzehn Tage auf Formentera, *all inclu-*

sive. Sonne, Liegestuhl, Piña colada im Hotel Club Punta Prima. Sie hat natürlich eine Reiserücktrittsversicherung abgeschlossen. Einmal Bulle, immer Bulle.

»Bitte verzeihen Sie, dass ich Sie aus Ihren Gedanken reisse, Capitaine!«

Julie fängt sich wieder, lässt das ungewollt bedauernde Lächeln aus ihrem Gesicht verschwinden.

Und dann fängt Colonel Masséna schliesslich an zu kotzen. Worte statt eines Frühstücks, reinste Galle, ein Magengeschwür, ein Anfall von Logorrhö. Furcht, Sorgen, Ängste. Die übliche Scheisse, wenn man sich in einer Hierarchiepyramide bewegt, die auch den Colonel ins Schwitzen bringt. Kurzgeschorene Haare, hartes Gesicht, aber die Hosen voll, wenn es um seinen Ruf und seine Pensionskasse geht. Ein »informelles« Meeting, bevor das grosse heute Nachmittag stattfindet, bevor es ernst wird, bevor die Köpfe schon mal probehalber aufs Schafott gelegt werden. Bis dahin stimmen die Einsatzkräfte, die Exekutive, sich ab. Verrückt, wie eine einzelne Person an der Spitze allen anderen durch die Bank auf den Wecker gehen kann. Ein Staatssekretär beispielsweise.

Julie entschuldigt sich und bittet ihn, die Frage zu wiederholen. Commandant Loubès beschwichtigt, spielt den Vermittler. Schliesslich wird die Frage noch einmal gestellt, und Capitaine Martinez umreisst das weitere Vorgehen aus ihrer Sicht: »Suchradius auf hundert Kilometer ausweiten. Detaillierte Analyse der Topographie. Bestmögliche Durchkämmung des Gebiets. Verstärkte Kontrolle verdächtiger Fahrzeuge und Auswertung der

Überwachungsaufnahmen. Sammeln von Zeugenaussagen. Interpol alarmieren. – Gut.«

Das Prozedere nimmt seinen Lauf.

Das Protokoll.

In ihren Köpfen haben sie kleine Kästchen, in denen sie die richtigen Antworten abhaken.

»Gut« ... am Arsch, denkt Julie.

Julie Martinez wird, mit Gaspard an ihrer Seite, damit betraut, auf der Mikroebene zu agieren.

Auf der Mikroebene heisst in diesem Fall vor Ort.

Auf der Mikroebene heisst in diesem Fall, die bekannten Grössen zueinander in Beziehung zu setzen.

Rhizome.

Verbinden und auf einen Geistesblitz warten.

Mit den erhofften Ergebnissen arbeiten.

Keine schweren Geschütze, keine Helikopter, kein Bohei.

Denken.

Die »informelle« Besprechung ist beendet.

Julie Martinez schlägt die Hacken zusammen, salutiert und geht. Gefolgt von Thierry Gaspard.

Beim Wasserspender auf dem Flur bleibt sie stehen und trinkt. Unter ihren Achseln zeichnen sich zwei dunkle Schweissflecken auf der hellblauen Bluse ab.

Vor ihr war niemand auf die Idee gekommen, die anderen beiden Vermisstenfälle miteinander in Verbindung zu bringen.

Die Zeit (zwischen den Entführungen)
der Raum (die Entfernung zueinander)

hatten zur Folge, dass die Fälle getrennt betrachtet wurden.

Versagen der Behörden.

Komplexität.

Aufsplittung.

Kleinteiligkeit.

Es hatte das dritte Opfer gebracht.

Das war der Preis.

Das war der Preis, damit sich die Backen des Schraubstocks fester zuziehen konnten.

Julie nimmt den letzten Schluck, lässt den Pappbecher in den Sammler fallen.

Gaspard sieht sie an.

Ja, die beiden verstehen sich. Wortlos.

Wie soll man die Leere mit dem Nichts verbinden?

VI

Sie haben nichts kommen sehen.

Weder Marc noch Sylvie.

Man hat sie in ein neues Hotel gebracht wegen der immer aufdringlicheren Journalisten.

Jetzt sind sie woanders, aber im genau gleichen Standardzimmer. Ein Zimmer aus Plastik. Atempause, bevor man sie wieder ausfindig macht. Informationen sickern immer durch. Ein Angestellter, eine lose Zunge. Ein raschelndes Scheinchen, das der Angestellte noch kurz mustert, bevor er es in seine Tasche steckt.

Aufgespürt.

Pornographie.

Ruchlosigkeit.

Sylvie hat eine neue Bibel in einer neuen Schublade gefunden.

Marc hat sich im Bad eingeschlossen.

Auch sie haben inzwischen eine Verbindung hergestellt.

Nicht zwischen den Fällen, darüber wird man Sylvie später informieren. Dann wird sie auch verstehen, warum Marc so gehandelt hat.

Und das wird absolut nichts daran ändern, was sie erlitten haben, erleiden, erleiden werden.

Nein.

Was die Ereignisse miteinander verbindet. So harmlos es auch scheinen mag. Angehäufte Belanglosigkeiten, Schicht um Schicht, für das blosse Auge unsichtbar.

Zu spät.

Jeder in seinem Kopf, weit voneinander entfernt. Ihr Leben, ihre Beziehung, ihr Kind. Kausalitäten. Wie sie sich auf dem engen Raum zwischen Bett und Fenster hinkniet, um zu beten. Konzentrierte Psalmen. Marc hat dafür nicht mal Mitleid. Marc ist zu allem bereit, wenn nur seine Tochter zu ihm zurückkommt, unbeschadet, lebendig. Ihm ist nichts anderes eingefallen, als sich in die Badewanne zu setzen, das lauwarme Wasser läuft aus dem Duschkopf auf seine Schultern. Er denkt an gestern Morgen: wie sie sich im Auto anblaffen, wie seine Gedanken abgleiten zu dem Körper seiner Geliebten. Wie er geglaubt hat, Erinnerungen, der harte Kern in seinem Inneren, könnten ihn davor bewahren, dass sein Leben sich auflöst: seine Familie zusammenbricht. Aber doch nicht so.

Nicht so gewaltsam.

Nicht so radikal.

Wie er geglaubt hat, es würde reichen, einer Frau zu entkommen, um bei einer anderen ein ganz Neuer zu sein.

Nein.

Jetzt ist die Frage:

Wie kann er die Zeit zurückdrehen?

Die Katastrophe zurückspulen.

Das würde so aussehen:

Du schenkst Sylvie ein Lächeln, schiebst ihren Rock ein Stück hoch, streichelst ihr über den Schenkel.

In deinem Blick liegt ein Versprechen, etwas, was du ihr vor einer Ewigkeit versprochen hast.

Du versprichst ihr Begierde.

Glück.

Freude.

An ihr. Weil du liebst, dass sie an deiner Seite ist, dass du am Steuer sitzt, weil ihr alle drei in die Ferien fahrt.

Deiner Tochter lächelst du im Rückspiegel zu.

Du besorgst ihr das neue Handy, versprochen.

Du kaufst ihr alle Eiskugeln dieser Erde.

Und mietest für zwei Wochen ein schönes Ferienhaus.

Für euch drei.

Im Glück.

Keinem naiven, sondern einem gereiften Glück. Mit dem Bewusstsein, dass man die guten Momente ergreifen, geniessen, bewahren muss, mitten in diesem Ozean potentiellen Unglücks, von dem wir umgeben sind.

All das auf der Projektionsfläche deiner geschlossenen Lider.

Du hast gelächelt.

Für einen Augenblick.

Ein Tagtraum.

Normalerweise ist es andersrum: Der Albtraum vergeht, und man findet sich in der Realität wieder.

Hier nicht. Jetzt nicht mehr.

Tief in seinem Inneren weiss er das.

Man spricht so oft vom Mutterinstinkt, denkt aber nie an die Männer.

Er hat die Plakate gesehen, die an den Scheiben der Mautstellen kleben, an den Zollstationen. Er hat die lächelnden Gesichter der anderen Kinder gesehen. Nichts ahnten sie von dem Grauen, das sie erwartete: von der Welt zu verschwinden. Ihrer Familie entrissen. Ins Vergessen gestossen. Ihre jungen Körper misshandelt. Ihre noch so zerbrechlichen Seelen gequält.

Was gibt es Schrecklicheres?

Wo liegt die Grenze?

Marie wird nicht unbeschadet zurückkommen.

Marie wird nicht lebendig zurückkommen.

Marc hat die Vermisstmeldungen an den Scheiben kleben sehen.

Marc hat die Texte unter den Fotos gelesen.

Er hat sich die Notrufnummer eingeprägt: 116 000.

Bei jeder Entführung Minderjähriger ist von einer unmittelbaren Gefahr für Leib und Leben auszugehen (Paragraph 26 des Gesetzes Nr. 95-73 vom 21. Januar 1995).

Die Zahl der auf nationaler Ebene vermissten Kinder (laut Innenministerium, aktueller Stand) umfasst insgesamt 58 932 Einträge in die Vermisstendatei:

47 312 Ausreisser.

353 Fälle von Entziehung.

359 potentielle Opfer eines Verbrechens oder eines Vergehens.

143 Vermisstenfälle mit unmittelbarer Gefahr für Leib und Leben.

Die lächelnden Gesichter von den Plakaten häufen sich.

Wer nimmt uns unsere Kinder weg?

Wählt die 116 000.

Ich flehe euch an.

Findet für mich diesen verdammten Kinderschänder.

Hundertsechzehntausend umgerechnet in Schmerz ergibt Maries Alter.

Die Zeit, in der sie dafür Sorge getragen haben, dass sie vernünftig aufwächst.

Ohne Widrigkeiten.

Die Zeit, dass sie Frau wird und ihr Leben in die Hand nimmt.

Darum hat sich ein anderer gekümmert.

Das lauwarme Wasser ist schon lange kalt.

Boiler futschikato.

Marc konnte sie nicht beschützen.

Marc war in Gedanken dabei, eine Kundin aus dem Fitnessstudio zu ficken.

Marc war in Gedanken dabei, etwas für seinen Körper zu tun.

Marc: durchtrainiert, aber willensschwach.

Marc war in Gedanken bei der Scheidung.

Marc bleibt regungslos.

Marc fühlt sich schuldig.

Marc weiss.

Marc.

2

Bei ihr waren sie auch.

Sie hat gehört, wie sie hinter den Jalousien herum-
schleichen,

an der Tür klingeln,

dagegenhämmern,

kratzen,

scharren,

Antwort verlangen, ist da jemand,

lachen,

husten,

aufgeben.

Durch den Spalt zwischen den Vorhängen hat sie gesehen, wie sie im Garten herumlaufen,

durch das hohe Gras staksen,

sich einen Weg durch die Sträucher bahnen,

über die wurmstichigen Liegestühle stolpern,

lustlos den schlaffen Ball mit Pocahontas-Motiv weg-
kicken.

Sie hat gesehen, wie sie wieder gehen.

Auch sie haben die Verbindung hergestellt. Man
braucht keinen Doktor in Kommunikationswissenschaf-
ten, um es zu kapieren.

Pierre hatte es vor allen anderen kapiert.

Pierre wollte nicht, dass es jemand weiss.

Pierre will den Verantwortlichen für sich.

Für sie.

Ihn verprügeln, verbiegen, brechen, häuten, vernichten.

Keine Polizei, keine Anwälte, keinen Richter, keinen Staatsanwalt, keine psychiatrischen Gutachter, keinen Gefangenentransport, keine Medien, kein Zusammentreffen im Beisein dieser ganzen Pisser.

Nur Pierre.

Nur sie.

Und dieser verdammte Kinderschänder.

Dafür hält Ingrid durch.

Nur dafür.

Sie wird so lange durchhalten, wie es braucht, um ihm die Augen herauszureissen, die Zunge, die Ohren, die Finger, die Nase. Den Schwanz. Alles, was sich an Lucie vergangen hat, alles, was Lucie verschlungen hat, wird verprügelt verbogen gebrochen gehäutet zerstückelt vernichtet.

Salz in die Wunden.

Ich werde ihm in den Mund pissen.

Mit Benzin übergossen und verbrannt.

Etwas wird immer auf der Erde zurückbleiben.

Ingrid würde dieses Etwas gern ins All schiessen, weit weg von der Umlaufbahn der Erde.

Aber ein kleiner Teil wird immer zurückbleiben.

Quark, Neutrino, Elementarteilchen auf der kleinstmöglichen Ebene.

Man kann nichts gänzlich vollständig endgültig vernichten.

Als hätte es niemals existiert.

Ein winziges Partikel wird immer zurückbleiben.

Ein Imperium.

Daher die Notwendigkeit der Vergebung.

Damit die Bitterkeit einen nicht auffrisst.

Nur ihre Tochter. Nur Lucie. Verschwunden im Nichts.

Kein Imperium mehr.

Als er ihren Körper nahm, hat er alles genommen.

Ihre Hand sinkt zurück in die Leere.

Der Vorhang fällt vors Fenster.

Die Schakale sind weg.

Diese Mistkerle von der Klatschpresse.

Hass ist gut, der hält dich am Leben.

Sie glauben, das Haus steht leer.

Sie haben recht.

Ingrid setzt sich rittlings auf die Armlehne und fängt an, sich auf dem Leder der Couch zu reiben.

Gäbe es bei ihr einen Freudenfluss, sie wäre schon längst darin ertrunken.

3

Obsession.

Körper: Aussehen.

Sport: Leistung.

Sex: Häufigkeit.

Arbeit: Erfolg.

Geld: Menge.

Sauberkeit: Ordnung.

Kultur: Bildung.

Krankheit: Verfall.

Tod: Verschwinden.

Besitz: Anhäufung.

Pierre hat das Hemd gewechselt, sich das Gesicht gewaschen, die Zähne geputzt.

Er hat sich angeschnallt, den Blinker gesetzt und ist auf die Überholspur herübergezogen.

120 km/h.

Pierre fährt zurück nach Westen.

Fährt die Raststätten und Rastplätze ab.

Wie es in der Broschüre heisst:

Innerhalb des Autobahnnetzes finden Sie alle 15 bis 20 Kilometer einen Rastplatz und etwa alle 40 bis 50 Kilometer eine Raststätte. Die verschiedenen Einrichtungen in den Raststätten bieten Ihnen Möglichkeiten zur Entspannung und Erholung. Zahlreiche Serviceangebote stehen Ihnen rund um die Uhr zur Verfügung: Tankstelle, Einkaufsmöglichkeiten, Sanitäranlagen ...

Ruheoasen. Schlupfwinkel für Kinderschänder. Pierre folgt einem ausgeklügelten, mathematischen System.

Ständiger Kampf gegen das Abgleiten. Obsession/Zwang, der ganze Mist.

Obsession der Obsession: Wahnsinn.

Nach etwa fünfzig Kilometern hält Pierre an einem Rastplatz, der ganz besonders, der so sauber wie kein anderer ist.

Pierre weiss das.

Pierre hat den Vergleich.

Kann sämtliche Raststätten und Rastplätze nach einem objektiven Schema hinsichtlich Ordnung und Sauberkeit bewerten.

Hier zum Beispiel:

Papier eingesammelt (zweimal täglich).

Die drei Telefonkabinen täglich gereinigt (geputzte Scheiben, desinfizierte Hörer).

Die zwölf Mülleimer vor dem Erreichen ihres Fassungsvermögens geleert (mehrmals täglich, je nach Bedarf).

Rasen gemäht (mittwochs und freitags).

Gepflegte Rabatten, um den ramponierten Rasen angenehmer fürs Auge zu gestalten (Tulpen, Gartenmargeriten, Rosmarin, Lorbeer).

Pierre parkt in der Nähe der Hütte. Auf dem Rastplatz herrscht Trostlosigkeit: Sanitäranlagen, drei zusammenstehende Telefonkabinen, ein Wäldchen. Ein Stück weiter trennt ein Metalltor mit Vorhängeschloss das Gelände von einem Sandweg, der jenseits der Autobahn weitergeht. Hinter dem Tor ein blauer Renault 4.

Pierre schliesst die Tür seines eigenen Renault. Die Zeit vergeht, die Modelle auch. Am Ende: Modelle in Museen und vermodernde Körper unter der Erde. Und später: Modelle in Museen und Staub gewordene Knochen.

Die Moral?

Keine.

Simple Feststellung auf dem Weg zu der Hütte aus zusammengeschraubten Brettern und vernietetem Blech.

Noch einmal: die Moral?

Mechanik: besser umhegt als die Körper.

Immer abrufbar.

Pierre weiss, dass Jacques Baudin ihn längst durch einen der Beobachtungsschlitze gesichtet hat, die an jeder Seite der Hütte angebracht sind (ausser da, wo die Tür ist, aber die zeigt zum Wäldchen).

(»Die sehen nicht, dass ich sie sehe. Aber wenn ich will, bin ich in fünf Minuten da. Oh, entschuldigen Sie, Monsieur! Manchmal auch nicht, da muss ich nicht raus. Meine Arbeit ist getan, ich bleibe hier auf meinem Hocker.«)

Jacques Baudin öffnet die Tür, noch bevor Pierre klopft. Die Tür knarrt nicht, geölte Angeln. Im Inneren der Hütte ist alles sauber: ein Radiator (in die Ecke geräumt), ein Radio (gedämpftes UKW 107,7), ein Hocker mit einem Kunstlederkissen (notdürftig mit braunem Packband geflickt).

Pierre grüsst. Jacques grüsst.

Bevor sie weitere Worte verlieren, kurze Vorstellung von Jacques Baudin:

Seit zwölf Jahren ist er für die Instandhaltung des Rastplatzes Aire des Cyclamens verantwortlich.

(»Manchmal sind das Teams, die kommen morgens eine Stunde, und dann ziehen sie weiter. Ich hab denen gesagt, ich wohne da, ich kümmere mich um alles, aber dafür lasst ihr mir meine Ruhe. Eure Teams will ich nicht. Die haben gefragt: Wie viel verlangen Sie? Und damit war die Sache erledigt.«)

»Da« ist drei Kilometer weiter, am Ende des Sandwegs, inmitten der Felder. Baudin wohnt dort allein, noch weit entfernt vom nächsten Dorf.

Auf der anderen Seite der Umzäunung.

Für Pierre Castan eine andere Welt.

Die von früher. Die jetzt nur noch aus Linien besteht, geraden, gebogenen, zu einem Netz versponnen.

Pierre fragt Jacques, wie es ihm geht.

Was gleichbedeutend mit der Frage ist, wie es den Dingen miteinander geht, wie sie sich ineinanderstapeln lassen.

Massenweise angehäufte kleine Dinge.

Wenn er keinen Platz mehr hat, vergrössert Jacques Baudin seine Hütte.

»Wohin das noch führen soll? Bis zum Tod«, antwortet Baudin.

Pierre hört mit halbem Ohr hin, betastet gebannt die Gegenstände.

Denn Jacques Baudin hat eine Eigenart: Er behält alles, was er auf dem Rastplatz findet. Er nennt das seine Erinnerungen, seine Sammlung. Die Menschen verlieren Dinge, und Baudin sammelt sie ein. Jeder verliert etwas. Jacques Baudin hat Pierre Castan nie gefragt, was er verloren hat.

Jedes Mal: Pierre geht das Inventar durch, beginnt ganz vorn, Jacques kommentiert die Gegenstände nach Kategorie.

Der eine wie der andere lässt nicht ab von seiner Obsession.

Baudins Obsession: Anhäufung oder Verlust?

Pierre sucht zwischen:

Babyfläschchen (aus Glas, in dreieckiger Form, aus Plastik, mit Motiven, in Gross, Normal und Klein, in die-

132

ser Reihenfolge nebeneinander aufgestellt, dreiundzwanzig insgesamt), Kleingeld (aus England, Italien, Deutschland, Ungarn, Holland, Dänemark, Finnland), Portemonnaies (»Aber nur wenn keine Papiere und keine Adresse drin sind, versteht sich.«), Kleidung (»Schicke Sachen dabei, schauen Sie. Gerade für die Übergangszeit.«), viel Spielzeug (»Es fällt raus, wenn sie die Tür aufmachen, dann liegt es unter dem Wagen, und wenn sie losfahren und ich es da auf dem Boden sehe, ist das doch traurig. Man lässt ein Spielzeug nicht so auf dem Boden liegen. Ich nehm's mit.«), Schlüsseln (einzeln oder im Schlüsselbund), Gläsern und Gabeln, teilweise sogar Porzellan (»Ich könnte 'ne piekfeine Feier schmeissen.«), Büchern (etwa einem Stephen King, der Hälfte von einem Simenon – Buchdeckel und die ersten achtzig Seiten –, einem Buchdeckel *Vom Winde verweht* ohne Inhalt – »Aber ich lese sie nicht. Ich denke mir: Das steht mir nicht zu. Das ist für die gemacht, für ihre Köpfe. Wenn ich ein Buch lesen will, gehe ich in die Stadt und kaufe mir eins.«), Kosmetikprodukten, Haarspangen, Lippenstiften, Taschenspiegeln, Brillen (Sonnen- und Korrekturbrillen), Sammlungen von leeren Verpackungen (aufgeklebt auf eine Sperrholzplatte von zwei mal drei Metern), leeren Flaschen (Bier, Wein, Limo), Glasampullen, einem Schraubenzieher, einem Hammer, einer Wasserpumpenzange, einer Glocke, Kleiderbügeln und Garderobenständern, einer Einwegkamera (»Zehn von vierundzwanzig Fotos sind verknipst, aber welches Recht hätte ich denn, die entwickeln zu lassen?«), Fetzen von handgeschriebenen Zetteln, einer grossen Schachtel voller Fotos (»Ein Foto ist

wie ein Spielzeug, das hat ein eigenes Leben, auch unab-
hängig von den Leuten, also behalte ich es. Warum die unterwegs ihren ganzen Müll aussortieren müssen, wenn die
in die Ferien fahren, das weiss der Himmel.«), Merkwür-
digkeiten: dem Propeller eines Motorbootes, einer Nähma-
schine (»Ja, so ein Riesending, und die haben sie einfach
dagelassen. Ich hab sie in meine Hütte gebracht. Hab mir
gedacht: Die kommen bestimmt wieder, um sie zu holen.«).

Aber nein, nichts.

Pierre sucht vergeblich.

Nichts, was Lucie hätte gehören können.

Er weiss nicht, was schlimmer ist: eine Spur oder das
Fehlen jeder Spur.

Und dann macht sich Jacques daran, ihm zu zeigen,
was er seit dem letzten Mal neu im Sortiment hat:

Ein halb zerfetztes Pornoheft. Zwei Motorrad-Zünd-
kerzen. Eine Feldmütze. Einen zerrissenen Brief, hand-
geschrieben, von Jacques wieder zusammengeklebt.

Mit zitternder Hand: »Kann ich lesen?«, fragt Pierre.

»Wenn ihn jemand weggeworfen hat, gehört er allen.
Ausserdem sprech ich kein Englisch.«

*Night: and once again, the nightly grapple with death, the
room shaking with daemonic orchestras, the snatches of fearful
sleep, the voices outside the window, my name being continually
repeated with scorn by imaginary parties arriving, the dark's
spinets. As if there were not enough real noises in these nights the
color of grey hair ... So that when you left, Yvonne, I went to
Oaxaca. There is no sadder word. Shall I tell you, Yvonne, of the
terrible journey there through the desert over the narrow gauge*

railway on the rack of a third-class carriage bench … No, my
secrets are of the grave and must be kept …

Pierre faltet den Zettel wieder zusammen, gibt ihn
Jacques zurück.

»Es ist ein Liebesbrief. Ein Abschiedsbrief.«

Jacques legt ihn in die einzige existierende Schublade,
neben ein Notizbuch.

»Es könnte immer noch jemand zurückkommen, um
ihn zu holen. Manchmal zerreisst man Dinge und wollte
es nicht. Aus der Wut heraus.«

»Das war ein Mann. Ein Mann hat den Brief geschrieben.«

Jacques drückt auf die Pumpe einer Drei-Liter-Ther-
mosflasche, mit einem Sauggeräusch füllt sich das Glas.

»Wollen Sie auch? Ist grüner Tee.«

Pierre nimmt an, trinkt zu schnell. Presst seine Zunge
gegen den Gaumen, um das kalte Gefühl auf der Stirn
loszuwerden.

»Ich habe in meinem ganzen Leben einen einzigen Liebesbrief bekommen, und ich habe ihn verloren«, sagt Baudin. »Ich wüsste gern, was das für ein Kerl ist, Sie nicht?«

Pierre schüttelt den Kopf und stellt das Duralex-Glas
auf die direkt an den Tisch getackerte gelbe Wachstuch-
decke.

»Jacques, ich …«

»Sagen Sie nichts. Unnütz, was zu sagen. Ich rede mit
keinem ausser Ihnen. Ich habe kapiert, was Sie suchen. Nur
das, was Sie suchen, das habe ich nicht. Ganz sicher wird
das keiner jemals haben …« Jacques hält inne, wirft einen

Blick durch einen der Schlitze. Ein Lichtstrahl fällt in seine schwarzen Augen. Jacques herrscht über diesen leeren Raster, kennt jeden Zentimeter, wechselt das Thema: »Ich sag den Brummis: lieber hier drüben, Jungs. Ausserdem haben sie hier Schatten. Dass sich das nicht mit den Familien vermischt. Ich hab da keine Scheu, ich gehe hin, ich rede. Und dann sag ich ihnen: Ich bin da, schlaft euch in Ruhe aus, weil diese Jungs, wann schlafen die denn? Zu den unmöglichsten Zeiten. Gerade erst, gestern, glaube ich, da habe ich so einen Kerl um ein Motorrad schleichen sehen, mit Beiwagen, während die Besitzer irgendwo im Wäldchen waren. Da bin ich hingegangen, um ihn zu fragen, ob er irgendetwas braucht. Der Kerl, der sah aus, als hätte ihn der Schlag getroffen, so überrascht war der, als er mich sieht. Der Typ ist abgedampft zu seinem Van, hat ein Stückchen weiter geparkt, Sie hätten seine Augen sehen sollen … Ein Tier auf der Schlachtbank … Was der wohl im Schilde geführt hat.«

»Ein Van?«, fragt Pierre.

»Ja, ein VW.«

»Wie sah der Typ aus?«

»Um die dreissig. Kurze Haare. Blaue Augen. Hilft Ihnen das weiter?«

»Was denken Sie?«

»Vielleicht ein Spitzbube.«

»Wie bitte?«

»Na ja, ein Dieb.«

»Wieso ›vielleicht‹?«

»Sein Van war tipptopp in Schuss. So einer ist um die fünfzigtausend wert, Neuwert, meine ich. Also, ich würde sagen, bei so einem Preis geht man nicht an die Taschen von Touristen. Aber gut, wer weiss das schon.«

Ewiges Dilemma: der Verdacht. Unterstellung böser Absichten, Rasterfahndung, jedes Verhalten abseits der Norm als Beweis für Schuld ... Auch Pierre ist inzwischen ein Sozialfall.

Was mit einer Information anfangen, wenn sie so überfrachtet ist, dass sie unmöglich einzuordnen ist?

Er holt eine Zigarette aus seiner Packung, gibt sie Jacques, der nimmt sie vorsichtig zwischen seine zwei schmutzigen, dicken Finger. Daumen und Zeigefinger der rechten Hand. Die anderen hat er nur noch teilweise, abgeschnitten auf der Höhe des ersten oder zweiten Gliedes. »Mähmaschine«, hatte er gesagt, als er sah, wie Pierre auf die Stümpfe starrte. Pierre gibt erst ihm Feuer, bevor er sich seine anzündet. Er sieht durch den Spalt in Richtung Rasen. Sonne im Zenit, der Rastplatz völlig ausgestorben. Das Licht ist gleissend-grell, ohne Tiefe. Pierre starrt in ein Stück Trostlosigkeit. So ist das Ritual: Nach der Zigarette zieht er weiter.

Pierres Obsession: Lucie finden.

Lucie finden, was längst nicht mehr heisst, Lucie im eigentlichen Sinne zu finden.

Lucie finden bedeutet, Sinn zu finden.

Weil die Welt als solche nicht existiert.

Sie existiert nur in Schichten.

Sie existiert nur eingeschlossen in jeder einzelnen Seele.

In jedem einzelnen Namen.

VII

1

Das Mädchen zieht sich aus.

Ein Körper:

durchscheinende Haut,

blaue Venen,

schmale, gerade Schultern,

grosse Brüste,

lange Beine,

kleiner, praller Hintern.

Das ganze Paket.

Alles, was einen fünfundfünfzigjährigen Mann erregt.

Alles, was ein fünfundfünfzigjähriger Mann sich auf keinen Fall entgehen lassen darf.

»Biker«, dass ich nicht lache: Er ist ein Professor an der Uni (Französisch), der auf die Pauke haut.

Erraten Sie, mit wem?

Ganz genau.

Der Studentin mit der durchscheinenden Haut und dem vollen Programm, den blauen Venen, schmalen, geraden Schultern, grossen Brüsten, langen Beinen und dem kleinen, prallen Hintern.

Aus der ersten Reihe.

Die nach Seminarschluss immer ein bisschen länger braucht.

Die ihre kleine Zunge in dein Ohr schiebt.

Die sich von dir durchvögeln lässt, während du ihr Verlaine rezitierst.

Dumme Gans.

Schofel.

Das sind die Nerven.

Das lange Wochenende ist futsch.

Der Superfick von Superprofessor Arschfick.

Das kannst du ihr ja mal sagen, wenn sie jetzt so durchs Motelzimmer läuft.

Das kannst du ihr ja mal sagen, wenn sie im Bad verschwindet; dann hast du ihren kleinen Hintern zum letzten Mal gesehen.

Dann leckst du nicht mehr ihre epilierte Fotze.

Dann gehst du zurück zu deiner Frau.

Dann kannst du dir wie ein Idiot vor *YouPorn* einen runterholen.

Scheisse, Bernie, was bist du für ein Aufschneider.

Wie viele so hübsche Studentinnen noch bis zum Räumungsverkauf?

»Bernie« für Bernard. Bernard Gorot. Warten auf Gorot. Den Witz hat er tausendmal gehört, schon gut, ich kenn den.

Halblange graue Haare.

Siebentagebart.

Die Perfecto-Lederjacke.

Die Chippewa-Boots.

Der Vintage-Helm.

Die Ladung Gras.

Wo wolltest du denn so hin, Kumpel?

Die beiden Polizeistreifen nehmen dich nach einer Mautstelle hoch. Blaulicht, Maschinenpistole auf die Beine gerichtet. Du musst die Arme hochstrecken, während sie dich abtasten, was für eine Blamage.

Identitätsfeststellung.

Rede und Antwort, aggressiver Ton auf beiden Seiten.

Alle gehen auf dem Zahnfleisch. Hitze, Lärm, Anspannung.

Er knickt zuerst sein, und das ziemlich schnell.

Er ist nur ein Frosch, der die Backen bläht.

Nichts dahinter, vor allem nicht die Eier, um Gegenwehr zu leisten.

Bernard hat etwas zu verbergen. Natürlich habe ich etwas zu verbergen: den Seitensprung mit meiner mehr als dreissig Jahre jüngeren Geliebten. Das Grinsen der Polizisten, als Solange dich fragt: ob etwas nicht in Ordnung ist, »Bernie«?

Und jetzt dieses Scheissmotel an der Umgehungsstrasse. Solange im Bad, die nach dir ruft, während du auf deinem Handy die Anrufe in Abwesenheit checkst. Solange ruft noch mal: »Bernie«, wie sie dich nennt.

Du solltest nicht hier sein. Aber du gehst trotzdem, öffnest die Badezimmertür. Diese Martinez und ihr Partner haben dich befragt. Am Ende hast du sie mit gesenktem Blick gebeten, die Sache nicht an die grosse Glocke zu hängen, deiner Frau nichts zu sagen. Sie haben nur genickt. Wegen der Packung Gras wird Capitaine Martinez sehen, was sie tun kann ...

Im Bad schlägt ihm Dampf entgegen. Als wäre es nicht schon heiss genug. Als wäre die Feuchtigkeit nicht längst in alle Poren vorgedrungen.

»Zieh dich aus. Mach schon, Bernie.«

Bernard sieht sie an. Eine Erscheinung im lauwarmen Dunst des vollaufgedrehten Duschkopfs. Er betrachtet ihre Brüste, diesen perfekten Körper. All das, was ihm von Minute zu Minute mehr entgleitet.

Bernard zieht sein T-Shirt aus, macht die Gürtelschnalle auf, streift seine Jeans ab. Fehlt nur noch, dass er sich auf die Fresse legt, wenn er über den Wannenrand steigt.

Solange ist bereit, ihn in sich aufzunehmen, hat ihren Anus eingeseift, damit er leichter eindringen kann: Na los, Bernie, hab keine Angst.

Bernard berührt sie, sein Schwanz richtet sich langsam auf. In Wirklichkeit hat er genau dafür all die Jahre studiert, all die Kröten geschluckt, gemauschelt, sich aufgeopfert, diesen begehrten Posten erkämpft. Das ist der wahre Lohn, die wahre Krönung: Studentinnen ficken. Die hübscheste ficken. Und die versauteste.

Sein Schwanz gleitet mühelos durch ihren Schliessmuskelring. Solange stöhnt. Sie steht auf anal, das ist einfach so.

Und fragt: »Warum hast du der Politesse nichts gesagt?«

Bernard antwortet nicht, brummt. Halt die Klappe, du kleine Nutte.

»Warum hast du ihr nicht gesagt, dass wir vor dem Tanken noch auf dem anderen Rastplatz gehalten haben?«

Solange stöhnt lauter. Bernard brummt lauter.

»Warum hast du ihr nicht gesagt, dass ich deinen Schwanz lutschen wollte?«

Halt die Klappe, du Fotze.

»Ich hätte gern ihre Gesichter gesehen, von der Politesse und dem anderen Typ ... O Bernie, ich spüre ihn ... Warum hast du ihnen nichts gesagt? Hattest du Angst? Hattest du Angst, Bernie? Deine Frau? Dein Job? Deswegen?«

»Schnauze, du Schlampe! Schnauze!«

Bernard Gorot schlägt Solange Soizic. Auf den Hintern. Die Hand klatscht auf die nasse Haut. Roter Abdruck seiner Finger.

»Ja. Bernie. Genau so. Lass es raus, Bernie. Lass alles raus.«

Bernard kommt. Herzflimmern. Er weiss es nicht, aber er erleidet einen kleinen Schlaganfall. Viel häufiger, als man denkt, kommt das vor, ohne dass man es bemerkt.

Die Blamage von vorhin. Die hat er überwunden.

Solange schreit.

Sollen sie sich doch ins Knie ficken mit ihrer Ermittlung.

2

Dem Schakal ist heiss. Aber er kann:

Weder das Fenster öffnen noch den Motor seines Mitsubishi laufen lassen, um die Klimaanlage in Gang zu halten.

Er lauert.

Ist tief in seinen Sitz gedrückt. Späht unter der Sonnenblende hindurch durch die Frontscheibe.

Das Polizistenduo lässt sich Zeit, während er schwitzt.

Er hat Lust auf eine Kippe.

Auf eine eiskalte Cola.

Rauchen würde die Situation nur schlimmer machen.

Von der Cola bekäme er nur noch mehr Durst.

Seine feuchten Finger spielen am Gehäuse seiner Canon EOS 5D Mark III. Alles ist bereit: Akku aufgeladen, Teleobjektiv angeschraubt.

Er schiesst drauflos, sobald die Bullen das Motel verlassen. Er wird nichts mit den Bildern machen: reiner Reflex, Aufwärmen. Natürlich nicht wörtlich zu verstehen, schliesslich ist sein Hemd schweissdurchtränkt.

Die Polizisten zünden sich eine Zigarette an. Wechseln ein paar Worte, bevor sie zurück zu ihrem Wagen gehen. Er schiesst weiter. Automatismus.

Die Polizisten ziehen ab.

Endlich kann er aussteigen.

Nähert sich dem alten Motorrad. BMW R1100 GS. Er kennt das Modell, hat es längst fotografiert, inklusive Kennzeichen. Im Übrigen kann der Schakal nichts mit diesem Konzept anfangen: Motorrad mit Beiwagen. Weder Auto noch Motorrad. Ein Hybrid. Ein bisschen wie das Profil seines Besitzers, das seinen Recherchen zufolge so aussieht: Bernard Gorot, fünfundfünfzig, Universitätsprofessor, verheiratet, zwei Kinder.

Reif, aber noch nicht alt. Verheiratet, aber in einer Affäre. Sesshaft, aber mit Hang zum Abenteuer.

Bei.

Wagen.

Ein Versager.

Der Schakal ist seiner Intuition gefolgt, und die hat ihn zu den Beamten geführt, die die Ermittlungen leiten. Diskrete Beschattung.

Warum: dieses Motorrad? Bernard Gorot? Seine Begleitung, das Mädchen?

Verdächtige? Zeugen? Statisten? Die Ermittlung kommt nicht voran, aber man muss den Augustlesern schon etwas bieten. Muss das Eisen schmieden, bis im September alles wieder losgeht.

Information: kontrolliertes System von Parolen in einer gegebenen Gesellschaft.

Der Schakal wartet weiter. Aber jetzt an der frischen Luft. Kann jederzeit rauchen und sich eine Cola aus dem Getränkeautomaten im Motel holen.

Warten auf Gorot.

Na klar.

Linderung.

Die Narbe an seinem Hinterkopf hat aufgehört zu jucken.

Sanftmütig ist er. Folgsam. Ein Lamm. Pascal.

Schneidet Fleisch, tut Gemüse auf, wischt den Tellerrand ab, wenn Sauce über die Kelle geschwappt ist.

Seelenruhig.

Er liebt und wird geliebt.

Von einem kleinen, jungen Körper, der ihm seine kalten Hände um den Hals legt.

Der kleine, junge Körper, den er umschlingt.

Er umschlingt und wird umschlungen.

Liebe, das sind Hände, Arme, die dich umschlingen. Auch wenn sie ihn nicht wärmen kann, er sie dafür schon.

Liebe: mehr geben, als man bekommt.

Er bedauert nur, dass er sie nicht die ganze Nacht bei sich behalten konnte.

Er bedauert nur, dass er sie nicht so lange wie möglich bei sich behalten kann.

Liebe muss oft im Verborgenen bleiben.

Intimität.

Noch vor Sonnenaufgang: Augenaufschlag.

Das sichere Gefühl, dass sie kommen werden.

Ihn nach seinen Papieren fragen. Den Bus filzen.

Wie sie es mit anderen Fahrzeugen und anderen Personen machen.

Er gehört zu einem Ganzen.

Er gehört zu den Menschen.

Und Menschen werden oft gefilzt.

Und wenn auch nur schlecht. Und wenn auch nur schwankend. Wenn auch ignoriert: Ich gehöre zu euch.

Auch ich liebe. Auch ich werde geliebt.

Das sichere Gefühl, dass sie kommen werden.

Irgendwann tauchen sie immer auf.

Irgendwann schlagen sie immer kaputt.

Zerstören. Nehmen weg. Schaffen fort.

Also ist er seinem Gefühl gefolgt.

Er konnte sie nicht in seinem warmen Bett lassen.

Jetzt ist ihre Haut ein bisschen härter, sind ihre Gliedmassen ein bisschen weniger gelenkig, ihre Organe nach und nach gefroren.

Dafür kann er sie jedes Mal besuchen, wenn er unter einem Vorwand einen Abstecher in die Kühlkammer macht.

Versteckt unter den Tiefkühlpommes. Den Steakpackungen. Entrecôtes. Fischstäbchen. Dem Gartengemüse. Den Schweinelendchen. Braten. Unter Eiscreme und Sorbet.

Zugang für Lieferanten. Rückwärtsgang. Den einzigen Schlüssel hat er.

Pascal.

Disziplin bedeutet, ein und denselben Vorgang auszuführen und im Moment der Konfrontation zu reagieren.

Disziplin ermöglicht Kontrolle, Kontrolle ermöglicht Improvisation.

Improvisation ist die Frucht der Wiederholung.

Kleine Maria der Tiefkühlkost.

Die Flipflops im Müllcontainer. Der Geruch von Gummi an ihren Fusssohlen.

Die er gekostet hat.

Diesen zarten Körper, den er so fest umschlungen hat.

So viel Liebe, Pascal.

Man kann so viel Liebe geben.

Eine Seele ist eine Substanz.

Das Individuum bestimmt die Welt.

Je mehr die Ausdehnung abnimmt, desto weiter steigt das Verständnis.

Man muss wissen, wie viel man verstehen kann.

4

Er hebt den Blick von seinem Computer. Lehnt sich in seinem Stuhl zurück. Der Gewinnausfall ist so eklatant, dass er laut lachen muss. Er hätte jetzt gern eine Zigarette, aber der Rauchmelder wacht darüber, dass sich sogar der Chef an die Vorschriften hält. Die Technik sorgt dafür, dass alle Menschen auf derselben Stufe stehen. Schluss mit den Privilegien für Chefs von Franchiserestaurants, was bedeutet: Schluss mit nicht sehr viel im weltweiten Unternehmervergleich. Aber trotzdem. Früher konnte man:

Rauchen, trinken, seine Sekretärinnen im Büro ficken.

Sein Personal fristlos entlassen.

Die Aura des Vorgesetzten ausspielen.

Auf die Integrität und Ergebenheit seiner Angestellten bauen.

Kurz gesagt: Man konnte Kohle machen, ohne Druck im Kopf oder Druck in den Eiern.

Ohne dass man plötzlich einen verdammten Abgrund in der Buchhaltung entdeckt.

Ohne sich zu fragen: Wie den Gewinnausfall im Umsatz der Marke erklären, deren Logo er nutzen darf, die wiederum selbst angewiesen ist auf wertvolle Verbindungen in die Regionalpolitik?

Gérard Lucino holt sein täglich frisches, gebügeltes Stofftaschentuch hervor. Sorgfältig gefaltete Eitelkeit, die er in dem Rollkoffer auf dem Rücksitz seines Alfa aufbewahrt. Er wischt sich das Gesicht ab, den Nacken. Das Problem ist, dass diese Lücke in der Buchführung einen noch viel grösseren Betrug ans Licht bringt als den von diesem miesen Küchenchef und dem noch mieseren Filialleiter, der ihn gedeckt hat. Seinen eigenen Betrug. Man wird zusammenbringen, was er bisher erfolgreich separiert hatte. Dominoeffekt. Oder kommunizierende Röhren. Kettenreaktion. Es stimmt: Wenn die Maschine mit zu hoher Drehzahl läuft, wenn man über seine Verhältnisse lebt, fängt man irgendwann an anzuhäufen.

Was anhäufen?

Die Lüge.

Auf die eine folgt die andere.

Immer tiefer hinein in die Abgründe.

Gérard Lucino nimmt schliesslich doch eine Zigarre und klemmt sie sich zwischen die Lippen. Kurze Entspannung, die Problematik des Anzündens wird verschoben. In diesem Moment steht er, was er nicht weiss – oder nicht sehen will, was im Grunde dasselbe ist –, aber ja, er steht ganz kurz vor dem Zusammenbruch, sowohl körperlich (Herz) als auch geistig (Burn-out oder, noch schlimmer, Depression), beruflich (Konkurs, Arbeitslosigkeit) wie sozial (schwerer Betrug).

Was macht also ein Mann, der drauf und dran ist, seine eigene Scheisse zu schlucken, weil die ihm schon bis zum Hals steht?

Gérard Lucino nimmt sein Handy und wählt die Nummer von Capitaine Martinez. Seine Zigarre raucht er später, sagt er sich. Sobald er Martinez' Stimme hört, berührt er seinen Schwanz.

Viele Männer tun das beim Telefonieren, wenn sie allein sind.

Ein Zeichen von Nervosität.

Nicht von Erregung.

Die kleine Wurst berühren, das beruhigt.

5

Auf dem Ziffernblatt läuft der Sekundenzeiger sechzig Punkte in einer Minute ab.

Wie vergeht die Zeit, wenn man nichts hört?

Pascal würde sagen: langsamer. Manchmal wird es zur Qual. Der Lärm beschäftigt den Geist. Man gewöhnt sich nie ganz an die absolute Stille. Die Stille dehnt die Zeit. Vertrauen auf Vibrationen, die Reaktionen der anderen, die Variationen des Lichts, den Instinkt.

Ich bin verdammt noch mal kein verschissenes Reptil.

Aber es hilft zu überleben.

Ziemlich sogar.

Gérard Lucinos dröhnend schwere Schritte auf dem Asphalt versetzen seine Sinne in Alarmbereitschaft.

»Was treibst du hier?! Für die Pause gibt es einen Raum oder eben hinten die Bänke unter den Bäumen.«

Pascal spürt, dass der Chef nervös ist.

Es bringt nichts, ihm zu sagen, dass er genau hier sitzen will, noch in der Sonne, bald in der Dämmerung, zerschlagen von der Müdigkeit und vom Stress, in der sanften Wärme des Abends, sanft wie er, *another day, another dollar,* die fettfleckige Schürze um seine Taille, so sitzt er auf der Bordsteinkante, sieht die Lastwagen vorbeifahren, die Autos, mitten im Dunst aus Diesel und Benzin, Reifen wirbeln Staub auf, Papier fliegt durch die Luft, mitten im Dunst von überhitztem Gummi, von Kunstleder und Dufterfrischern, von Essensgerüchen, sobald sich eine Autotür öffnet, Luft holt, ja, Luft holt, Pkws und Lkws sind Lebewesen, sie schnaufen, sie leiden, sie sind erschöpfte Lebewesen, sie räkeln sich, Klickern von ausgeschalteten Motoren, Ölverlust unter dem Fahrgestell, schwarzes Ekzem auf dem Asphalt, Kinder gehen in die Hocke, wollen es anfassen, Mütter kreischen, dass das schmutzig ist, dabei ist ihre eigene Scheisskarre dafür verantwortlich, es ist schmutzig, und Pascal bleibt auf dem Bordstein sitzen, weil er es mag, kleiner als sie zu sein, sie auf Kinderhöhe zu beobachten, den Kopf zu heben, sie zu beobachten, ohne ein Wort zu sagen, mit Flecken auf der Schürze von dem Essen, das sie schlucken, verdauen, hochwürgen, ausscheiden, schmutzige Ölflecken wie Kackflecken, immer kümmert sich ein anderer um das, was wir nicht mehr wollen: der Müllmann, der Strassenwart, die Natur, das geht immer nach unten, ganz nach unten, unweigerlich nach unten, auf die eine oder die andere Weise, was stirbt, fällt, manche sammeln es auf, die meisten scheren sich nicht darum, andere erholen sich nie wieder, und Pascal sitzt auf der Bordsteinkante, wie eine äusserste Grenze, unüberwindbar, die auch niemand überwinden möchte, mit der zumindest niemand jemals zu tun haben will, wie eine Macht, die er hätte, die er auch tatsächlich hat, die Macht, verschwinden zu lassen, fallen zu lassen – ganz nach unten, so weit nach unten, dass die Überlebenden gegen das Vergessen ankämpfen, jeden Tag, mit Demut und Verzweiflung, in dem Wissen um all die Gesichter, in die er gesehen und die er dann vergessen hat, Männer, Frauen, Kinder, die Männer, die Frauen und ihre vermissten Kinder, Zeitungsausschnitte, die er gesammelt hat, er studiert ihre Gesichter auf den Fotos, er versucht, zu sehen, welchen Abgrund er in ihren Blicken hinterlassen hat, so weit, mein kleiner Pascal, du bist so weit gegangen, und jetzt stellt sich dieses fette Schwein namens Gérard Lucino vor ihm auf, zwingt ihn, von seinen wulstigen Lippen abzulesen, von diesem Mund, der ihm noch mal sagt, dass er sich nicht hierhin setzen soll, denn:

»Das macht keinen guten Eindruck, wenn ein Mitarbeiter hier wie ein Penner herumlungert. Verdammt noch mal, Pascal, hast du mich verstanden?!«

… Denn in Wirklichkeit ist Pascal wie Jacques Baudin ein Sammler, er sammelt das grösstmögliche Unglück, aber nun heisst es zurück ins Hier und Jetzt, zurück zu der Pause, die sich dem Ende neigt, zu seinem Chef, der ihn sogar in diesem Moment grösster Ruhe belästigt, im Moment des Abfallens, all der Anspannung, die er in seinen Seufzern entlädt, immer kommt ein fetter Idiot und zerstört die Vollkommenheit des Augenblicks, die unverhoffte Atempause, in der er, Pascal, nur noch eins ist mit dem grossen Ganzen, soll heissen: mit dem Nichts.

Gérard mustert Pascal, aber er sieht nichts in diesen Augen, nur völlige Leere. Er stammelt (verdammte Scheisse, wer ist hier bitte der Chef?!), setzt noch einmal an: »Die zwei Bullen von neulich« – (bist du bescheuert oder was, er hat die gar nicht gesehen, er weiss überhaupt nicht, wovon du redest) –, »zwei Polizisten werden kommen und nach den Überwachungsvideos verlangen …«

Pascal wendet den Kopf. In seinen Pupillen geht ein Licht an. Lucino ist beruhigt.

»Wenn Sandrine kommt, sag ihr, sie soll sich darum kümmern. Die DVDs sind auf dem Schreibtisch in einer Mappe, ich …« (Wieso erzählst du das alles diesem Schwachkopf, Gégé? Hältst du ihn wirklich für den Vertrauensmann, nur weil er schon so lange hier arbeitet?) Gérard wirft einen Blick auf seine Armbanduhr. »Ich glaube, deine Pause ist zu Ende. Schliess mir die Kühlkammer auf, ich muss den Vorrat überprüfen.«

Nach einem kurzen Moment: »Nein.«

»Was heisst hier nein?!«

»Das ist mein Fleisch.«

Pascal schiebt leicht den Kopf vor, als er das sagt. Seine Lippen sind rissig, trocken, fast weiss. Auf dem ausgemergelten Gesicht wirkt seine Haut wie geliftet, so sehr spannt sie sich über die Knochen. Seine blauen Augen haben sich grau verfärbt, aus ihnen spricht all die Wut, die in diesem Gebilde aus Muskeln, Sehnen, Nerven zurückgehalten wird, seinem Körper, einer unbeweglichen Maschine, bereit für die Entfesselung, für die Zerstörung. Und tief in seinem Inneren hat Gérard Lucino, zum Leiter von vier Franchiserestaurants aufgestiegen, immer gewusst, dass es so enden würde, dass der Tag kommen würde, an dem sein Kartenhaus zusammenfällt, an dem seine Betrügerei ihr mögliches Maximum erreicht.

Peter-Prinzip:

Jeder Angestellte neigt dazu, bis zur Stufe seiner eigenen Unfähigkeit aufzusteigen.

Jeder Angestellte wird so lange befördert, bis er seine Stufe der Unfähigkeit erreicht hat. Und wenn er sie einmal erreicht hat, dann kommt er von der nicht mehr runter.

Irgendwann ist jeder Posten mit einem inkompetenten Mitarbeiter besetzt, ohne dass derjenige seiner Verantwortung gerecht werden könnte.

Lucino-Prinzip:

Die Unfähigkeit kaschieren, indem er an die Filialleiter delegiert und die Bücher frisiert.

Davon abgesehen ahnt Gérard Lucino inzwischen, dass Pascal etwas viel Grösseres ist als er selbst. Ein Symbol. Für ihn repräsentiert er die Belegschaft. Für ihn verkörpert er die mit dem Job verknüpfte Unzufriedenheit: unregelmässige Arbeitszeiten, niedrige Löhne, Defizite im Bereich Qualität/Arbeitsumfeld, pedantischer, übellauniger Chef. Gérard liegt falsch, was Pascal angeht, nicht aber, was das grosse Ganze betrifft, wo sich Zeichen von Unzufriedenheit und aufsässiges Verhalten (Arbeitsverweigerung, Streikdrohungen) in den letzten Wochen gehäuft haben.

Gérard Lucino wird klar, dass er an seiner Belastungsgrenze angelangt ist. Er spürt, wie ihn die nackte Panik überkommt. Dieser Bekloppte redet von seinem Fleisch, als wäre er ein verdammter Menschenfresser.

Er sieht ihn an: die schmutzige Schürze, die schuppigen Hände, die fein säuberlich abgekauten Fingernägel.

Er sieht ihn an, und plötzlich sieht Gérard seine eigene Welt vor sich: unzählige Stunden im Auto auf einer nüchternen Strasse, in einem nüchternen Umfeld, als Führungskraft für Mitarbeiter, für die er keinerlei Sympathie/Empathie aufbringt, immer im Stress wegen irgendwelcher wöchentlichen Zielvorgaben.

Also dann.

Der Moment ist gekommen.

Was kümmern ihn die Kühlkammer und ihr Inhalt?

Was kümmert ihn die Verbuchung von Entrecôtes und Hacksteaks?

Zögern. Letzte Skrupel. Rudimente eines vormals ehrlichen Lebens.

Wie lange das Ende aufschieben? Eine Woche, zwei Wochen? Worauf warten? Worauf hoffen? Auf Rettung vor dieser Lawine an Problemen, die ihn unter sich begraben wird?

Gérard Lucino hat Angst. Und auch wenn er es nicht will, aber seine Angst wurde erspürt, registriert, eingeordnet von seinem mehrfach ausgezeichneten Mitarbeiter.

In zwei Jahren siebenmal Mitarbeiter des Monats.

Gérard Lucino legt den Rückwärtsgang ein.

Pascal bleibt regungslos.

Gérard Lucino spürt schon das Gaspedal seines Alfa unter seinem Fuss.

Pascal ahnt die Angst.

Das beiseitegeschaffte Geld.

Luxemburg. Schweiz. Monaco. Andorra.

Das Geld verprassen.

Dominikanische Republik. Venezuela. Brasilien. Thailand.

An Möglichkeiten mangelt es nicht.

Die Welt ist hauptsächlich verkommen.

Die idyllischen Bilder in schillernden Dokumentationen über Fauna und Flora bilden die Ausnahme.

Die Blauwale.

Es gibt zwei Ebenen: eine Ebene, von der alles fällt, von der Körper fallen.

Der Sibirische Tiger.

Und eine Ebene, zu der die Seelen sich emporschwingen.

Das Aussterben.

Wie können beide verbunden werden?

Schlampen und billiges Leben.

Pascal weiss, dass sein Chef nicht mehr wiederkommt.

Pascal sieht die Angst.

Pascal bleibt.

Pascal hält dagegen.

Es ist sein Fleisch, er kümmert sich darum.

6

Ingrid tastet über die weiche, zerschundene Haut zwischen ihren Schenkeln.

Wund.

Anflug von Mitleid, Scham gegenüber sich selbst. Ihr Schritt brennt wie Feuer. Folge von mechanischer Reibung, Oberfläche auf Oberfläche, Haut verbraucht Haut. Der untere Teil ihres Körpers ist mürbe. Der Teil, aus dem Lucie herauskam, fast neun Jahre ist das jetzt her. Der körperliche Schmerz gibt nicht einmal den Hauch einer Ahnung von dem exponentiellen Ausmass des anderen Schmerzes, jenes Schmerzes, der sie vollständig erfüllt, eine überlaufende Wanne. Das Warum vom Anfang wurde weggespült. Der Sinn wurde ausradiert. Es gibt noch den Körper, ihren, der ihr Schmerzen bereitet, obwohl sie gar nicht mehr da ist. Sie ist der Überrest eines toten Sterns, sie leuchtet noch Jahrtausende weiter, aber ist vollständig erkaltet, weil alles, was sie zu geben hatte, längst verbrannt ist.

Das Telefon.

Der schnurlose schwarze Hörer, den sie nie vergisst in seine Ladestation zu stellen.

Den Akku aufladen.

Alles, was noch bleibt.

Abnehmen.

Hintergrundgeräusche: Motoren, Lachen, Stimmengewirr.

Sag was, Pierre.

Teer auf den Stimmbändern. Straff gespannt. Dunkle Töne knirschen, verteilen Schotter im All, via Satellit. Manchmal, früher, habe ich mir vorgestellt, wie deine Hände die toten Körper berühren. Immer lag ein leichter Geruch von gepudertem Plastik auf deinen Fingern. Deinen Fingern, die mich zwischen den warmen und weichen, feuchten Schenkeln berührten. Ich dachte, in gewisser Weise hast du, soweit du konntest, mit jedem meiner Orgasmen etwas auferstehen lassen. In den anderen Körpern hast du herumgefingert, um eine Todesursache zu finden. Und in meinem, um mir Lust zu bereiten. Manchmal dachte ich so an deine Hände, ich küsste sie, ohne jemals Ekel zu empfinden. Ich fand, das war das Schönste an dir.

Das war vorher.

Bevor ich zerfallen bin, bevor ich deine Stimme entdeckt, angefangen habe, sie wirklich zu hören.

Ich bin betrunken, ich bin eine fette Kuh geworden, ich bin ein Scheisshaufen, aber ich höre dich.

Pierre sagt:

Manchmal offenbaren die Menschen sich nachts.

Erzählen Dinge.

Ein andermal sind sie bereit zu töten.

Ich schlafe heute in einem Motel.

Ich muss Kraft sammeln.
Duschen.
Mich ausstrecken.
Ich bin müde, Ingrid.
So müde.
Ich habe nichts.

VIII

1

Die Alte schlürft ihren Mate aus einer lederüberzogenen Kalebasse, die sie von unten mit der Hand umfasst. Als würde sie ein Paar Eier wärmen, denkt Lola. Ein schönes Paar Eier zum Liebkosen.

Lola lächelt, lässt das Lächeln wieder verschwinden, damit die Alte nicht denkt, sie würde sich über sie lustig machen. Die saugt an der Bombilla, dem Trinkhalm aus Metall, ihre faltigen Wangen werden ganz hohl, und der Mate fliesst in ihren alten Hurenhals.

Tía Sonora wird sie genannt. Weil sie aus Sonora kommt, dem Bundesstaat in Mexiko, in dem Tausende junge Frauen verschwunden sind. Auch Lola ist verschwunden, aber mitsamt ihrem Körper: von Bogotá nach Mexiko, wo ein Schlepper für 2000 Dollar und einmal Geschlechtsverkehr (volles Programm, in diesem Fall Fellatio und Analpenetration) sie nach Arizona gebracht hat, sieh zu, wie du klarkommst. Was ihr mit Bravour gelungen ist, denn zwei Jahre später hatte sie genug Kohle, um sich nach Spanien durchzuschlagen, was für die meisten Latinos das Tor zu Europa ist. Wie Tía Sonora hat Lola die Gabe zum Ficken. Aber eine

Technik, das Deepthroating, hat sie erst von der alten Mexikanerin gelernt.

»Wenn du Schwänze liebst, meine Kleine, wenn du sie wirklich liebst, hast du den anderen immer etwas voraus.«

Lola hat ihr viel zu verdanken, und sei es nur, weil sie hier ist, auf der Strasse, in ihrem Wohnwagen, mit dem sie im Schlepptau von evangelikalen Roma von Rastplatz zu Rastplatz zieht. Tía Sonora ist bei ihnen so unverhofft gestrandet, wie man unbeschadet einen Unfall auf der Autobahn übersteht. Aber zu ihrer Geschichte später mehr.

Erst mal ist da Lola.

»Tante« Sonora ist für Lola ein Fixpunkt, ihre einzige Familie. Sonora sieht in Lola den Jungen, der sich im Inneren als Frau fühlt, der abseits von bezahltem Geschlechtsverkehr keine Ahnung hat, was er mit seinem Schwanz anfangen soll. Dieser Penis nimmt so viel Platz ein, dass man ihn ihr abschneiden müsste, damit Lola endlich leben kann.

Lola besucht Tía Sonora, und die nutzt die Gelegenheit, um einen Blick auf ihr Schicksal zu werfen oder zumindest den Schaden zu begrenzen, wenn es um die unmittelbare Zukunft des/der jungen Mannes/Frau geht.

Lolas Handfläche liegt in ihrer, Sonora denkt nach, zieht an ihrem Trinkhalm, obwohl schon lange kein Mate mehr in der Kalebasse ist.

Der Mate soll die Giftstoffe aus dem tequilaverkaterten Körper spülen.

Tía Sonora verströmt Alkohol aus all ihren Poren.

Lola ist das egal. Der Geruch ist kein Problem. Zarte, weiche, fast weisse Haut ihrer Hand in der von der Alten. Es ist jedes Mal dasselbe Problem, denkt Sonora, die zur Handleserin umgeschulte Professionelle: Lolas Berge und Linien sind schwach ausgeprägt, kurz und gebrochen. Auch die anderen möglichen Zeichen – Sterne, Quadrate, Kreise, Punkte, Dreiecke, Rauten, Kreuze, Ringe, Verästelungen, Gitter, Streifen, Sicheln, Strahlen, Ketten oder Inseln, egal welches zusätzliche Zeichen –, alles weist unerbittlich in die Richtung einer bösen Vorahnung. Das Unglück ist der Kleinen so deutlich in die Hand eingeschrieben, dass Sonora jedes Mal innerlich einen Seufzer der Erleichterung ausstösst, wenn Lola wieder vor ihr steht.

»Und?«, fragt Lola.

Sonora hebt den Kopf.

»Passt du mit Aids auf? Auch beim Blasen?«

»Nicht immer.«

»Das ist ein Fehler, meine Hübsche. Ein dummer Fehler. Nimm dich vor Aids in Acht, dann wird alles gut für dich. Das ist kein Rat der Wahrsagerin, das ist ein Rat von Hure zu Hure.«

»Erzähl mir was anderes, Sonora.«

Die Alte tätschelt Lolas Hand.

»Du willst etwas vom Glück wissen, nicht wahr?«

»Wenn ich darf. Nur ein bisschen.«

Die Alte betrachtet noch einmal die Handfläche der Kleinen. Wenn sie nur lange genug auf diese verdammten Linien starrt, glaubt sie es irgendwann selbst. Sie blendet das Schlechte aus, das gewaltsame und tragische Ende, das sie in den Verästelungen erahnt, und konzentriert sich auf dieses Unendlichzeichen unterhalb des kleinen Fingers, hier sitzt die Güte, und Lola ist eine gute Hure, ein Jungen-Mädchen mit einem so grossen Herzen.

»Lola, ich weiss nicht, ob das ein Stück Glück oder Freude oder was auch immer ist, ich weiss nicht, was es ist, ich würde es eine Atempause nennen, genau, eine Atempause; du wirst einem Mann helfen, meine Schöne, du wirst einem Mann dabei helfen, zu finden, was er sucht. Und was er sucht, steckt nicht in deinem Hals ...«

Lola lächelt. Sonora denkt: Gott sei Dank, das reicht ihr. Mit der Zeit und dem Alter – bald achtundsiebzig Jahren, einem in Anbetracht dessen, was sie alles schon erduldet hat, mehr als kanonischen Alter – stellt sich Sonora immer mehr die Frage nach dem Warum.

Warum geboren werden.

Warum leben.

Warum sterben.

Etc.

Kurzum, die Suche nach dem Sinn.

Sie ist nahe dran, vom Stadium des »Warum« zu dem des »Wie« überzugehen.

Sie steht kurz vor dem Wendepunkt.

Manche brauchen das grösstmögliche Unglück, um da anzukommen, andere verstehen es intuitiv oder mit fortgeschrittenem Alter.

Bei Tía Sonora kommt alles zusammen.

Eine Frage der Zeit.

Tía Sonora ist eine Frage der Zeit.

Nachdem sie etwa fünftausend Schwänze gelutscht, fast doppelt so viele in ihrem Körper aufgenommen hat, illegal in etwa einem Dutzend Ländern gelebt hat, gleichermassen:

Ratte wie Beluga gefressen,

Regenwasser wie Champagner getrunken,

in einer Zelle wie in Luxushotels geschlafen,

das schlimmste wie das beste Leben gelebt hat,

will sie doch, wenn Sie erlauben, zumindest ein paar Schlüsse daraus ziehen, bevor sie abkratzt, und diese Schlüsse sind die folgenden:

Gott existiert nicht ausserhalb von uns selbst (was nicht unbedingt sehr klar klingt, wie Sonora einräumt, aber umso besser für die, die es verstehen. In dem Sinne nähert sie sich dem »Wie«).

Die Tragödie kommt häufiger vor als das Glück.

Die Menschheit ist zu drei Vierteln feige, schwach, egoistisch und niederträchtig.

Aber vor allem dumm.

Die meisten Leben führen zu nichts und sind zu nichts gut.

Aber.

Manchmal leuchtet selbst in einem scheinbar nutzlosen Leben ein Schimmer auf. Der wie eine Brücke für einen anderen ist, wie eine Laterne die Nacht erhellt für den vorübergehenden Fremden.

Für den wiederum dieser Schimmer alles ist, was noch bleibt.

Was bleibt in einer Welt der Finsternis.

Schliesslich, und das ist sicher, unumstösslich:

Den Schwanz lieben, ihn wirklich lieben, also alles

schlucken und dabei Lust empfinden, tiefe Lust empfinden können.

Wenn es ein Geheimnis gibt, dann liegt es in der Lust.

»Lust an etwas haben« ist ein guter Ausgangspunkt.

Das kann ein Schwanz sein oder etwas anderes.

Für Tía Sonora war es der Schwanz.

2

Der besagte vorübergehende Fremde ist inzwischen im Zimmer eines B & B-Hotels angekommen. Pierre wird dem bescheidenen Wunsch nachgeben, seinen Körper auf einem Bett auszustrecken und zwölf Stunden zu schlafen.

Das Zimmer ist für ihn eine Möglichkeit, sich noch einmal zu sammeln. Vor dem Schlafen faltet er seine Strassenkarte auseinander und pinnt sie an die Wand. Das Papier ist durch die ständige Beanspruchung ganz weich geworden. Ohne Probleme lässt sich die fügsame Karte fast lautlos knicken und falten.

Erst mal duschen, die Karte ausbreiten, studieren, dabei Whisky aus einem Plastikbecher trinken. Ballantine's, J & B, Johnnie Walker, was er auftreiben kann.

Das Gebiet visualisieren. Es sich wieder und wieder einprägen.

Die Theorie, dass die drei vermissten Kinder von ein und demselben Täter entführt wurden, ist offenkundig zu einer Tatsache geworden, soll heissen: Selbst die Bullen müssen darauf gekommen sein.

Die Bullen.

Pierre lacht höhnisch auf.

Verdammt noch mal, die Intuition eines Vaters ist genauso viel wert wie jede Interpol der Erde.

Die Intuition des Vaters = magisches Denken, wie die Psychologin gesagt hat.

Scheiss-Psychotante.

Psychologische Betreuung für Arme.

Fick dich doch.

Die eigene Intuition, meine Intuition. Was ich spüre.

Im Gegensatz zu dem, was häufig unter dem Begriff der Intuition verstanden wird – und zwar, dass sie nicht das Ergebnis einer bewussten Schlussfolgerung wäre –, ist Intuition, wenn das maximale Potential des Bewusstseins ausgeschöpft wird.

Zusammentreffen von: Einfühlungsvermögen, Erfahrung, Wissen, Logik, Analysevermögen.

Diese Schnittstelle zu benennen ist unmöglich, sie zu erklären ist es noch umso mehr.

Daher der Begriff Intuition.

Bei Pierre ist sie zu einer offenkundigen Tatsache geworden, dann zu einer Wahrheit, dann zu einer Obsession.

Der Whisky durchströmt seine Adern, zeichnet ein schmerzhaftes Lächeln in sein mageres Gesicht. Er wendet seinen Blick von der Karte ab, dreht sich zum Nachttisch, öffnet die Schublade, weiss, was er darin finden wird.

Was er darin findet, spendet ihm keinerlei Trost, aber es gefällt ihm, in ihr zu blättern, nur um darüber zu lachen, nur um zu sehen, was Menschen brauchen, damit sie den Blick von dem Abgrund abwenden können, von dem gewaltigen Nichts, das sie umgibt:

Als Herodes nun sah, dass er von den Weisen betrogen war, wurde er sehr zornig (der Internationale Gideonbund ist eine Vereinigung evangelischer Christen, ein Zusammenschluss von Laien in beruflicher Verantwortung: Geschäftsleute, Führungskräfte, Handelsvertreter, Lehrer, Freiberufler) *und schickte aus und liess alle Kinder in Bethlehem töten und in der ganzen Gegend, die zweijährig und darunter waren, nach der Zeit, die er von den Weisen genau erkundet hatte.* (Sie erkennen Jesus Christus als ihren Herrn und Erlöser an und glauben, dass die Bibel das Wort Gottes ist. Sie sind aktive Mitglieder der evangelischen Kirchen und ergänzen auf lokaler Ebene deren missionarische Arbeit.) *Da wurde erfüllt, was gesagt ist durch den Propheten Jeremia, der da spricht:* (Fast überall auf der Welt legen die Gideons Bibeln, immer das Neue Testament [viersprachig, in Französisch, Englisch, Deutsch und Niederländisch], in Hotelzimmern und Wohnheimen aus.) *»In Rama hat man ein Geschrei gehört, viel Weinen und Wehklagen; Rahel beweinte ihre Kinder und wollte sich nicht trösten lassen, denn es war aus mit ihnen.«* (Oberstes Ziel der Gideons ist es, die Bibel – das Wort Gottes und anerkannte Grundlage unserer abendländischen Kultur – zu verbreiten und bekannt zu machen, indem möglichst viele Menschen dazu angeregt werden, sie zu lesen, damit sie in ihr Trost und Antworten finden, auf ihre geheimsten Fragen und Wünsche, damit sie schliesslich durch sich selbst Ihn entdecken können, der im Zentrum dieses »Buchs« steht: Jesus Christus, den Erlöser.)

Fuck The Gideons International.

Fuck Wikipedia.

Aber.

Auf genau dieser Seite des Evangeliums nach Matthäus

(ironisches Schicksal,

schelmischer Zufall,

neckische Fügung,

boshafte Vorsehung,

– Gott? –)

steht mit Kuli geschrieben:

Hilf mir, gütiger Gott, meine Tochter Marie wiederzufinden.

– Gott?! –

Das ist so was von idiotisch.

Das ist wirklich so was von idiotisch.

Bei den 260 663 Übernachtungen pro Jahr innerhalb des nationalen Autobahnnetzes musste er in diesem Zimmer landen.

In ihrem Zimmer.

In dem Marc und Sylvie Mercier geschlafen haben.

Hilf mir, gütiger Gott, meine Tochter Marie wiederzufinden.

Pierre hebt das Gesicht zur Decke,

blickt hinauf,

sieht Gott nicht.

Kann Gott so böse sein?

Pierre schmettert die Bibel gegen die Wand.

Trotz all der Wucht bekommt der feste Buchdeckel nicht mal einen Kratzer.

Diese Scheisskerle haben sogar für die Wut der Menschen vorgesorgt.

IX

1

Um neun Uhr morgens hat Julie Martinez nur einen Wunsch:

Vierundzwanzig Stunden zu Hause, Stippvisite. Die kümmerlichen Pflanzen giessen, die vertrockneten Käsereste, die abgelaufenen Eier und den schwarz wie ein Krebsgeschwür verfärbten Schinken in ihrem Kühlschrank wegwerfen, die zwei halben Liter Carlsberg trinken, auf den 48 m² purer Trostlosigkeit ihrer Zweizimmerwohnung staubsaugen. Den Boden in Bad und Küche wischen. Dazwischen Telefonate mit den Vorgesetzten, Gaspard und ihrer Mutter, die auf Neuigkeiten warten.

So könnte sie: sich richtig waschen, das Blut zwischen ihren Beinen einfach laufen lassen, unter der Dusche. Ihre grossen Schamlippen, ihre Klitoris beim Einseifen fühlen, ihre Brüste betasten. Ohne Erregung, ohne potentielle Lust; ihr Körper ein Mechanismus, eine Maschine, die sie instand hält, soweit sie kann. Im Fitnessstudio: Laufband, Dehnübungen, Krafttraining. Das Gesicht vor Anstrengung gerötet, dann die Übelkeit, kurz vor der Ohnmacht, weil sie die Maschine hat heiss laufen lassen. Schliesslich Sauna, Dusche, erst kalt, dann kochend heiss. Tasche ge-

schultert, zurück zur Zweizimmerwohnung, Tiefkühl-
pizza kaufen, Bier. Das ist ein (grosser) Teil ihres Lebens.
Der für viele deprimierend scheinen mag, aber nicht für
sie. Sie mag das. Sie mag die Askese, sieht in ihrem Alltag eine Form von Entsagung, von Versäumnis. Sie mag
den Gedanken, dass die Dinge anders sein könnten, dass
sie etwas verpasst aufgrund eines Ideals (Ideal?), aufgrund
eines Pfads, den sie sich selbst auferlegt hat und aus dem
sie nicht mehr ausbrechen kann, Schicksal, Tragik des
Schicksals, das, manchmal, Joch der Schwachen sein kann
oder hellsichtiger Entschluss der Starken, wie auch immer.
Sie malt sich aus, wie dieser Pfad anders verlaufen könnte.
Die Vorstellung kann genauso machtvoll wie die Verwirk-
lichung eines Verlangens sein. Auf jeden Fall findet sie
darin ein masochistisches Vergnügen, in der Drecksarbeit,
an die sich schliesslich nur die wenigsten heranwagen. Es
steckt Würde darin, sich dem Bösen zu stellen, ihm direkt
ins Auge zu blicken. Mit beiden Händen zuzupacken, ihm
dem Kampf anzusagen. Auch Aufrichtigkeit. Die Hand
in Hand geht mit der Würde. Und schliesslich steckt
darin die Betrachtung des sozialen Versäumnisses, des
unergründlichen menschlichen Versäumnisses, gemessen
an dem ihr persönliches Versäumnis schlicht eine Konsequenz ist, das »Makro« umschliesst das »Mikro«.

Julie Martinez hat nur einen Wunsch.

Einen ganz kleinen, bescheidenen Wunsch: ein Stückchen unabhängigen, tristen, beschissenen Lebens zurückerobern, das sie, zumindest im Moment, nicht eintauschen
wollte gegen das Versprechen von Ehemann, Kindern,

moralkonformer Selbstverwirklichung, Haus, kurz gesagt: gegen das, was man »Lebensqualität« nennt.

Ich scheiss auf diese »Lebensqualität«.

Nein.

Frust ist Motor, Antrieb. Frust beschert uns Magengeschwüre und lässt uns Blut scheissen. Frust ist dieser schale Geschmack auf der Zunge, der Geschmack einer Zigarette auf nüchternen Magen, er stösst uns sauer auf, bringt Gewissheiten ins Wanken, zieht tiefe Furchen, füllt unsere Tränensäcke. Er zerrt an den Nerven, verknotet den Körper, begünstigt einen Haufen krebserregender Faktoren.

Trotzdem.

Julie fühlt sich lebendig. Auf der Spur einer möglichen Form von Wahrheit. Unter ihrer blauen Bluse verströmt sie einen säuerlichen Geruch, der sich mit Vanilledeo mischt.

Mit einem Fuss in der Katastrophe, um sich lebendig zu fühlen.

Dem kann man sich nicht entziehen.

Julie Martinez hat nur einen Wunsch. Aber in Wirklichkeit, nein, sie sitzt in ihrem Dienstwagen, wartet auf Gaspard und ein Thunfisch-Mayo-Sandwich. Und eine Cola zum Runterspülen.

Sie wartet in der einigermassen kühlen Morgenluft, ihr Magen rebelliert wegen all des Kaffees. Sie sind auf dem Weg zu einer Raststätte, die identisch ist mit der vorigen; die gleichen Menschen, die gleiche Produktauswahl, die gleichen Übersichtskarten bei den öffentlichen Telefonen – *Sie sind hier.* Das Wagenfenster ist heruntergekurbelt, sie benutzt – in Absprache mit Gaspard – schon lange nicht mehr die Klimaanlage des Renault (Migräne-anfälle, Allergien). Sie beobachtet das Treiben auf dem Parkplatz um sich herum, sie kann nicht anders, als ihre Theorien über die Personen aufzustellen, die da aus ihren Autos aussteigen, ihre Hose hochziehen, sich kurz an die Eier greifen (die Männer), mit einer effizienten, ruckarti-gen Rückwärtsbewegung ihr Jüngstes auf der Hüfte po-sitionieren (die Frauen). Julie stellt sich das Wageninnere vor, die Gespräche. Rekonstruktion des Alltäglichen. Zieht die Liebe ab, denkt über die Arterhaltung nach. Sie wird der Sache überdrüssig, Gaspard lässt auf sich warten (wahrscheinlich auf Toilette gegangen und dann mit sei-ner Frau am Telefon). Ihr Blick konzentriert sich auf ihre unmittelbare Umgebung, ihr fällt wieder einmal auf, dass der mit einem Saugnapf am Armaturenbrett befestigte Kalender den falschen Tag anzeigt. Wer benutzt heutzu-tage noch Abreisskalender, mal abgesehen von den Alten, für die Zeit ein Stapel Blätter ist, eine bestimmte Höhe, kostbares Gut, so sichtbar, so messbar?

Julie Martinez streckt den Arm aus und reisst besagtes Blatt vom Kalender. Die Zahl 18 erscheint. August. Der heilige Hyazinth weicht der heiligen Helena.

Die Welt beginnt ihren dritten Tag ohne die kleine Marie Mercier.

Julie Martinez reisst das Blatt vom Kalender, knüllt es zusammen und wirft es aus dem Fenster, und es ist, als würde sie eine Schicht Hoffnung abreissen, zusammen-knüllen und wegwerfen – die Hoffnung, sie wiederzufinden.

Wenn auch nur tot.

2

Eine Schicht Hoffnung.

Eine Schicht Schmutz.

Marc unter der Dusche. Wäscht sich unaufhörlich seitdem.

Sylvie wieder über ihrer Bibel. Hört nicht mehr auf zu lesen seitdem.

Schmutziger Körper, schmutzige Seele.

Vom Körper endgültig abgelöster Geist.

Keine Versöhnung mehr möglich zwischen Körper und Wort.

Zwischen ihnen.

Sie warten.

Eine Mauer ist nichts gegen die Gleichgültigkeit. Eine Mauer wird unterwandert, umgangen, überwunden. Eine Mauer ist ein Hindernis. Gleichgültigkeit ist Leere, Nullpunkt der Unendlichkeit.

Jeder auf einer Seite der Wand.

Vorher haben sie Seite an Seite geschlafen, mit der Angst in ihrer Mitte. Oder eher: nicht geschlafen, nein. Zumindest nicht wirklich. Sagen wir, sie haben sich hingelegt, sind liegen geblieben im Halbdunkel des Zimmers. Der Laternen auf dem Parkplatz; bis zum Morgengrauen. Ohne sich zu bewegen. Ohne zu reden. Ohne dem anderen das Recht auf seine Anwesenheit zuzugestehen. Schliesslich sind sie doch ein paar Stunden weggedämmert, nie gleichzeitig, immer abwechselnd, immer mit einem Ohr bei der gleichmässigen, tiefen Atmung des anderen. Und derjenige, der wach liegt, hat nur einen Gedanken für den Schlafenden. Der Schlaf ist der perfekte Moment der Schwäche, um einen stillen Vorwurf zu äussern: Wie kann er bloss schlafen? Wie kann sie bloss schlafen?

Jetzt ist da die Wand. Greifbar. Lässt Geräusche hindurch. Filtert mehr oder weniger die Gerüche, aber verhindert den Blick und verstärkt die Gleichgültigkeit.

Also, natürlich: Beschwörungsformeln aus den Evangelien + Müdigkeit + Kummer + Gleichgültigkeit = absolute Relativität der Zeit.

Raumzeit: vierdimensionaler Raum, dessen Punkte Ereignisse sind.

Trance, die Welt eine narzisstische Spirale, ich mein Schmerz. Verkümmerte Sinne, besonders das Gehör. Sylvie hört nicht das anhaltende Hämmern an der Tür, die Aufforderung zu öffnen, die beunruhigte Angestellte vom Empfang, die sich im Treppenhaus immer weiter ereifert.

In einer weitaus weniger relativen Weise könnte man folgende Rechnung aufstellen:

Wenn Marc seit einer Stunde und dreiundvierzig Minuten unter der Dusche ist und der Wasserverbrauch einer Dusche bei etwa siebenunddreissig Litern (mit Wassersparenisatz) pro fünf Minuten liegt, wie viel Liter Wasser hat Marc dann verbraucht?

Trotzdem ist das Wasser – beziehungsweise der Wassermangel – nicht das Problem. Nein, dass die Gäste sich an der Rezeption des Motels beschweren, liegt daran, dass es plötzlich auf keiner Etage mehr warmes Wasser gibt.

3

Leila Zaïri, zweiundzwanzig, Jurastudentin, hat es letzte Nacht krachen lassen. Mit ihrer Schminke (eigentlich muss sie nur ein bisschen ihre hervorstehenden Wangenknochen mit Rouge betonen, ihren tiefen, haselnussbraunen Blick mit Mascara hervorheben, ihre leicht geschwollenen Augenringe mit Make-up kaschieren – der matte Teint und die jugendliche Frische tun ein Übriges) täuscht sie nonchalant über die drei Stunden Schlaf und die zahllosen Wodka-Red Bull hinweg. Leila Zaïri hat es krachen lassen, weil ihr ihr Sommerjob so ziemlich egal ist. Sie kann das Risiko eingehen, gefeuert zu werden, denn ihre Zukunft liegt woanders; die Schichten in diesem bescheuerten Motel erfüllen nur den Zweck, eine Ferienwoche auf Ibiza Anfang September zu finanzieren. Halstuch, marineblauer Hosenanzug (60% Baumwolle, 40% Polyacryl), Lederschuhe (nicht von der Firma gestellt) mit niedrigem Absatz; sie klopft an die Tür von Zimmer 22: lange Finger mit mehreren Ringen, schmale Handgelenke mit dünnen Armreifen (Gold und Silber) und einem rotgoldenen Bonfim-Glücksbringer-Armband (beschert dem Träger Liebe, Gesundheit und Erfolg; ausserdem erfüllt sich ein Wunsch seines Besitzers, wenn es zerreisst, Preis: 25 Euro), Geschenk von ihrem Freund, einem Brasilianer.

Aber an diesem Morgen des 18. August scheint der Senhor do Bonfim da Bahia nicht im Einklang mit der heiligen Helena von Bithynien zu sein. Oder, profaner ausgedrückt, Leila Zaïri hätte besser mit Oscar, ihrem Freund, in der Kiste bleiben sollen.

Der erste Anruf kam aus Zimmer 9. Dann folgten: 16, 2, 21, 4, 23, 34. Danach in einer unwahrscheinlich stabilen Reihenfolge: 11, 12, 13, 14. Schliesslich ungeordnet weiter.

Daraufhin erschienen zusätzlich zu den Anrufen die ersten Gäste in persona: Wut, Empörung, Fassungslosigkeit. Erster Schatten auf den lang erwarteten, lang ersehnten Ferien, verdammt, wir haben keinen Bock auf irgendwelche Warmwasserprobleme, Scheisse. Reihenweise Beschwerden. Leila stellt fest, dass die Frauen die Schlimmsten sind, vor allem die Mütter.

Entnervt und mit einer ziemlichen Fahne, die sie mit Mentholpastillen übertüncht, ruft Leila den Verantwortlichen an; der sagt ihr, sie solle nach einem offenen Wasserhahn oder einem Leck in einem der Zimmer suchen, weil er erst am frühen Nachmittag vor Ort sein könne. Kurz gesagt, komm selber klar, Leila.

Super.

Und so: atmet Leila Zaïri tief durch, sie leitet ihr Telefon auf einen Anrufbeantworter um, beruhigt die drei Furien um sich herum, schlägt ihnen vor, erst mal zu frühstücken, bis das Problem behoben sei. Drei Stockwerke, vierzig Zimmer, das ist ja wohl nicht die Welt. Überraschenderweise holt sie diese unangenehme Sache aus ihrer Lethargie und gibt ihr neuen Schwung. Sie wirft sich noch eine Pastille ein und steigt die Treppe hoch. Erst mal die acht nicht belegten Zimmer. Magnetstreifenkarte, kurze

Kontrolle, keine besonderen Vorkommnisse. Danach die Zimmer, die gerade leer geworden sind. Dann die belegten Zimmer, von Tür zu Tür.

Schliesslich Zimmer 22, ziemlich schnelle Identifikation der Problemquelle, frei nach Murphy: Das Schlimmste kommt bestimmt.

Leila Zaïri hört durch die Wand zum Flur das Wasser laufen (Vorteil der Fertigbauweise). Sie klopft, macht sich mit der Stimme bemerkbar, wiederholt das Klopfen, die Standardfragen (»Ist da jemand?«, »Sind Sie da?«, »Madame? Monsieur?«).

Als sie sich entschliesst, die Magnetstreifenkarte in den Schlitz über der Türklinke zu stecken, rechnet sie natürlich nicht damit, am Fuss des Betts eine auf Knien betende Frau vorzufinden: »Das Himmelreich gleicht einem Sauerteig, den eine Frau nahm und unter einen halben Zentner Mehl mengte, bis es ganz durchsäuert war ...«

»Madame ...?«

Madame antwortet nicht. Sieht sie nicht an. Gleichgültigkeit. Ich mein Schmerz.

Aber das Wasser.

Das laufende Wasser ist das Problem, das es zu beheben gilt.

Leila wendet sich, ganz pragmatisch, von der Irren ab, öffnet die Tür zum Badezimmer und wird sofort von dichtem Dampf eingehüllt. Irgendwo an diesem verhangenen Horizont meint sie einen Fleck flüssiger Farbe zu erkennen, ein Leuchtfeuer im Dunst.

Rot.

Steuerbords.

Leila nähert sich dem in der Badewanne liegenden Körper. Es ist weniger beeindruckend, als man es sich vorstellen würde, denn das Blut, das aus den Handgelenken läuft, wird nach und nach mit dem Wasser in den Überlauf gespült.

Was dagegen schwerer zu ertragen ist, sind die aufgerissenen Augen von Marc Mercier, der leere Blick und der offene Mund.

Jetzt ist Leila Zaïri endgültig wach.

Sie wird sogar mehrere Monate lang Einschlafschwierigkeiten haben.

Wer weiss, vielleicht sogar ihr Leben lang?

4

Der Schlüssel wird zum Symbol.

Er hat zwei Möglichkeiten:

a) er könnte ihn ihnen geben, und damit hat sich's

b) er gibt ihn ihnen nicht und verteidigt sich.

Pascal entscheidet sich für die dritte Option:

c) er gibt ihnen den Schlüssel nicht und lässt sich verprügeln.

Er könnte ihnen weh tun, wenn er wollte. Könnte es mit allen vieren aufnehmen, er hat keine Angst vor Prügel – das Waisenhaus, die Besserungsanstalt, die Schlägereien auf freiem Gelände haben ihn abgehärtet –, er ist topfit, und er weiss, wo man treffen muss, damit es kracht, es nachgibt, damit ein solcher Scheissschmerz entsteht, dass einem die Luft wegbleibt.

An diesem Morgen – für den Tag ist wieder Hitze angesagt – haben die vier Angestellten es auf ihn abgesehen. Die Gemüter sind schon hochgekocht, aus den Poren trieft es, ein weisslicher Film dickt die Zunge ein und vermischt sich mit dem schlechten Kaffee aus dem Automaten. Unerträglich stinkt es aus den Mündern, und so wird die ohnehin schon stickige Luft des Umkleideraums noch dünner, Hilfe.

Der Schlüssel wird zum Symbol, weil sie glauben, Pascal sei ein Maulwurf im Dienste des Chefs.

Gérard Lucino.

Gérard Lucino treu ergeben.

Denken sie.

KMU, kleine und mittlere Unternehmen, können ziemlich schäbig und obendrein ziemlich kompliziert sein. Kondensat der Menschheit, Nährboden für Missgunst, Frust, Konkurrenzkampf und Gemeinheiten. Wenig Freude in so einem Betrieb. Sind die KMU auch noch Franchisenehmer, liegen die Ausschläge der Bosheit im roten Bereich. All die Wut, die Unzufriedenheit entlädt sich jetzt in Schlägen und Beschimpfungen über dieser einen Person – Hurensohn, Abschaum, Arschkriecher, Schwanzlutscher –; sie vergessen, dass Pascal sie nicht hören kann, aber es tut gut. Sie sind nur überrascht, dass dieser Kerl nicht mal versucht, sich zu verteidigen, sie hatten sich zu viert zusammengetan, um ihm auch ganz sicher überlegen zu sein; sie hätten auch zu fünfzehnt losziehen können, sämtliche männliche Mitarbeiter des Restaurants zusammentrommeln können, aber sie hatten geschätzt, dass vier genug wären, und so, wie dieses Verdreschen nach allen Regeln der Kunst abläuft, hatten sie mit ihrer Schätzung wohl recht.

Allerdings schlagen sie alle gleichzeitig drauflos, so dass sie ihm nicht ernsthaft, gezielt, böse weh tun können. Seine Muskeln, seine Knochen, seine Sehnen sind hart und schaffen es sogar manchmal, den Schmerz direkt in die Fäuste seiner Peiniger zurückzugeben. Denen geht übrigens langsam die Puste aus, nur mühsam gelingt es ihnen, seinen Arm festzuhalten, zu verdrehen, diesem Arschloch endlich einen Schmerzensschrei abzuringen, auch wenn der entsetzlich klingt, der Schrei eines Gehörlosen, beeindruckend wie der eines Tiers, das man noch nie einen Laut hat von sich geben hören, auch noch im grausamsten Moment, dem der Kapitulation.

»Bieg dem die verdammten Finger auseinander, Fred!«

»Wirst du wohl loslassen, du Hurensohn?«

»Lass endlich los, so eine verdammte Scheisse!«

Seine Handfläche ist blutüberströmt. Der Schlüssel kommt zum Vorschein, sie greifen ihn sich. Ein Kniestoss ins Gesicht, das grosse Finale. Pascal ist auf den Knien und kippt langsam zur Seite, seine angespannten Bauchmuskeln verhindern, dass er würdelos zusammenbricht wie ein Stück totes Fleisch.

»Der Typ ist bekloppt«, sagt einer von ihnen.

Ja, der Typ ist bekloppt. In seinem Martyrium grinst Pascal ihnen mit seinem blutigen, von den Schlägen entstellten Gesicht entgegen. Maries Körper beschützen. Sie vor den Blicken der Menschen beschützen. Vor ihren grässlichen, gierigen Händen. Das hat er gut gemacht, Pascal, das hat er gut gemacht, denkt er, bei klarem Verstand, so was von klar, verdammt!, dass er sie letzte Nacht weggeschafft hat, sie vor ihren Blicken verborgen hat, es ist immer dasselbe, es endet in einer Sackgasse, einer Einbahnstrasse, der Trichter ist zu klein für zwei, für die Vereinigung des tauben Mannes und des leblosen kleinen Körpers, immer kommen die Menschen, der Mikrokosmos KMU, die Erwachsenen, und sie zwingen dich, immer von neuem anzufangen, dieser Haufen Idioten, und ich werde neu anfangen, ich nehme mir hundert, tausend, ich nehme mir so viele, wie ich brauche, bis ich meine Ruhe, meine Stille habe, tief unten in meinem Schacht, in dem ich sie liebkose, den kalten kleinen Körper liebkose, ihn da streichle, wohin noch niemand jemals vorgedrungen ist.

Die Männchen haben sich die Macht zurückerobert. Der Schlüssel ist die Macht. Er führt zu den Nahrungsvorräten, zum kalten Fleisch. Er war der Affront gegen das restliche Küchenteam, dem der Zugang verwehrt wurde, als wären sie Diebe, als wären sie beschissene Diebe. Wir werden Lucino sagen, dass wir uns seinen Schlüssel zurückerobert haben. Den Schlüssel zurückerobern bedeutet, unsere Rechte zurückzuerobern, unsere gekränkte Ehre zu verteidigen, wir sind schliesslich keine Hunde. Da wo wir können, im Gestank von Fett und dreckigem Geschirr, wo Dunstwolken vom Spülmittel aus dem Geschirrspüler entweichen, natürlich, wo der Dreck in siedendem Rauch aufsteigt, so widerlich, dass einem für immer der Appetit vergeht.

Nur: sie wissen nicht, dass ihr Chef sich aus dem Staub gemacht hat, dass er sie ihrem Schicksal überlassen und tief in die Scheisse gerissen hat – Konkurs und Arbeitslosigkeit, wir kommen. Ihr habt den Schlüssel, aber ihr habt nichts, rein gar nichts, ihr Volltrottel.

Die Männer sehen Pascal an.

Anspannung.

Er grinst.

Sein schwarzer Mund, das blutige Zahnfleisch, die Schwellungen über den Augenbrauen. Septum und Nasolabialfalte mit Rotz und Blut verklebt.

Sie lachen nicht.

Ich höre mein Herz schlagen.

Ich sehe ihr Entsetzen.

Sie sind alle klein.

Wir kommen alle aus dem Kleinen.

Dem unendlich Kleinen.

Das vergessen wir.

Wir werden arrogant.

Bitter.

Das Scheitern strömt aus unseren Poren.

Ihr seid schon tot.

Wie ihr an eurem idiotischen Job hängt.

Ich höre mein Herz schlagen.

Das ist alles, was ich höre.

Und das reicht mir.

5

Thierry, hol uns ein paar Sandwiches.

Thierry, bring mir Lucino her.

Thierry, treib diese Überwachungsbänder auf.

Thierry.

Manchmal holt die Martinez ihren kleinen »Capitaine« raus.

Thierry Gaspard fügt sich aus Höflichkeit.

Versteht es nie als Befehl.

Julie hat ihm nie einen gegeben.

Julie bittet.

Thierry erfüllt.

Thierry sucht, kann aber Lucino nirgends finden. Gérard Lucino ist nicht da, sein Telefon klingelt ins Leere. Eine Angestellte hinter dem Tresen sagt, er solle sich an Sandrine wenden, aber besagte Sandrine hat ihre Schicht noch nicht angetreten. Lieutenant Gaspard spürt Nervosität, Feindseligkeit in der Raststätte brodeln, mangelnde Bereitschaft zur Kooperation. Als würde die Lotterwirtschaft, in die sich weiterhin der Strom der Reisenden ergiesst, so ohne Führung immer mehr vom Kurs abkommen. Und da fällt der Name Pascal.

»Müssen Sie mit Pascal sprechen«, sagt einer der Angestellten. »Seine Schicht ist grad zu Ende, aber er hat den Schlüssel zum Büro vom Chef, also den Generalschlüssel. Vielleicht hat er die Videos auf den Tisch gelegt.«

»Pascal?«, wiederholt Gaspard.

»Jap, Pascal. Sie müssen deutlich reden, der ist taub«, sagt das Mädchen.

Gaspard ist nicht sicher, was er mit dieser Information anfangen soll. Das Mädchen – fettige Haare, fettige Haut, dickliche Knöchel, wie alt? Zweiundzwanzig, fünfundzwanzig, wenn's hochkommt – hat seinen Namen ausgesprochen, als würde sie ihn ausspucken, als wäre Pascal ein Widersacher, über den man Gift und Galle speit.

In Wirklichkeit liegen die Dinge anders.

Da ist es Pascal, der spuckt. Er ist übers Waschbecken gebeugt, richtet sich auf und sieht im Spiegel den Bullen hinter sich. Gaspard ist der Blutspur gefolgt, die vom Umkleideraum zu den Toiletten führt. Schätzt die Situation ab, stuft sie als heikel ein. Vor allem ist sie beschissen, er und Capitaine Martinez haben Wichtigeres zu tun, als die Aussagen zu irgendwelchen Handgreiflichkeiten innerhalb der Belegschaft aufzunehmen. Allerdings, wir haben es gesehen, ist es Empathie, die Lieutenant Gaspard, die Gaspards Professionalität antreibt. Er beugt sich also zu dem Mann, ohne ihn anzufassen, man fasst niemals einen blutüberströmten Mann an, ohne vorher ein Paar Latexhandschuhe überzustreifen, aber die hat er gerade nicht parat. Aids, Hepatitis, Syphilis etc. Es ist Wahnsinn, was für ein Dreck in unserem Blut mitgeschwemmt werden kann. Genauso wie in der Mundhöhle. Wovor sich ein Polizist am meisten fürchtet: vor einem Biss.

»Geht's?«, fragt Gaspard. »Was ist passiert?«

Pascal neigt den Kopf, dreht sich um, kann durch die zugeschwollenen Augen kaum sehen.

»Wie bitte? Ich hab nichts verstanden.«

Seine Stimme ist ein Reibeisen, Pascal weiss nicht mehr, wohin mit ihr, er trifft nicht mehr die Lautstärke, die ihm die Maschine als angemessen anzeigte, wenn er sich aufgenommen hat. Als wären die Sicherungen herausgesprungen, nicht alle, das nicht, aber ein grosser Teil des Hauses liegt im Dunkeln.

»Soll ich den Notarzt rufen?«, fragt Gaspard.

Pascal schüttelt den Kopf.

»Ich glaube aber, das wäre besser, vielleicht haben Sie sich etwas gebrochen oder eine innere Blutung.«

»Nein!«, schreit Pascal.

Das Nein hallt wie eine Klage von den Fliesen der Toilette wider. Wie etwas nicht gänzlich Menschliches, etwas Tragisches, ein seit Jahren unerhörter Hilferuf.

Pascal fängt sich wieder, jetzt leiser: »Nein. Ich bin mit meiner Arbeit fertig, ich ruhe mich jetzt aus. Wenn … Wenn es nicht geht, gehe ich hin.«

»Gehen Sie wohin?«

»Ins Krankenhaus. Lassen Sie mich.«

»Wollen Sie Anzeige erstatten?«

»Lassen Sie mich, Monsieur. Bitte. Ich bin … müde. Können Sie verstehen?«

Gaspard weiss nicht, was er tun soll. Es gibt Situationen, die werden in keinem Handbuch beschrieben, ein Riss im Zeitgefüge, eine Klammer, in der ein Mann einfach einem anderen Mann gegenübersteht, obwohl sie nichts miteinander zu tun haben, sich nie hätten begegnen sollen. Zwei Männer, plötzlich ihrer Rolle, ihres Kostüms beraubt, der

Polizist, der Koch. Also lässt Lieutenant Gaspard die Sache auf sich beruhen, er kann immer noch wiederkommen, den Rettungsdienst später verständigen. Ihm fällt wieder ein, was er hier wollte, und fragt nach dem Schlüssel.

Und Pascal gibt diese sonderbare Antwort, die er in Wirklichkeit nie verstehen wird, wegen all dem, was noch kommt, wegen der Ereignisse, die sich überschlagen, und wegen der drängenden Zeit: »Den haben die. Die haben jetzt die Macht über das Fleisch.«

6

Am Steuer des Alfa: Gérard Lucino jagt über die linke Spur, Lichthupe bei jedem Trottel, der die erlaubten 130 km/h einhält. Morgen Thailand, ja, genau, Phuket, Patong, kleine Nutten, die dir nicht auf den Senkel gehen und keine Fragen stellen. Aber bevor es zu den Mädels im neonfarbenen String geht, gilt es noch, eine Flucht zu bewerkstelligen. Die Hände werden schwitzig, sie ist stärker als er, die Angst. Oder einfach die Emotion. Beruhig dich, Gégé. Die Dringlichkeit ist relativ, dir bleiben noch ein paar Tage, um deine Abreise zu organisieren. Das Kartenhaus hält noch ein paar Tage stand, auch ein paar Wochen, wenn du es darauf anlegst ...

Der Auslöser?

Ein Instinkt.

Als du den Blick von diesem Bekloppten gesehen hast.

Diesen Blick, den du nicht gewagt hast zu erwidern.

Wenn du wie früher voll im Saft stehen würdest, hättest du dich dem Kampf gestellt, du hättest nicht klein beigegeben, wärst nicht zurückgewichen, selbst mit blutiger Visage nicht, da hätte es schon einen ordentlichen Kerl gebraucht, um dich zu stoppen, einen, der dir richtig weh tun kann.

Aber so hattest du keine Wahl.

Das Zeichen.

Die Niederlage.

Wobei – für wen eigentlich?

Du hast noch ein hübsches Sümmchen auf deinem privaten Offshorekonto.

Du kriegst ihn noch hoch.

Du wirst abnehmen, Gégé, und dich wieder fangen. Das Leben verläuft nicht linear. Das Leben besteht aus Geraden, die sich krümmen und sich übereinanderlegen. Wir pausen uns selbst ab und werden am Ende ein anderer, erkennen uns selbst nicht mehr wieder oder erkennen uns in einem Löschpapier, wenn das Wasser aufgesogen ist und zutage tritt, was darunterliegt.

Mosteller-Formel: die Quadratwurzel aus der Körpergrösse L (in cm) mal dem Körpergewicht M (in kg) geteilt durch 3600.

Ergibt die äussere Oberfläche des mit Haut bedeckten Körpers.

Durchschnittswert: circa 1,9 m² (Mann) und 1,6 m² (Frau).

Weniger als zwei Quadratmeter Haut, um die Welt zu umspannen.

Unser Imperium.

Verdammt, Gégé, seit wann denkst du in solchen Mustern? Ist das die Strasse, ist es das? Deine Selbsterkenntnis im Raumgefüge auf der geraden Linie, die sich krümmt? Das ist aus deinem Leben geworden: eine Flucht nach vorn, zwischen zwei Leitplanken, bei zu hoher Geschwindigkeit.

Ein Blick.

Das Zeichen.

Der sämtliche Blicke sämtlicher Angestellten vereint.

Er hat sie verraten, und es ist ihm egal.

Vollkommen.

Jeder für sich selbst.

Ihr kommt doch nur mit euren endlosen Forderungen.

Aber wer trägt denn das Risiko? Wer hat all die Jahre all die Risiken getragen? Wer hat sich vierzehn Stunden am Tag den Arsch aufgerissen, bis seine Ehe den Bach runterging, er fett wurde und sich selbst vergessen hat?

Der Ehrgeiz?

Okay.

Das Geld?

Okay.

Die Macht?

Okay.

Aber wollen das nicht die meisten?

Wünscht ihr euch das nicht auch?

Ihr findet mich zum Kotzen.

Dabei müsstet ihr einfach nicht so bescheuert sein.

7

Ingrid hat recht.

Keine Leiche, keine Trauer.

Nichts.

Sie weiss gar nicht, wie sehr sie recht hat.

Castan, Lucie, achteinhalb Jahre, ist flüssig geworden: Gas und Flüssigkeit zugleich.

Mangin, Catherine, zehn Jahre, ist flüssig geworden.

Mercier, Marie, zwölf Jahre, befindet sich gerade im Prozess der Zersetzung.

Zählen: circa zwölf Stunden bis zur vollständigen Auflösung der Muskeln und Knorpel, zwei Tage für die Knochen.

Zutaten:

Ein 100-Liter-Kanister aus Polyethylen (PE).

Fluorwasserstoffsäure (HF).

Wasser (H_2O).

Lupara bianca wird auf Sizilien ein Mord ohne Leiche genannt.

Lupara: Jagdgewehr mit abgesägtem Doppellauf.

Bianca, weiss. Der Wert, nicht die Farbe.

Weiss. Nichts. Kein Körper.

In Ciudad Juárez im Bundesstaat Chihuahua wird das *la lechada* genannt.

Mehr als 500 getötete Frauen seit 1993.

Mehr als 4500 vermisst gemeldet.

La lechada, die Kalkmilch.

Leche, Milch. Weiss. Nichts. Kein Körper.

Begriffe überschneiden sich.

Der Mensch ist ein Herdentier.

Ätzkalk und Säuren.

Unterschiedliche Verfahren.

Pascal wendet an.

Verlassenes Gebäude in einem brachliegenden Industriegebiet.

Die Wanne in die Kanalisation entleeren.

Die Wanne auswaschen.

Verstecken.

Den Vorgang je nach Bedarf wiederholen.

X

1

Tief in ihrem Inneren wissen sie, dass sie inzwischen Äther suchen. Es geht nicht mehr darum, das Opfer zu finden, sondern darum, den Henker zu schnappen.

Ihn aufzuhalten.

Die Nächste zu retten.

Denn das Opfer ist aufgelöst.

Der Videoüberwachungsrekorder, den sie gerade auswerten, kann auf seiner Festplatte mehr als tausend Stunden aufzeichnen. Sechzehn Kameras sind mit ihm verbunden. Julie und Gaspard können es sich nicht erlauben, auch nur eine Bildquelle ausser Acht zu lassen. Dafür vereinfacht die digitale Technik die gezielte Suche. In einem ersten Schritt konzentrieren sie sich auf die geschätzte Uhrzeit, zu der der Motorradfahrer und das Mädchen ihrer Aussage zufolge an besagter Raststätte gehalten hatten. Sie suchen eine Person, die sich dem Beiwagen nähert und Marie Merciers Handy in einer der Motorradtaschen versteckt, und zwar irgendwann zwischen 13 Uhr 50 und 14 Uhr 30.

Also verschwenden sie ihre Zeit.

Was fehlt: eine wahrheitsgemässe Aussage von Bernard Gorot, dem Möchtegernbiker. Bezüglich des von Solange eingeforderten Schwanzstopps am Rastplatz vor besagter Raststätte.

Aber ihre Polizistenhartnäckigkeit wird nicht völlig vergebens sein und insofern die Zeit zum Teil wieder wettgemacht.

Und zwar:

Martinez und Gaspard fangen an, die Aufnahmen von Kamera 1 zu sichten, die den Parkplatz gegenüber dem Restaurant zeigen; dort hatte Bernard Gorot sein Motorrad abgestellt, während er sich in Begleitung seiner Studentin gestärkt hat. Es ist ein erster Schritt, eine flüchtige Durchsicht, bevor sie für eine genauere Auswertung aller Kameras das Ganze den Kollegen von der Kriminaltechnik übergeben. Der Überfluss an Bildmaterial bedeutet zusätzliche Sichtungsstunden. Die Computertechnik potenziert den menschlichen Arbeitsaufwand.

Auf dem Monitor, der direkt mit einem PCI-Steckplatz im Inneren des PCs verbunden ist, ziehen die Bilder in Farbe vorüber. Das ist schon was anderes als die krisseligen VHS-Bänder, die einem die Augen ruiniert haben, denkt Julie. Sie und Gaspard verfolgen das Kommen und Gehen der Reisenden. Stummer Fluss in 16:9, Stück für Stück vorspulen, so vergebens, verdammt. Touristen. Julie und Thierry sitzen nebeneinander, ihre Beine berühren sich.

»Da«, sagt Julie und meint die Ankunft des Motorrads.

Der Professor und die Studentin steigen ab. Ohne ihre Helme sind sie jetzt eindeutig zu erkennen. Bernard Gorot blockiert nur seinen Lenker, geht um die Maschine herum, legt dem Mädchen seinen Arm um die Taille, sie wirft lachend den Kopf nach hinten, sie gehen durch die Schiebetür und verschwinden im Inneren des Restaurants. Danach passiert nichts, bis das Paar zurückkehrt und weiterfährt.

»Da sind zu viele Leute vor dem Motorrad«, sagt Gaspard, »vielleicht haben wir es nur nicht gesehen.«

Julie tippt auf der Tastatur, wählt Kamera Nummer 2 an.

Nichts.

Nummer 3.

Nichts.

Kamera Nummer 4 liefert wieder Bilder, allerdings vollkommen nutzlose, vom Lkw-Parkplatz.

Schnelle Sichtung der verbleibenden Aufnahmen.

Ergebnis: Die Hälfte der Kameras sind Attrappen.

Wissen: Videoüberwachung ist zu 80% Abschreckung.

Wissen: wie man die perfekte Illusion erschafft.

Julie Martinez nimmt den Kopf in die Hände.

Thierry Gaspard sagt: »Verdammtes Arschloch«, und meint Gérard Lucino, den er prompt versucht auf dem Handy anzurufen. Vergeblich. Wie wir gesehen haben, ist Lucino gedanklich mit den Eiern schon in Thailand.

Fassungslosigkeit, dann Wut.

»Das hat man also vom Subunternehmertum«, sagt Gaspard mit dem Handy am Ohr.

Anders gesagt: Gewinnmaximierung zu Lasten der Sicherheit.

»Such diese Sandrine, und bring sie zu mir, in Ordnung?«

Julie denkt nach. Gaspard ist aufgestanden, jetzt berühren sich ihre Beine nicht mehr. Julie Martinez hat die erotischen Schwingungen verscheucht, kann nachdenken. Gaspard geht, Sandrine wird ihnen keinerlei nützliche Information liefern, aber Julie muss einen Augenblick allein sein.

Eine Theorie deutet sich an, zeichnet sich ab.

Das Makro überschneidet sich mit dem Mikro.

Alles ist verbunden, denkt Julie.

Sie hat recht.

Die Theorie schlägt sich mit der Machete einen Weg durch das Dickicht des Konditionals.

Julie weiss nicht, dass ihre Sichtung des Videomaterials ohnehin zu nichts geführt hätte, weil Bernard Gorot ihnen nicht alles gesagt hat.

Dafür stellt sie die nun kristallklare Theorie auf, die wert ist, was sie wert ist, einverstanden, aber was ist ein Menschenleben unter gewissen Umständen wert?

Und so ist die verlorene Zeit am Ende nicht ganz so verloren.

Zurückspulen:

23. September 2014, Catherine Mangin.

5. Januar 2015, Lucie Castan.

15. August 2015, Marie Mercier.

Verbindung: Autobahn.

Die Kameraattrappen werden zu Verbündeten.

Feminin rettet Feminin.

So nah dran, Julie, wenn du wüsstest.

Der Knoten in ihrer Magengrube löst sich.

Zwiespältige Freude, dem Raubtier nachzustellen.

Ihm endlich auf der Spur zu sein.

Eine zufällig hinterlassene Fährte.

Denn es ist schwer, alles zu kontrollieren.

Oft gibt die Eitelkeit sie preis.

Sie.

Kinderschänder.

2

Pierre hat munkeln gehört.

Wie Heiler in ländlichen Gegenden.

Die das Geheimnis kennen.

Altüberlieferte Formeln. Fass ohne Boden. Unbekannter Ursprung.

Und doch.

Die Verbrennungszentren einiger Krankenhäuser arbeiten mit ihnen zusammen.

Aus der Ferne.

Kommt das Wort.

Und erleichtert.

Das Wort wird gesprochen.

Oft ohne das Wissen des Patienten.

Nicht gegen Geld.

Nichts.

Das Wort kommt und erleichtert.

Ganz einfach.

Pierre sitzt im Wohnwagen. Die bromazepamgesättigte Nacht im Motel hat ihn schwerfälliger, passiver werden lassen. Weniger Druck in den Venen, gleichmässiger Herzrhythmus.

Ihm gegenüber Tía Sonora und ihr Zeremoniell, das den Kunden beeindrucken soll. Inszenierung, Demonstration von Macht. Eine Frage der Positionierung. Sie zündet sich eine Zigarette an, bläst den Rauch zur Decke. Schwere Atmung. Sie hat schon viele Männer gesehen. Ihren Schwanz und ihre Augen. Das Wesentliche, wenn man einen Mann kennen will.

Wissen, wer man ist.

Dieser hier lässt sie nicht aus den Augen.

Es ist nicht so, dass er sie damit verunsichert. Schliesslich ist Tía Sonora nicht so leicht zu erschüttern. Sie hat schon so manchen professionellen Perversling Stück für Stück auseinandergenommen.

Nein.

Sie mischt die Karten.

Aber ahnt: Das Tarot hat Bilder. Der Mann, der vor ihr steht, braucht Worte. Seitdem er die Tür hinter sich geschlossen hat, ist das Schweigen mit ihm eingetreten.

Man bricht das Schweigen, indem man benennt, und auf die Frage, die sie ihm jetzt stellt, antwortet er: »Pierre.«

Als er das sagt, beginnt Tía Sonora mit ihm zu fliessen: Alles in uns ist nur ein Murmeln.

Das ist nicht leicht für Tía Sonora, denn auf der einen Seite ist ihr Kartenleger-Hokuspokus reine Fassade,

auf der anderen Seite hat sie ein echtes Gespür für Seelen. All die Dinge, die sie mit ins Grab nehmen wird.
Wenn man nur aufmerksam genug ist, heisst Lernen, die
verschiedenen Grade des Bewusstseins zu erweitern. Und
Tía Sonora war in ihrem ganzen Leben nichts anderes als:
wachsam. Sich in jedem Moment dessen bewusst, was sie
umgibt.

Mitten im Leben, im Strom.

Und dieser Typ ist es auf seine Weise aufs Äusserste.

Leg deine idiotischen Karten beiseite, und frag ihn:
»Was wollen Sie, Pierre?«

Tía Sonora nimmt die Zigarette aus dem Aschenbecher, zieht.

Das Wort kommt.

»Ich will denjenigen, der mein Kind genommen hat.«
Nichts weiter.

Die alte Schachtel ist berührt. Diesen Mann an sich
drücken, ihn in die Arme schliessen. Ihm sagen, dass alles
gut wird. Alles wird gut. Natürlich tut sie nichts davon,
sie zuckt kaum mit der Wimper.

Jetzt fällt es ihr ein, sie hat von ihm gehört, von dem,
der auf der Autobahn lebt. In dieser eigenen Welt. Mit ihrer eigenen Bevölkerung fernab der Statistik. Es ist falsch,
zu denken, sie sei nur ein Durchgangsort. Wo die Menschen nur hindurchgehen, sehen sie nicht hin. Zahlreich
sind die Orte, an denen die Leute nicht mehr wachsam,
nicht mehr aufmerksam sind.

Als wäre das Leben an einem Ort weniger wertvoll als
an einem anderen.

Als wäre das Leben in einer Zeit weniger wertvoll als in einer anderen.

»Ich habe von Ihnen gehört«, sagt Tía Sonora.

»Jetzt wissen Sie, dass es mich gibt. Es wird der Moment der Begegnung kommen. Auf diesen Moment warte ich.«

Tía Sonora: ausatmen. Kein Seufzen, aber ein mahnendes Entweichen von Sauerstoff aus der Lunge.

»Wenn ich etwas erfahre, lasse ich Sie es wissen.«

»Sagen Sie?«

»Verspreche ich.«

»Versprechen Sie? Versprechen Sie jedem etwas, der zu Ihnen kommt?«

»Nein.«

»Was versprechen Sie ihnen: dass alles gut wird?«

»Nein.«

»Dass sie finden werden, wonach sie suchen?«

»Nein.«

Tía Sonora erzittert nicht vor dem Zorn anderer.

Mónos bedeutet »ein Einzelner«.

Der eine, der ganz allein ist.

Trotz der Quarks kann man nicht kleiner werden als mit sich selbst allein.

Einsamkeit trägt das Mögliche in sich.

Die Unendlichkeit.

Wut auf die Welt ist Wut auf sich selbst.

»Bei den anderen tue ich nur so«, sagt Tía Sonora.

Wie damals, als ich noch Nutte war, könnte sie hinzufügen. Eigentlich hat sich nicht viel verändert, seitdem ich meine Brötchen eher mit der Seele als mit dem Körper verdiene, denkt sie.

»Warum nicht bei mir?«

Die Seele.

Weil, wie beim Körper, die Lust manchmal auch kommt, wenn sie nicht mehr nur so tut.

Aber das sagt sie nicht.

Sie sagt:

Nichts.

Sie wendet den Blick von Pierre ab, sieht durch das Fenster in den von der Hitze ausgewrungenen blasslila Himmel.

Pierre steht auf, sein Hemd ist schweissdurchtränkt.

Verlässt den Wohnwagen.

Und Tía Sonora fällt eine Sache ein, die einzige Sache vielleicht, die sie nie erleben wird. Die einzige Sache, die sie verstehen kann, ohne sie gespürt zu haben: Sie ist nie Mutter gewesen.

Glücklicherweise gibt es Empathie.

Ein Schmerz oder eine Sehnsucht des einen, die immer wieder einen Berührungspunkt mit dem Schmerz oder der Sehnsucht des anderen findet.

Damit ein Funke überspringt.

Die Welt existiert nicht ausserhalb der Individuen, die sie umspannen.

3

Schakal zu sein ist ein Beruf.

Wenn man es so betrachtet, ist das Aufgeben eine Erleichterung.

Keine Angst mehr haben müssen, nicht gut genug zu
sein.

Nicht mehr mit Herzrasen mitten in der Nacht aufwachen.

Nicht mehr versuchen müssen, ein Prinzip zu verteidigen.

Oder gar ein Ideal.

Schlafen.

Und feixen.

Sich auch körperlich gehenlassen.

Fett werden.

Vulgär werden.

Aufgeben ist etwas Schönes. Eine vom Wind leerge-
fegte Ebene in der Morgendämmerung. Es ist etwas Fried-
liches. Man kann die Ebene durchschreiten, durchqueren,
immer weiter. Man ist frei. Plötzlich ist man frei.

Das Paradox des Aufgebens: besser werden in dem, was
man tut, ganz egal, was man tut.

Auf der Jagd nach dem Knüller, dem Morbiden, der
Sensation: Pornographie.

Schakal ist gut, sehr gut geworden, seitdem er seine
Ideale hinter sich gelassen hat. Wenn man zynisch im
Sinne von bitter wird, scheitert man auf eine Weise, die
eine grenzenlose Freiheit eröffnet, Raum für Kreativität,

für Improvisation, für beispiellosen Einfallsreichtum. Im Schlimmsten können wir unendlich viele Möglichkeiten entdecken, die uns das Streben nach dem Guten verwehrt, denn das Gute ist trivial.

Triviale Freude.

Triviales Glück.

Spannend ist das Schlechte. Der Absturz. Die Hölle.

Ein umgekehrter Strudel: nichts Nervigeres als ein glückliches Wesen.

Während das Böse erschüttert.

Man hat seinen Spass.

Schakal hat seinen Spass.

Nehmen wir zum Beispiel gestern.

Rückblende:

Gestern hat er darauf gewartet, dass Bernard Gorot aus dem Motel kommt. Dann konnte er den Professor und seine kleine Schülerin auf dem Parkplatz abfangen.

Er hat sich vorgestellt.

Bernard wollte ihn ignorieren.

Er ist hartnäckig geblieben.

Bernard hat sich aufgeregt.

Er hat einen Schritt zur Seite gemacht, um sich nicht noch eine Ohrfeige von dem aufgebrachten Mittfünfziger einzufangen.

Bernard hat weiter den Harten gespielt, der er nicht ist.

Schakal hat geseufzt und schliesslich schweres Geschütz aufgefahren.

»Ich habe hier Fotos von Ihnen und der Kleinen«, hat

er gesagt und dabei auf seine Canon getippt. »Wenn Sie mir nicht sagen, was Sie den Bullen erzählt haben, landet eins von den Fotos in der Zeitung. Sie sind verheiratet, Monsieur Gorot. Sie haben einen prestigeträchtigen Job. Ihre Kinder stecken mitten in der Pubertät. Sie haben Kredite abzuzahlen. Also frage ich Sie: Was Sie zu verlieren haben, ist das das Foto in der Zeitung wert, Monsieur Gorot?«

Solange lässt das kalt, sie kratzt auf ihren Nägeln herum. Grinst amüsiert. Schlampe.

Gorot versteckt sich hinter seiner Ray-Ban. Denkt, dass das ein hoher Preis für einen kleinen Hintern ist, und wenn er noch so straff ist, noch so versaut. Das wäre ein ganz schön teurer Seitensprung, wer soll denn das bezahlen.

Bernard sieht Solange an und fühlt sich plötzlich alt. Das BMW-Motorrad, die Lederhose, die Stiefel. Die Midlife-Crisis ist was für Idioten: Sie fällt einem garantiert auf die Füsse, und dann fällt man auch noch tief mit. Solange sieht das erschlaffte Gesicht, die Trägheit – ist es Nachsicht oder Schwäche –, wie sie an der Mauer der jugendlichen Unverfrorenheit zerschellen. Bernard weiss, was er in diesem Augenblick verliert: den Körper des Mädchens, sein letztes Aufbäumen, bevor er sich endgültig gehenlässt. Er senkt den Kopf, das Mädchen zündet sich eine Zigarette an und zieht verächtlich ab, wuchtet ihre Reisetasche in Richtung irgendeines Bürohengstes, der sie woanders hinbringen wird, in eine andere Dimension, ein anderes Leben, zu anderen Menschen, die noch jünger, noch idiotischer sind, noch am Anfang stehen. Die Zukunft ist idiotisch. Bernard senkt den Kopf, Solange zieht ab, und Schakal zückt sein Tascam-Aufnahmegerät und zeigt auf ein Plätzchen im Schatten.

»Vielleicht gehen wir da rüber, was denken Sie?«

Information abschöpfen.

Die aus dem Baum tropft.

Schwitzt.

Kautschuk.

Schakal könnte es ihm sagen.

Er könnte Bernard sagen, dass Aufgeben bedeutet, endlich der zu sein, der du bist.

4

Vor und zurück.

Dabei müsste man von »geraden Linien« oder »Ellipsen« sprechen.

Man müsste von »Windungen« sprechen.

Zurück zu der Raststätte, an der Marie Mercier verschwunden ist.

Spritverbrauch auf Kosten der Steuerzahler.

Im Gegensatz zu den Schmeissfliegen ist dem menschlichen Wesen noch nichts Besseres als Steuern eingefallen, um das Gemeingut zu nutzen.

Aber kehren wir zurück zu: der Theorie.

Nein, erst mal: Trennen von Rationalität und Intuition.

Intelligenz, aus der die Theorie entspringt.

Aber alles vermischt sich, alles geht so schnell, ohne dass wir davon wissen, ohne dass Capitaine Julie Martinez davon weiss.

Sie steht neben dem Renault Mégane und wartet.

Vom Asphalt steigt die Hitze auf, wabert um sie herum, hüllt sie ein. Glühend heisser Wind in hysterischen Böen. Ellenbogen im Sand, gischtumspülte Zehen – das hat sie eingetauscht, sie hat ihre Ferien gegen eine Theorie eingetauscht. Jetzt bloss nicht von der Theorie abrücken.

Das Nokia in ihrer Hand klingelt, sie geht ran: »Und?«, fragt sie.

Hitzig, dabei wäre es ihr lieber, abgebrüht, gleichgültig zu sein. Etwas anderes zu sein als eine Frau, als ein Mensch, etwas anderes als ein Körper, ein besorgter, wankender Geist.

»Nichts«, antwortet Gaspard.

»Du bist sicher, dass du mich nicht siehst?«

»Positiv.«

Vor ihr immer noch Familien, Wohnwagen, Wohnmobile, noch mehr Autos.

»Den roten Audi?«, fragt sie weiter.

»Seh ich erst jetzt, da an der Ausfahrt.«

»Also ist es bestätigt?«

»Positiv.«

Die Theorie manifestiert sich am helllichten Tag:

Jemand weiss Bescheid.

Jemand kennt die Attrappen.

Jemand ist hier. Ist es immer gewesen.

Jemand kennt die falschen Kameras und die toten Winkel.

Jemand arbeitet hier.

Gaspard kommt im Laufschritt auf sie zu. Er rennt, trotz der Hitze, im Zickzack durch das Gedränge der Körper. Jetzt setzt er sich ab, er ist allein, er lächelt ihr zu mit erhobenem Daumen. Wie ein Bowlingball inmitten der Pins. Dann verschwindet er plötzlich im Schatten eines Lastwagens.

Julie hofft, dass das kein Omen ist.

Verdammt, Thierry gefällt mir.

5

Atempause.

Narbenbildung.

Das Blut fliesst zurück.

Der Körper stellt sich wieder her.

Durch Schlaf und Erholung.

Zellen regenerieren. Giftstoffe ausscheiden. Das Immunsystem ankurbeln. Erinnerungsvermögen und Lernfähigkeit ausbauen. Stress reduzieren und für unser »Wohlbefinden« sorgen.

Wachsam bleiben.

Pascal wartet.

Gewaschen. Sauber und verschwollen. Die Scheisskerle hatten Kraft. Die lautlosen Schläge hatten durch sein Inneres gedröhnt. Ein Widerhall im Körper, durch die

207

Verästelungen seiner Nervenbahnen bis ins Gehirn. Und dann der Schmerz.

Aber dieser Schmerz bedeutet ihm wenig. Den kennt er. Geprügeltes Kind, geprügelter Teenager, junger Mann, der gelernt hat, sich zu prügeln. Schläge führen, wenn sie nicht tödlich sind, entweder zur Unterwerfung oder zur endgültigen Auflehnung. Je nachdem, ob man abgehärtet ist oder nicht. Eingesteckte Schläge werden zum Nährboden für ausgeteilte Schläge. Fortsetzung der Gewalt, aber nicht mit Pascal. Früher, ja, als er »Skalp« war und der Anführer einer kleinen Truppe Volltrottel, die sowohl Tieren als auch Menschen Schlimmes antaten. Gequälte Tiere, geprügelte Menschen, auch vergewaltigt, wenn diese Menschen Frauen waren. Bis zum Bruch, zum Unfall, zur Taubheit. Die Einsamkeit und dieser neue körperliche Schmerz – der so anders war als die vertrauten Prügel – haben Pascal zu einer Sanftheit finden lassen, die er nie in sich vermutet hätte. So zart, impressionistische Tupfen, mit der Zungenspitze, den Fingerspitzen, feines Filigran auf der jungen, straffen, nie zu viel versprechenden Haut der kleinen Mädchen. Im Schlaf bedacht mit so viel Zärtlichkeit, so viel Güte – was schliesslich auch den Wachstumshormonen zugutekommt.

So viel Zuwendung, deren sie sich nicht einmal bewusst sind, Augenblicke, die für ihn – Liebe sind.

Augenblicke.

Die er mehr als alles andere zu verlängern wünschte.

Ohne erregt zu sein. Pascal ist nicht erregt. Keiner von diesen Scheisspädophilen.

Dafür Streicheln, Knabbern, Spiel der Finger, der Zunge. Worte, die er gelernt hat mit seinem Equalizer zu flüstern, Modulation der Höhe und der Klangfarbe seiner Stimme, die richtigen Frequenzparameter treffen, um zu beruhigen, zu besänftigen, zu behalten.

Bei sich zu behalten.

Damit sie nah bei ihm bleibt. Dabei ist. Da ist. Im Angesicht des Abgrunds: im Angesicht der Zeit, die im vollkommenen Unverständnis des Todes vergeht, bis der Tod kommt. Er würde ihr natürlich zu essen geben, zu trinken, sie so lange schlafen lassen, wie sie will, aber dann müsste sie mit ihm jede Sekunde der Stille teilen, der Zeit nachspüren, die Trostlosigkeit ist, Schwindel, Tiefe und Fall.

Augenblicke. Sie behalten. Aber da sind die Menschen.

Die nehmen, wegnehmen, stehlen, packen, entreissen, entwenden. Rastlose Menschen, die sich weigern, der Stille zu lauschen.

Also.

Also ist es immer dasselbe. Um zu überleben und das zu bewahren, was er liebt, muss er den Körper verstecken. Ihn an einen anderen Ort bringen. Den Körper, der verwest und verfault. Die Gefriertruhe hatte Pascals Hoffnung geweckt. Harter, kalter Körper, verderblich, aber jetzt mit der Aussicht, erhalten, bewahrt zu werden, nicht zu verfaulen.

Und wieder die Menschen.

Er kennt natürlich die Fallen, vor allem die des Blicks. Das Auge. Die Gaffer, das schweifende Auge, das Auge des Kameraobjektivs. Er hat gelernt, die Augen zu meiden. Die der Menschen. Die mechanischen der Überwachungskameras. Diese vollautomatisierte Verstärkung des menschlichen Auges. Das Netz ist dicht, aber es gibt Lücken. Die Lücken gibt es aus Kostengründen. Pascal hat erkannt, dass es eine grundlegende Beziehung zwischen den Lücken und dem Preis der Dinge gibt. Er hat ein Netz entworfen, eine Karte der Schwachstellen: tote Winkel, Attrappen – Spielzeugkameras. Man nimmt die Karte zur Grundlage, Vermutungen und Theorien, und dann, nach und nach, wird alles konkret. Man muss geduldig sein. Lange am selben Ort bleiben, dann wechseln, dann wieder lange am selben Ort bleiben. Man darf nur das menschliche Auge nicht auf sich ziehen, man muss verschwinden, verschmelzen, sich kleinmachen. Man darf vor allem der Eitelkeit keinen Raum lassen, muss sein Ego auf ein Minimum beschränken. Und auch das menschliche Auge wird akribisch beobachtet, mit genauso viel Aufwand wie das künstliche Auge. Beobachten, einprägen. Lernen. Und dann überprüfen, in Frage stellen. Was heute gültig ist, ist es nicht unbedingt noch morgen.

Morgen, wenn aus der enttäuschten Liebe der Hass erwächst, er das wegzuwerfen zwingt, was man mehr als alles andere begehrt.

Die Säure erledigt das.

Die Säure ist eine Verbündete.

Und von vorn anfangen.

Man gewöhnt sich daran, das ist alles.

6

Währenddessen geht woanders auf der Autobahn die Geschichte eines Mannes zu Ende, dessen Lebenszeit so gut
wie abgelaufen ist.

Ein Mann, der, ohne sich sonderlich für Technik zu
interessieren, von dieser ausgiebig Gebrauch gemacht hat:
DVD-Player, Fernseher, Telefon, Auto, Computer, Software,
Webcam, Scanner, Plasmabildschirme, Überwachungskameras, Waschmaschine, Geschirrspüler, Fernbedienun-
gen, Aufzüge, Rolltreppen, Laserdrucker, Digitalkamera,
Flugzeuge, TGV, Metro, Tram, Bus, Heizung, Strom, fliessendes Wasser, Thermostat, Cerankochfelder, Mikrowelle,
Whirlpool, Kraftgeräte, Jetski, Motorboot, Kühlschrank,
Videospiele – und das wäre im Grossen und Ganzen alles
an Technik, mit der er zu tun hatte im Laufe dieses für einen Menschen des einundzwanzigsten Jahrhunderts typischen und anonymen Lebens, was darin bestanden haben
wird – grundsätzlich und im ersten Schritt –, dem Erfolg
nachzujagen, (erst auf sportlicher, dann) auf beruflicher
und gefühlsmässiger Ebene, und – in einer zweiten Phase –
vor den Konsequenzen der erreichten Ziele wegzulaufen
(Scheidung und krumme Touren). Anders gesagt: im ständigen Kampf gegen die Zeit, die sinnvoll zu nutzen häufig
so schwerfällt, so wenig wie man mit ihr anzufangen weiss.

Aber: In der obigen Liste fehlt – das Headset.

Beispiel für Technik: das Headset für das iPhone 5,
Bluetooth, unerlässliches Tool, um im Auto Gespräche zu
führen.

Beispiel für Gespräche: Ich komme heute Abend spät, gib den Kindern einen Kuss von mir, ich liebe dich.

Man muss wissen, dass von der Gesamtzahl der Verkehrsunfälle mit Todesfolge weniger als 6% auf der Autobahn passieren. Gérard Lucino kennt diese Zahl. Mehr als einmal hat er schon, während eines Abendessens zum Beispiel, dem völlig hirnrissigen Argument widersprochen, die Autobahn wäre gefährlicher als eine Umgehungs- oder Nationalstrasse. Und nicht unbedingt die Geschwindigkeit ist die Ursache für diese 5,8% der Unfälle, sondern die Eintönigkeit des Immer-Geradeaus und die daraus resultierende Langeweile und Schläfrigkeit, die uns schliesslich zu einem der erhöhten Geschwindigkeit unangemessenen Verhalten verleiten. Wie zum Beispiel: dem Suchen einer CD im Handschuhfach, dem Anzünden einer Zigarette oder dem Lesen einer SMS auf dem Handy.

Deswegen der kleine Exkurs bezüglich des Headsets.

Kapiert?

Gut. Lucino macht es richtig. Nur dass das Headset einem nicht sagt, wer anruft.

Denn dieses Scheisstelefon hört einfach nicht auf zu klingeln. Gérard hat zwar den Ton ausgeschaltet, aber er hat nicht gewagt, sich völlig von der Welt abzuschneiden, noch nicht, hat nicht gewagt, sich der Technik völlig zu entziehen, denn ihn überkommt diese vage Ahnung, dass ohne diese Technik seine Rolle in der Gesellschaft erschöpft wäre. Auch wenn sein Handy nicht im eigentlichen Sinne klingelt, macht es sich doch durch Vibrieren und das Aufleuchten seines Displays bemerkbar. Und so weckt die Kommunikationstechnik, wie bei mehreren Milliarden anderer Menschen auch, in ihm den instinktiven Drang zu erfahren: Wer will mich sprechen? Insgeheim hoffen wir auf einen Anruf von Frau Liebe oder Frau Glück oder Frau Frohe Botschaft, dabei ist es meistens Herr Nervensäge, Herr Anwalt oder Herr Schlamassel, der unsere Nummer wählt. Aber es ist stärker als er, so viel stärker als Gérard, es ruft ihn von weit her, ruft, seitdem das Gehirn ausreichend komplex entwickelt ist, um die Hoffnung auf eine Linderung dieser grenzenlosen Angst vor dem Tod zu wecken.

Gerard sieht auf: die Strasse, das Display seines Telefons. Vergisst im Komfort des Alfa die Geschwindigkeit.

Gérard schwitzt.

Gérard überhitzt.

Er öffnet seinen Hemdkragen, lockert die Krawatte.

Sein Hals ist gereizt.

Er stinkt aus dem Mund.

Er sieht auf das kleine Display.

Neuer Anruf in Abwesenheit nach: Sandrine (achtmal), Julie Martinez (viermal), Thierry Gaspard (fünfmal), und dann der Rest, die anderen, eine Lawine – Lieferanten, Vertreter, Mitarbeiter ...

Diesmal war es seine Exfrau.

Sabine.

Gérard Lucino wird in etwa in zehn Sekunden sterben.

Da war auch Glück gewesen, trotz allem.

Da war Liebe und Jugend gewesen.

Da war Hoffnung und Ironie gewesen.

Da war Kraft und Unendlichkeit gewesen.

Das Leben besteht aus …

Woraus eigentlich?

Gérard Lucino verschwindet.

Zusammengedrücktes Fleisch inmitten von Blech.

So endet die Ode auf den Manager und das heilige Unternehmertum.

Ende eines vollkommen unnützen Lebens.

7

Wohin gehst du, Pierre?

Ich gehe durch die Nacht.

Ich suche heim.

Ticket ziehen an der Mautstelle, fahren, beim Verlassen bezahlen. Eine Durchfahrt. Nichts weiter. Nur dass davor und danach die Hölle liegt. Das Durchfahren ist ein Bogen, ein auf einen Betonblock gesprayter Regenbogen.

Pierre ist ein Stein in seinem eigenen Schuh. Das Lenkrad gleitet durch seine Hände, als er auf den Parkplatz fährt. Pierre ist zerfressen von: der Säure, die seine Speiseröhre hochsteigt, der ständigen Angst, auf der falschen Spur zu sein. Eine Angst, die er zum Stocken bringt, als er die Handbremse seines Autos zu fest anzieht.

Raststätte. Parkplatz. Der, auf dem die Kameras versagen, auf dem das Falsche sich als Einschüchterung tarnt. Schachbrett, auf dem die Bauern Polizisten, Bürger, Mörder sind.

Hinter einem Gebüsch holt Pierre seinen Penis hervor und pisst. Der Urinstrahl kommt nur langsam, der Grund: unzureichend durchblutete Nieren, zu langes Sitzen, möglicherweise winzige Steine, die die Blase verstopfen, oder, grundsätzlicher, eine Prostata, die auf dem letzten Loch pfeift. Also wartet Pierre, mit seinem weichen Schwanz zwischen Zeigefinger und Daumen. Er muss daran denken, wie er als Kind die Bäume bewässerte und überzeugt davon war, der Baum würde bis zum Himmel wachsen. Die Rationalität macht Glauben und magisches Denken zunichte, und doch. Und doch bleibt da dieser kleine Beitrag, dieser winzige persönliche Anteil am System Erde. Allein indem man da ist. Da ist und atmet. Da ist in einem Körper: nichts als scheissen, pissen, schwitzen, kotzen, und es ist trotzdem ein Beitrag. Wir haben aus diesen Körperflüssigkeiten eine Scham gemacht, die es unter Tonnen von Lufterfrischern zu verstecken gilt, Waldfrische, Meeresbrise, Viola del Nepal. Pierre pisst im Gebüsch, um dem falschen Geruch der Pissoirs zu entkommen.

Zu den Pissoirs geht Pierre mit schliesslich leerer Blase. Befreit von dem grundlegenden Bedürfnis, endlich bereit, in die Schlacht zu ziehen.

Die verschiedenen Nuancen von Gestank einsaugen. Trüber Urin, fettig, verdorben, übel, krankhaft.

Im Spiegel die von den Kilometern platt gesessenen Hintern mustern, die krummen Schultern, den über die Eichel gebeugten Nacken.

Verdächtiges Verhalten registrieren, Rasterfahndung,

während er sich die Hände wäscht und wäscht, unter dem Seifenspender und dem Wasserhahn mit Infrarotsensor.

Schliesslich einer zwielichtigen Figur auf den Parkplatz folgen, bis die sich plötzlich umdreht und auf Pierre Castan losgeht, ihm einen Stoss versetzt, Pierre strauchelt, fällt.

»Wenn du mir weiter nachgehst, du Schwuchtel, dann geb ich dir auf die Fresse!«

Pierre lässt ziehen.

Lässt pöbeln.

Die Erniedrigung ist Teil des Kreuzes, das man tragen muss, in all der Bitterkeit.

Pierre steht wieder auf, es ist ihm egal, dass man sich irrt, was ihn betrifft, dass er nicht der Schwanzlutscher ist, für den man ihn halten könnte. Seine Selbstachtung bewahrt Pierre an seinem eigenen geheimen Ort auf. In einem kleinen roten Kästchen, einer Schatulle aus zinnoberrotem Leder, in der sich ein einziges Geschoss in rosa Watte befindet. Ein Geschoss, das erdacht, entworfen, geplant, gefertigt wurde, um mit einer Geschwindigkeit von 400 Metern pro Sekunde an einem noch unbekannten Ort, in einer unbekannten Materie einzuschlagen.

Also wohin gehst du, Pierre?

Hin zu den Lastwagen. Hin zur Menschlichkeit des Asphalts. Dorthin, wo Menschen die Hälfte ihres Lebens damit verbringen, vorgeblich unverzichtbare Dinge zu transportieren. Der Absurdität einen Sinn geben. Das kann genug sein, damit man morgens aufsteht, in seinem Wagen, der nach Schlaf stinkt, anstatt sich von der Raststätte, die über die vierspurige Autobahn vorspringt, aus dem Fenster zu stürzen.

Das kann doch genug sein, oder, Pierre?

Nein.

Noch nicht.

Pierre nähert sich einer Gruppe Männer. Stark behaarte Körper im Achselshirt. Gebückt und krummbeinig, wenn sie nicht hinter dem Lenkrad sitzen: ansonsten glattrasierte Körper in dreckigen Budweiser-T-Shirts, brasilianischen, marokkanischen, ukrainischen Fussballtrikots, unförmigen Bermudashorts (kariert oder einfarbig), Füsse in Crocs oder Plastiksandalen, Flipflops oder von schwarzem Fett besprenkelten Turnschuhen. Ein Stück weiter kicken sich ein paar Typen zwischen zwei Sattelschleppern einen Fussball zu. Pierre weiss schon nicht mehr, wie er selbst angezogen ist, er ist wie sie mit dem Asphalt verschmolzen. Sie sind zu fünft, sie machen Platz, damit er sich zu ihnen stellen kann, in diesen Kreis, den sie um ein Nichts herum gebildet haben, um absolut rein gar nichts, wenn nicht sich selbst, die sie sich ansehen. Eine wartende Runde öffnet sich für ihn, damit auch er Teil dieser harrenden Körper werden kann, um eine Leere herum, die es auszufüllen gilt.

Sie glauben, er sei einer von ihnen, dabei ist er ein Verräter, er sucht einen aus ihren Reihen. Diese Körper, deren Inneres er so gut kennt: Drüsen, Sehnen, Muskeln, Organe, Knochen, Säfte, Fleisch. Er bekommt einen Kaffee, sie prosten ihm zu mit ihren Tassen und Bechern. Pierre nimmt sein Päckchen Zigaretten, bietet der Runde welche an. Sie bedienen sich alle, greifen hinein mit ihren schmutzigen, schwieligen Fingern.

Ein gelbes Plastikfeuerzeug wird herumgereicht. Als es wieder bei seinem Besitzer angelangt ist, sagt der: *»Look!«*

Mit der Rückseite des Feuerzeugs, das auch als Taschenlampe dient, leuchtet er auf eine Ecke seiner Lkw-Plane. In einem winzigen farbigen Lichtkreis wird ein nacktes Mädchen sichtbar. Es wird vielsagend gefeixt, Pierre nickt. Kurz darauf löst sich der Kreis auf, man hat nichts besprochen, nur in einem trostspendenden Kreis gestanden.

Pierre bleibt, er sieht zu einem Mercedes hinüber, dessen wuchtige Fahrerkabine heruntergekippt ist und so im weissen Schein von zwei am Unterbau befestigten Neonröhren den Blick auf einen wie ein Satz Töpfe glänzenden Motor freigibt. Der Fahrer, ein kleiner Mann auf Zehenspitzen, pustet zärtlich auf die winzigen Maschinenteile. Schweissüberströmt macht er sich mit schnellen, gezielten Handbewegungen zu schaffen.

Pierre denkt an sein früheres Leben, an den Beruf, den er ausgeübt hat. An das, was er wie selbstverständlich verdrängt hat, seitdem er auf der Jagd ist, aber was an diesem Abend durch die Menschlichkeit zu ihm zurückkommt; weil ihm ein Kaffee angeboten wurde, von ein paar Männern, die ihm keine Fragen stellen, die ihren Kreis für ihn geöffnet und vergrössert haben; weil ein Körper auf seine Art auch eine Maschine ist, zumindest ein System, von dem die Maschine inspiriert ist, weil ein Motor im Grunde einem offenen Körper sehr ähnlich ist, mit den

Venen und Leitungen, mit Teilen wie Organen, mit Flüssigkeiten wie Öl und Blut.

Der kleine Mann spricht mit seinem Motor, und Pierre Castan erinnert sich: Es war der Körper eines kleinen Jungen, ertrunken im Alter von sechs Jahren. Das erste Kind, das er obduziert hat. Er war allein mit dem kleinen Körper gewesen und hatte während der ganzen Autopsie mit ihm gesprochen. Sein Kollege hatte es nicht mehr geschafft. Meistens lassen wir mehr aus Müdigkeit nach als aus Feigheit.

Wie viel Zeit bis zum Aufprall?

Pierre dreht sich um, geht zurück zum Auto.

Denn die Menschen fallen.

Und das ist schön.

Und das ist gut.

8

Nachts im Leichenschauhaus.

Hundertzwanzig Kilometer Anfahrt.

Die Anfahrt hatte: Sabine (neuerdings) Hobart.

Alias: Sabine (vormals) Lucino.

Daran haben deine hübschen Zähne wohl erst mal zu knabbern, Sabine: Anruf von der Polizei, Nachricht vom Tod, erforderliche Inaugenscheinnahme der Leiche, um die Identität des Toten feststellen zu können.

Gérard Lucino: Vater und Mutter verstorben, Einzelkind, minderjährige Kinder.

Wem gebührt also die Ehre? Bibi.

Auch dafür ist eine Exfrau da. Das Erbe will verdient werden. Kein schlechter Deal angesichts des beschissenen Verhältnisses, das Sabine und Gérard hatten; guter alter Familienstreit, bis hin zu offener Feindseligkeit.

Aber trotzdem auch kein Vergnügen.

Tatsächlich erinnerte das in den Alfa geknetete Fleisch von Gérard Lucino an eine Falafel. Fast zwei Stunden Bergungsarbeiten, drei Feuerwehrmänner, die sich mit Brecheisen und Karbidlampe abgewechselt haben, um die Leiche freizulegen und die Stücke einzusammeln. Der Thanatopraktiker hat nur am Gesicht gearbeitet, um ihn vorzeigbar zu machen. Der Rest des Körpers ist bereits in Aluminiumkisten verpackter Matsch; Gott sei Dank, war der Kopf noch mit dem Rumpf verbunden, und unter dem grünen Laken hat man Gliedmassen aus Plastik hinzugefügt, um einen intakten menschlichen Körper anzudeuten.

Taktgefühl des Präparators.

Er könnte die kleine Anekdote erzählen, dass sich bis tief ins Innere des Gehörgangs von besagter Leiche der Überrest eines Headsets gegraben hat, das herauszuholen er noch nicht die Zeit hatte und das er daher mit einem Pfropf aus hautfarbenem Wachs kaschiert hat.

Das Kabel allerdings ist verschwunden.

Abgeschnitten.

Vielleicht lässt er am Ende das Headset auch, wo es ist.

Connecting People.

Jedenfalls bleibt dieses Detail von Sabine Hobart, ehemals Lucino, unbemerkt, während sie mit einem Nicken, einem Wort Capitaine Martinez bestätigt, dass dieses Gesicht tatsächlich das von Gérard Lucino ist.

Julie Martinez fasst Sabine Hobart an den Schultern; die macht sich mit einem Ruck frei.

Frage: Was hat Julie Martinez hier zu suchen?

Ganzheitlicher Ansatz oder Milgrams Hypothese.

»Alles ist eins« oder das »Kleine-Welt-Phänomen«.

Kommt immer drauf an.

Die Autobahn fehlt ihr.

Es zieht sie zurück, sie will die finden, die von dort nicht mehr wegkommen.

»Wir haben einfach gelernt, uns zu hassen«, sagt Sabine.

Schöne Frau, dynamische Vierzig, blond. Herzförmiges Gesicht.

Julie öffnet ihr die Tür, tritt zur Seite, um sie durchzulassen.

Was auch immer, denkt Julie.

9

Tía Sonora. Ingrid Castan. Sylvie Mercier. Lola X.

Dreieinhalb Frauen.

Nein, vier.

Kein Grund, ein Geschlecht einer Kategorie zuzuordnen, nur weil ein Penis am Ende des Schlauchs hängt.

Das wird woanders entschieden.

Also vier Frauen.

77. 38. 42. 22 Jahre.

Die erste hat keine Kinder gewollt.

Die beiden anderen haben ihrs verloren.

Die vierte wird nie welche haben.

Gebärmutter. Kind. Spezies.

Ob man welche hat oder nicht, Kinder – die Empfängnis von Kindern – sind ein ewiges Problem. In den
meisten Fällen denkt man nicht darüber nach. Man fickt,
das Kind kommt – oder kommt nicht –, und Gott stehe
dir bei. Und Gott steht vor allem den Frauen bei, die allein sind. Tía Sonora weiss darüber einiges, sie kennt die
Frauen, die mit fünfzehn geschwängert werden. Sie hat
schon oft das Blaue vom Himmel erzählt, wenn ihr das
Nichts aus den geöffneten Handflächen entgegengestarrt
hat. Träume, Hoffnungen wie die von dieser verdammten
Transe, die an der Autobahn auf den Traumprinzen im
Cabrio wartet.

Tía Sonora hat gelernt, dass die Lüge mehr über die
Wahrheit erzählt als die Wahrheit selbst.

Tía Sonora hat gelernt zu lügen. Lügen sind die wahre
Schöpfung. Lügen sind Träume.

Tía Sonora hat verstanden, dass die Wahrheit nichts
anderes als das Dasein selbst ist.

Lügen liegen woanders, sie sind da, wo die Leute sein
wollen.

Der hartnäckige Geschmack von Unglück auf der
Zunge, und du atmest lange und tief ein und aus, um
dich nicht zu übergeben. Du denkst noch: Warum befällt
die Übelkeit vor allem Frauen? Männern wird nicht übel.

Oder es überkommt sie ganz kurz, und sie übergeben sich. Frauen dagegen behalten sie in ihrem Bauch, machen aus dem Unwohlsein eine Empfindung.

Und aus der Empfindung ein Konzept.

Die Welt ist weiblich.

Die Übelkeit zum Beispiel kommt plötzlich mitten in der Nacht. Nein, nicht mehr zu Tía Sonora, die in ihrem Bauch nichts mehr hat, nur Gedärme und Organe, aber auf keinen Fall mehr Raum zum Gebären, keine Leere mehr, die es zu füllen gilt, nein, nur Erfahrung, massenhaft Erfahrung, die sie weitergeben könnte, aber sie wird rein gar nichts weitergeben, weil es ihr lästig ist, eine Kassandra zu sein, es langweilt sie im Gegensatz zu den meisten Alten zu Tode, zu erzählen und zu erzählen, denn sie hat verstanden, dass die Zeit eine Brandung am Strand ist, sie spült alles hinweg, jedes neue Leben bedeutet, von vorn zu beginnen, die früheren Generationen quälen sich in einem fort damit, die neuen Generationen auf die Spur zu bringen, sie errichten Dämme, Strukturen, aber der neu angekommene Homunkulus ist immer das gleiche Tier, das atmen, trinken, essen, scheissen will, das Tier wächst heran und will Liebe, Platz, Vergnügen, Eroberung, das Tier wird alt und will Sicherheit, Regeln und einen Gott für das Jenseits, und in gewisser Weise glaubt Tía Sonora, wenn überhaupt, noch an das Wort, um die Zeit zu vertreiben, aber sie glaubt bestimmt nicht mehr an das Wort der Wahrheit, nein, bestimmt nicht daran, die Fackel der Erfahrung weiterzureichen — die Alten haben nichts zu sagen, sie langweilen sich, aber die Weisheit ist eine

Ausnahme, denn alte Dummköpfe waren früher junge Dummköpfe –, nein, nur reden und trinken und den Rest in einem glitzernden See aus Schnaps ertränken, denn alles, was man erlebt – und da ist Tía Sonora mit ihren stolzen bald achtundsiebzig Jahren sehr bestimmt –, alles Wichtige, was man im Laufe seines Lebens erlebt, ist von Natur aus für immer geheim.

Wir sind allein.

Als beschissene Kosmonauten treiben wir durchs Weltall.

Im Weltall hört dich niemand schreien, stand auf dem Filmplakat.

Genau das ist es.

Allein mit unseren Geheimnissen.

Wir können uns natürlich immer in jemanden hineinversetzen: sehr schwierig.

Verstehen: intellektuell möglich.

Vorstellen: abhängig von Erfahrung und dem Vermögen zu phantasieren.

Spielen wir Vorstellen, Verstehen und Sichhineinversetzen:

a) Lola auf Knien, wie sie den krummen Schwanz eines belgischen Lastwagenfahrers lutscht. Vorstellen: den Geschmack des Kondoms in Lolas Mund, die eine verdammte Achterbahn mit ihrem Hals veranstalten muss, um diesen komischen krummen Schwanz zu lutschen. Man muss sich die Hand des Mannes vorstellen, der immer heftiger an Lolas Kopf zerrt, während er sich in ihrem Mund versenkt. Man muss sich den Geruch der feuchten Schamhaare, der Eier vorstellen, die den ganzen Tag im Slip geschmort haben. Man muss sich vorstellen, wie sein Wanst bei jedem Vor und Zurück gegen Lolas Stirn klatscht. Man muss sich vorstellen, wie sich der flache weisse Männerhintern beim Samenerguss zusammenzieht. Das Röcheln, das Vibrieren des Gummis, wenn das Sperma in die Hülle schiesst, und Lola, die weiss, dass ihre Arbeit getan ist, die an den Kaugummi denkt, den sie sich später in den Mund stecken wird, um den gepuderten Geschmack des Kondoms loszuwerden.

b) Sylvie Mercier auf Knien, die ganz zerschunden sind durch all das Beten zu Gott, dass er ihr ihre Tochter zurückgeben möge, dass derjenige, der ihr ihre Tochter genommen hat, sie ihr zurückgeben möge, gib sie mir zurück, und wir reden nicht mehr drüber, ich werde dir nichts sagen, dir nichts tun, aber gib sie mir zurück, ich flehe dich an. Sylvie Mercier und ihre so junge Verzweiflung, dass man noch die grünen Triebe ahnt, wie sie aus ihren Ohren kommen, aus ihrer Nase, in ihren geröteten Augen keimen. Sylvie Mercier in einer Klinik, in der man in ebendiesem Moment ihren Fall und die Notwendigkeit bespricht, die Dosis ihrer Beruhigungsmittel zu verdreifachen, damit sie wenigstens ein paar Stunden schläft, in dem Bett, in dem man sie festgeschnallt hat, damit sie sich nicht hinkniet, dass man sie doch von dieser verdammten Frömmelei befreie. Man muss sich vorstellen: Sylvie Mercier und ihre in weniger als zwei Tagen zusammengebrochene Welt – Verschwinden der Tochter, Suizid des Ehemanns.

c) Ingrid Castan: aufs Sofa geräkelt, um ein Haar an Erbrochenem erstickt, unbewusstes Aufbäumen des Überlebenswillens in letzter Sekunde, eine Drehung, ein Sturz vom Roche-Bobois-Sofa – und Monsieur Roche-Bobois wäre nicht erfreut, wenn sein Produkt mit einem so unschönen Bild in Verbindung gebracht würde, aber es ist eben so, es gibt verzweifelte Frauen, die sich betrinken, kotzen, sterben, und das alles auf einem Sofa von Roche-Bobois –, und der rote Strahl, der zerkaute Sellerie, die mit Schleim vermischte Bloody Mary auf dem Teppich in ehemals gebrochenem Weiss, jetzt nur noch in Erbrochenem, das immer noch ins Leere tutende Telefon und die Worte von Pierre, die abendlichen Worte, Lagebericht ihres tapferen kleinen Soldaten, der lautete:

»Ich komme immer näher, Ingrid.«

Man muss es sich vorstellen. Den Kopf heben und sich vorstellen. Die Augen schliessen. Den Kopf heben. Und sich vorstellen. Verstehen. Sich hineinversetzen.

Wir sind so allein, verdammt.

Tía Sonora steht auf, verlässt ihren Wohnwagen und zündet sich auf dem zum provisorischen Dorf gewordenen Rastplatz eine Zigarette an. Nächtliches Stöhnen, Röcheln, Husten, Weinen. Leichte Missklänge, immer wieder unterbrochen von Stille. Die Stille ist das Einzige, was du alte Schachtel im Laufe eines Lebens verstanden hast. Zwischen zwei vorbeifahrenden Fahrzeugen in der Nacht. Und doch, im nächsten Augenblick, einfach so, bist du bei all diesen Menschen, all den Lolas, den Sylvies, den Ingrids, all diesen Leben, in einem winzigen Moment der

Verbundenheit, denn wenn du die tiefste Verzweiflung durchlebt hast, dann hast du immer noch das, wenigstens das, was du mit ihnen teilen kannst.

Rauch, Tía, das tut gut.

Danach werden wir sterben, und da wird nichts sein. Nichts.

XI

1

Schakal kann zaubern.

Mit sehr wenig neuen Elementen hält er die Illusion aufrecht, Informationen zu liefern, Hinweise zu beschaffen, die einen Teil des Mysteriums rund um das Verschwinden von Marie Mercier aufdecken können.

Es gab Reportagen/Ermittlungen zu:

Den Ereignissen, wie sie sich zugetragen haben. Der Mobilisierung der Einsatzkräfte. Der Mobilisierung der Behörden. Der Mobilisierung der Zivilgesellschaft. Den untröstlichen Eltern. Den untröstlichen Familien. Den untröstlichen Freunden. Den untröstlichen Nachbarn. Den besorgten Werauchimmer. Dem tröstenden Zuspruch von Bischof XY. Der Ohnmacht der Behörden: Infragestellung des Entführungsalarmsystems. Der Hundestaffel. Den Suchaktionen der Zivilisten. Dem Suizid des Vaters in der Badewanne. Der in die psychiatrische Klinik Sainte-XY zwangseingelieferten Mutter ...

Man rollt den Teig aus. Belegt ihn. Lässt ihn während des gesamten Augusts gehen: zwei Wochen lang aufgewärmte Pizza.

Würzen.

Schakal hat seinen Job gut gemacht, er ist ein Profi für Unglück im Bereich Vermischtes. Sein journalistisches Ziel ist erreicht. Man erwartet genau diesen Umgang mit Informationen von ihm. Ideale Lektüre für den Liegestuhl, für den Bistrotisch: Die Zeitschrift verkauft Rekordauflagen – Aufnahmen der Eltern durchs Teleobjektiv, verpixelte Fotos der verdächtigen Motorradfahrer. Ausführlicher Artikel, mit der Effizienz eines Journalisten geschrieben, der weiss, wie die lesen, für die er schreibt. Reisserische Schlagzeilen. Titelblätter, auf denen die Gewalt mit der Angst wetteifert, die mit der Emotion wetteifert, die mit Hast-du-nicht-gesehen wetteifert.

Also: Wirkung – soll heissen das echte Ausloten des Informationsgehalts für das eigene und persönliche Leben jedes Einzelnen: Was fangen wir mit dieser Information an? Was bringt sie uns? Was sagt sie uns über die Welt und uns selbst? – gegen null. Keine Bereitschaft, sich aufrütteln zu lassen, sich selbst, unsere Umwelt, das Warum zu hinterfragen oder gar: den Sinn. Schlucken, Bäuerchen machen und ab in die Heia.

Fast völlig ohne Bedeutung, aber doch nicht ganz. Denn Schakal ist ein Rädchen im Getriebe der Tragödie, und ohne es zu wollen, hat er genau ins Schwarze getroffen. Die ins Stocken geratene Maschine kommt wieder in Gang, der lineare Kurs bewegt sich unweigerlich weiter auf das Unausweichliche und die Tragödie zu: das Zusammentreffen, das Überschneiden von Lebenslinien.

Die einen: mit gutbelüfteten Eiern in karierten Bermudashorts beim Frühschoppen.

Die anderen: mit eingeölten Titten, Lichtschutzfaktor 15, unterm Orangina-Sonnenschirm.

Und immer so weiter.

So setzt sich am Ende eine ganze Bevölkerung zusammen, in der jeder dieselbe Pornographie liest.

So zum Beispiel: einer von vielen, einer allerdings, der tatsächlich mitten im Schwarzen sitzt. Mit eingeschnürten Hoden in einem Slip der Grösse L, und er liest die Zeitschrift.

Der Mann mit den eingeschnürten Hoden ist Pierre Castan, schlimmer geht immer, Pierre Kotzt-an, Pierre Kratzt-ab, wir sitzen nicht im Bistro, unter unseren Füssen ist kein warmer Sand. Wir sind kein schönes, unbekümmertes siebzehnjähriges Mädchen.

Pierre sitzt nach einer Nacht im Auto und einer Katzenwäsche im Tankstellenklo an einem Resopaltisch in der Raststätte, um die Pädophilen zu belauern, selber Pädophiler, doppelter Espresso, schwarz, ohne Zucker, ohne Milch, ohne irgendwas, und liest im Nordwesten der vor ihm aufgeschlagenen Zeitschrift.

Pierre Castan, Pierre Kapores, kleingehäckselt im Laufe der Tage, Wochen, Monate, Pierre Castan liest und nimmt das Folgende auf, horizontal von links nach rechts, er unterstreicht in seinem Kopf:

{…} nach intensiver Suche wurde mittels Handyortung Marie Merciers Mobiltelefon in der Beiwagentasche eines Motorradfahrer-Pärchens gefunden. Das Paar wurde nach einer anschliessenden Vernehmung als Täter ausgeschlossen. Tatsächlich hielten sie sich zum Zeitpunkt der Entführung mehr als fünfzig

Kilometer von dem Ort entfernt auf, an dem die kleine Marie
verschwunden ist. Alles deutet darauf hin, dass der mutmassliche
Entführer des Mädchens das eingeschaltete Mobiltelefon gezielt
versteckt hat, um die Ermittlungen der Polizei in die Irre zu lei-
ten. Ist da ein Triebtäter unter uns, wie er aus einem {...}

Pierre stutzt. Das Wort, das ihn stutzig macht, ist
»Beiwagen«.

Beiwagen: an ein Motorrad angebrachtes einrädriges
Teilfahrzeug zur Mitnahme einer Person.

Er kramt in seinem Gedächtnis, geht die Fülle an Informationen durch, die er in den letzten Stunden abgespei-
chert hat.

Beiwagen ist ein Wort, das Pierre nicht oft hört.

Erst das Wort der richtigen Person zuordnen.

Die Person ist Jacques Baudin.

Jacques Baudin, der Strassenwart mit Sammelleidenschaft:

{...} habe ich so einen Kerl um ein Motorrad schleichen se-
hen, mit Beiwagen, während die Besitzer irgendwo im Wäldchen
waren. Da bin ich hingegangen, um ihn zu fragen, ob er irgend-
etwas braucht. Der Kerl, der sah aus, als hätte ihn der Schlag
getroffen, so überrascht war der, als er mich sieht. Der Typ ist
abgedampft zu seinem Van, hat ein Stückchen weiter geparkt, Sie
hätten seine Augen sehen sollen {...}

Rhizome.

Ein Van?

Ja, ein VW.

Wurzeln, die sich horizontal unter der Erde ausbreiten.
Stossen an die Oberfläche, ohne sichtbare Zusammengehö-

rigkeit. Verästelungen, unsichtbare, aber in Wirklichkeit greifbare Verbindungen, so greifbar, verdammt.

Ich drücke die ganze Welt aus, ich umspanne die ganze Welt, auch wenn ich offensichtlich nur einen kleinen Teil der Welt umspanne.

Was allem Lebendigen gemeinsam ist, ist die Zeit.

Pierre schlägt die Zeitschrift zu, blickt auf seine Uhr. Er bleibt ruhig, besonnen, geduldig, bewahrt die Fassung.

Der Schweiss rinnt seinen Rücken hinab.

Eine Spur.

Er trinkt seinen Kaffee aus.

Die Information tritt zutage.

Das Beiläufige wird Fundament.

Die erste echte Spur in seinen sechs Monaten auf der Autobahn: ein VW-Kleinbus.

2

Auch Julie spinnt ihr Netz.

Kaffee ohne Zucker aus einem Pappbecher mit Deckel. Ihr gegenüber: ein Mann. Wie in den meisten Fällen. Muskeln, Testosteron: Polizisten, Kleinganoven, Schwerverbrecher. Jetzt ihr gegenüber: – Mineralwasser und Nicorette-Inhaler, um das Verlangen zu unterdrücken – Manuel Ricot. Den es vor etwas mehr als einem Jahr aus der Bahn geworfen hat. Erst Burn-out, dann Depression. Leichtes Zittern, wenn er das Mundstück an seine Lippen führt. Wegen des Haarausfalls ist er dazu übergegangen, sich den ganzen Schädel zu rasieren. Er ist abgemagert, sieht verloren aus in seiner Kleidung. Er müsste sich eine neue Garderobe zulegen, will das aber erst mal nicht.

Julie Martinez wollte Manuel Ricot bei sich auf der Autobahn. Wollte unbedingt dieses informelle Gespräch, um die bisherigen Ermittlungsergebnisse mit dem Kollegen zu besprechen, der früher mit den »Autobahn-Vermisstenfällen« betraut war. Beziehungsweise die nicht vorhandenen Ergebnisse und ihre aktuellen Schlussfolgerungen. Wie ein Bandwurm windet sich ihre Theorie von einem Täter, der an der Autobahn arbeitet, in ihren Eingeweiden. Endlos, Einzelkämpfer, sobald man den vorgegebenen Rahmen verlässt, um die Realität zu hinterfragen.

Trotz seines aufflackernden Wahnsinns, trotz seiner Xanax-betäubten Unruhe- und Angstzustände hat Manuel seine Erinnerungen und eine gewisse Klarheit bewahrt: Er hat Fotos der anderen vermissten Mädchen mitgebracht, er hat ein Gebiet innerhalb des Autobahnnetzes abgesteckt, das zu gross ist für einen einzelnen Mann. Er hat zwei vollständige Akten und mehrere Hefte mit Notizen auf den Tisch gelegt. Er hat von all dem eine Zusammenfassung gegeben, mit seiner monotonen Stimme, die sich nie wieder aufhellen wird, weil sich für ihn, in gewisser Weise, das Leben dem Ende zuneigt und ihm klarwird, was für ein gemeiner Betrug ihm die Organe, die Knochen, die Nerven zerfrisst. Die Lebensenergie. Ein aussichtsloser Krieg gegen das Böse – gegen seinen Wahnsinn und gegen den Kinderfresser. Schaden begrenzen, das immer gefährlicher schwankende Gerüst zurechtflicken, bis schliesslich andere in die Schlacht ziehen. Gestählte Menschen mit gesundem Geist wie Julie Martinez. Manuel hatte noch eine Entführung gefehlt, um die zarten Weichen zu stellen, an denen sich Julie jetzt entlanghangelt. Die Früchte werden von anderen geerntet. So ist das eben. Am schlimmsten sind die Früchte, die man nicht sät.

»Wenigstens das hinterlasse ich«, sagt Manuel.

»Was hinterlässt du?«, fragt Julie.

»Diese verdammten Akten von den vorigen Opfern. Die Leichen, auf denen wir uns jetzt bewegen, damit es nicht noch mehr Leichen werden.«

Julie weiss nicht, was sie antworten soll. Eine Depression ist ein Abgrund. Ist eventuell gefährlich nah am Suizid. Ist auf jeden Fall weder Ironie noch Selbstreflexion. Ist nur Bitterkeit und Niederlage.

»Aber deine Theorie gefällt mir«, fährt Manuel fort. »Wir haben ihn nie gekriegt, weil er nie das Gebiet verlassen hat. Aber was mir nicht in den Kopf will, ist, wie er die Mädchen versteckt.«

»Ein doppelter Boden. Lieferwagen, Van, Kleinbus oder wirklich ein Lastwagen oder Sattelschlepper ...«

»Und wenn sich die Lage beruhigt, nimmt er gemütlich die Ausfahrt und lässt die Mädchen verschwinden. Keine von ihnen ist je gefunden worden, Martinez. Es liegt so auf der Hand, das kann man echt laut sagen, verdammte Scheisse!«

Exakt. Ein unbrauchbar gewordener Körper. In Luft aufgelöst.

»Der nächste Schritt ist, die Daten der Angestellten abzugleichen?«

»Vierzehntausendsiebenhundertachtundneunzig Beschäftigte«, antwortet Martinez.

»Das ist deine Chance ...«

»Zumindest ist es eine Spur.«

»Damals, bevor man mir den Fall entzogen hat, da hatte ich vermutet, dass es ein Kerl ist, der *auf* der Autobahn arbeitet. Verstehst du, ein Fernfahrer. Aber *an* der Autobahn, gütiger Himmel, das ist gut, Martinez, sehr gut.«

60% Männer.

»Ein Abgleich nach Orten ...«

8878 Personen in der Kategorie »männlich«.

»Zum genauen Zeitpunkt der Entführungen ...«

37% an den Mautstellen, 35% in der Wartung und Sicherung des Autobahnnetzes, 28% in der Infrastruktur.

»Tu mir einen Gefallen, Martinez: Find diesen Scheisskerl. Das kann mir nicht wiedergeben, was ich nicht mehr habe, aber vielleicht reicht es wenigstens für ein Lächeln bei einem Bier.«

»Infrastruktur«? Konzept. Also vage: Tortendiagramme.

Da überkommt es Julie: »Ich werde sie mir alle vorknöpfen, Manuel. Die Mitarbeiter der Restaurants, die Festangestellten, die Schwarzarbeiter, ich nehm sie mir alle vor ... Ich werde denen auf die Füsse treten, werde den Dreck in ihrem Scheisssystem aufwühlen, Manuel. Ich werde die Decke wegziehen, die Krümel wegfegen ...«

»Viel Glück, Martinez. Und das meine ich ganz ernst.«

Es klopft an der Tür, zwei kurze Schläge, Gaspards förmliche, dringliche Art, in Julie Martinez' Besprechung zu platzen, in die Blase, die sie umgibt, ihre Brüste, ihren Hintern, ihren Körper. Ihr Fleisch, das sie auf einen Stuhl pflanzt oder nervös durch den Raum schiebt, um sich einen Weg durch den Dschungel zu bahnen, einen Pfad, auf den man sich nur einmal begibt, bevor ihn die Vegetation sofort wieder überwuchert.

»Es ist etwas vorgefallen, Capitaine. Eine ziemlich unschöne Sache.«

Julie dreht sich um, wendet sich wieder Ricots ausgemergeltem Gesicht, seinen von Zahnstein und Nikotin gelb verfärbten Zähnen zu, er sagt: »Manchmal verbirgt sich hinter den unschönen Sachen nur das als Nutte geschminkte Glück.«

3

Es kommt ein Moment.

Ein Moment, ab dem plötzlich nur noch einer übrig bleibt.

Der letzte Mensch einer Generation. Der gesamten Menschheit. Es gibt immer einen Letzten.

Den Letzten im Pflegeheim. Den letzten Überlebenden eines Krieges. Den letzten Passagier der Titanic.

Der Trichter.

Verbindungen, Verflechtungen, Verquickungen von DNA.

Aufgehoben, verschwunden, erneuert.

Es muss einen Letzten geben, um Raum und Zeit ermessen zu können.

Einen, der schwerhörig ist, keine Zähne mehr hat, sich selbst bepinkelt, das Gedächtnis verliert.

Oder einen, der sich erinnert, aber dem niemand zuhört.

Einen, den man in den Rollstuhl und ins Grab stösst.

Einen, der das Geheimnis durchschaut, den Sinn oder den nicht vorhandenen Sinn in diesem grossen Chaos, und den man in einer Ecke vor sich hin sabbern lässt.

Oder einen, der alles durchschaut, aber erst hinterher.

Einen, der nichts durchschaut und ins Leere starrt.

Was wir den Zufall nannten, wird das Schicksal. Das bringt zwar das Wasauchimmer auch nicht voran, aber das bringt Erleichterung, Zuversicht.

Mit dem Abstand: ausser dass der Sinn nur für sich selbst und für sich ganz allein existiert. Der Sinn lässt sich nicht teilen.

Wir sind allein.

So allein.

Pierre Castan steigt aus seinem Auto, ihm ist heiss. Er schwitzt und wird von einem einzigen Gedanken beherrscht: Er muss mit Jacques Baudin sprechen, braucht Klarheit. Seit Monaten jagt er einem Schatten nach, und auf einmal sind dessen Umrisse zum Greifen nah. So nah, dass er vielleicht seiner Existenz endlich ein Ende setzen kann.

Pierre geht zur Hütte. Er läuft schnell. Gleich wird er

an die ganze Sache mit den Verbindungen, Verflechtungen und der Verwobenheit der Chromosomen denken.

Doch zunächst wird sein einziger, beherrschender Gedanke, der Wunsch nach Klarheit durch das Auftauchen der Fliegen zerstreut.

Lucilia caesar, die Vorbotin des Rechtsmediziners.

Er klopft aus reiner Gewohnheit, die zusammengezimmerte Tür gibt sofort nach, und die Welt stürzt ein.

Pierre Castan berührt instinktiv erst die eine Hand, dann die andere, als würde er sich ein paar Latexhandschuhe überstreifen.

Pierre Castan analysiert.

Er stürzt nicht zu dem Körper hin, um ihn von dem Balken abzunehmen, an dem er hängt. Er sieht den dunklen, fast unscheinbaren Fleck von der getrockneten Urinlache am Boden. Er nimmt den Geruch von Scheisse wahr, den die Leiche verströmt. Er blickt in die leeren Augen des Strassenwarts, betrachtet, ohne sie anzufassen, die schlaffen Arme, die am Körper herabhängen.

Ein leichter Zug strömt durch die stehende Luft, die Leiche schaukelt unmerklich. Aber das ist nicht der Wind, sondern nur Pierres Gewicht auf dem unebenen Boden: Kausalzusammenhang, Zwischenverbindung, Verwobenheit der Chromosomen – in Pierre beginnt es zu arbeiten:

Es kommt ein Moment.

Ein Moment, ab dem plötzlich nur noch einer übrig bleibt.

Der letzte Mensch einer Generation. Der gesamten Menschheit. Es gibt immer einen Letzten.

Den letzten Zeugen.

Pierre zündet sich eine Zigarette an, um den Geruch von Scheisse und Verwesung zu übertünchen. Setzt sich dem baumelnden Körper gegenüber, mit dem umgestürzten kleinen Tisch zu seinen Füssen.

Sitzt auf dem Stuhl aus rotem Kunststoffgeflecht, der Art von Stuhl, die Abdrücke auf der Haut hinterlässt, wenn man Shorts trägt.

Er überlegt, anstatt zu handeln: den Körper abzunehmen, die Polizei zu verständigen. Pierre schmerzt egoistischerweise, nicht gehört zu haben, was Jacques Baudin ihm hätte sagen können, was er seiner Beschreibung hätte hinzufügen können: was für ein Van, was für ein Fahrer, vielleicht das Kennzeichen. Nicht sein Tod, nein. Der Tod eines Strassenwarts mit Sammelleidenschaft für Fundsachen ist ihm herzlich egal.

Unter gewissen Umständen ist Handeln nicht angezeigt. Da ist es günstiger, sich zurückzuhalten: lieber nachdenken, Schlüsse ziehen, abwägen.

Der Artikel in der Zeitschrift.

Das Erhängen von Jacques Baudin.

Pierre wird klar, dass er nicht der Einzige ist, für den dieses Geschreibsel Bedeutung hatte: von der Rekordauflage unter die Streu im Katzenklo.

Bedeutung nur im umgekehrten Sinne: aus der Vergangenheit zurück zum Opfer – zurückkommen und den einzigen Zeugen zum Schweigen bringen.

Am Ende seiner Reflexion fasst Pierre es pragmatischer: Der Kinderschänder hat kurzen Prozess gemacht.

Ist geschickt dem Lauffeuer, der Gerüchteküche zuvorgekommen.

Pierre steht auf und wendet sich ab von diesem Körper, den er früher aufgeschnitten, ausgenommen, vermessen hätte.

Er drückt seine Zigarette aus, steckt sie noch lauwarm in die Hosentasche. Verscheucht die Fliegen von seinem Gesicht. Lässt einen Rauchschleier zurück.

Wer wird es sonst tun?

Das ist Pierre ihm schuldig.

Als Letzter, der ihn lebend gesehen hat.

Pierre läuft zu den öffentlichen Telefonen.

Die 17 wählen.

Die Stimme verstellen.

Ein anderer wird den Körper abnehmen.

Selbstmörder kennt er.

4

Pascal steht ganz am Rand, im Abseits, inmitten der völligen Einsamkeit des Serienmörders. In seinem Fall ist das Töten blosse Konsequenz der unmöglichen Liebe, die Pascal seinen Opfern entgegenbringt. Im Grunde beschleunigt er das natürliche Verkümmern der Gefühle und der Körper. Die Unmöglichkeit eines Zusammenseins über alle Zeiten hinweg, eines Zusammenseins in alle Ewigkeit. Das zentrale Problem, der Kern, die Mutter aller Probleme und allen Übels, hochkonzentriert in der chemischen Zusammensetzung von Pascals Gehirn, ist die Unfähigkeit zu kommunizieren.

Und so.

Und so verspürt Pascal, als er die Tür zu Jacques Baudins Hütte aufstösst, zum ersten Mal eine Art Erfüllung darin, es zuzugeben, zu gestehen. Bei den ersten beiden Mädchen war er nicht in die Verlegenheit gekommen, einen Zeugen beseitigen zu müssen.

Jacques erkennt Pascal sofort. Ein Sammler mit scharfem Blick fürs Detail. Trotz seines unförmigen Körpers, trotz des mit dem Alter deutlicher hervortretenden Buckels, trotz des Quasimodo-Humpelns ist Jacques Baudin kräftig. Aber Pascal ist ihm überlegen. Er muss nur den Arm ausstrecken, Jacques Baudin am Kragen packen, ihn zu sich heranziehen und ihn dann mit einer abrupten Bewegung wieder wegstossen, und der Strassenwart fällt mit vor Überraschung aufgerissenem Mund auf den Hintern. Da ist ein Auto mit Wohnwagen am anderen Ende des Rastplatzes, Baudin überlegt, überlegt, um Hilfe zu rufen, aber kann sich nicht dazu durchringen. Es kommt ihm verwerflich und inkonsequent vor, die um Hilfe anzubetteln, die anzusprechen ihm sonst so widerstrebt. Jacques' Einsamkeit trifft auf die von Pascal. Erstere ist gewählt, letztere hingenommen. In diesem Fall bringt der Frust die Gewöhnung.

»Erkennen Sie mich wieder?«, fragt Pascal mit ruhiger Stimme.

Das Grau von Pascals Augen bringt das Ende, und wenn Jacques Baudin hätte sagen müssen, was er bedauert, dann, dass ihn diese Augen angesehen haben. Leere Augen, die keinen Halt mehr finden. Er hätte sich Mitgefühl gewünscht, Begleitung auf dem »Weg«, Milde, wenn er sich schon diesem drohenden, unheilvollen Nichts stellen muss.

Vielleicht Erlösung?

Aber Erlösung wovon?

Trotzdem denkt Jacques nach. Dieser Zwang des Menschen, verstehen zu wollen, die rettende Logik zu finden. Die Gleichung ist schnell gelöst.

»Sie sind es«, sagt Jacques.

Pascal liest von seinen Lippen ab und nickt. Er macht es besser, er muss es besser machen, denkt Pascal, sag ihre Namen, sag sie: »Mangin, Catherine. Castan, Lucie. Mercier, Marie.«

Jacques Baudin hätte nicht gedacht, dass er weinen würde, wenn er sich ein letztes Mal umsieht, sein in gewisser Weise armseliges Leben besieht, zusammengehalten nur von ein paar einzelnen Fäden in einer Hütte an der Autobahn. Er denkt an die endlosen Felder hinter diesen zusammengezimmerten Brettern. An die Sonne, den Wind, die Erde.

Er denkt an seine Kindheit, an die Hütten von damals, die er immer so geliebt hat, an ihre Einsamkeit. An die Bäume, die vor Blicken und vor Kinderschändern schützten. Versteck dich ganz oben, damit er dich nicht kriegt. Seit deiner Kindheit fliehst du vor ihm, Jacques, du fliehst vor ihm, aber am Ende hat er dich doch gekriegt.

Das Seil, an dem du hängen wirst.

5

Was machen wir mit dieser Leiche?

Die Frage wurde nicht mit genau diesen Worten gestellt.

Die Frage ist:

Was machen wir?

Gaspard hat sie gestellt.

Metaphorische, gewaltige Frage, subtiler und tiefer, als sie in ihrer Grammatik ausdrückt.

Die Frage bezieht sich auf: das zu lösende Problem, das daraus resultierende Vorgehen, die Situation, in der sie gestellt wird.

Abhängig von: den genauen örtlichen Gegebenheiten, in denen sie gestellt wird, einer bestimmten Zeit, einem Kontext.

Kleines Stück vom unendlichen Kuchen.

Alles läuft auf alles zu, und niemand wird es je in der Gesamtheit sehen.

Das grosse Ganze.

Denn es gibt keine Unwissenheit, es gibt nur Bewusstseinsgrade. Bewusstseinsgrade mit unendlich vielen Abstufungen.

Eine Frage ist eine Konsequenz.

Sie stehen auf dem Parkplatz, gleich wird Jacques Baudins lästige Leiche von den Sanitätern in die Rechtsmedizin gebracht. Gaspard raucht. Julie raucht. Keine Schakale in Sicht. Alles ist ruhig auf dem Rastplatz, die Sonne brennt von ihrem Zenit.

Eben: anonymer Anruf von der Telefonzelle in der Nähe, eine Leiche hänge an einem Nylonseil.

Jetzt: Polizisten suchen die Umgebung ab, aber alles, was sie finden, sind trockene Kothaufen und Klopapierfetzen, dreckige Verpackungen, Zigarettenstummel. Jacques Baudin wird nicht mehr älter, während dieses Stück der Welt seine Entropie vorantreibt.

»Der Typ hat da hinten gewohnt«, sagt Gaspard. »Am Ende der verlängerten Ausfahrt, hinter dem Zaun. Denkst du, es gibt eine Verbindung? Deine These vom Mann, der an der Autobahn arbeitet?«

»Eine Verbindung? Gütiger Himmel, Thierry, das würde so viel erklären. Erhängt wegen der Schuldgefühle, das würde alles erklären. Warum die Durchsuchungen nie etwas ergeben haben, warum an den Abfahrten nichts herauskam, trotz der Kontrollen, der Hunde, der Helikopter, der ganzen scheissschweren Geschütze.«

Julie Martinez' Gesicht ist von einer Schicht Schweiss bedeckt, unter ihren Achseln zeichnen sich zwei dunkle Flecken auf der himmelblauen Bluse ab. In genau solchen Momenten überkommt Gaspard eine unbändige Lust, sie zu ficken, sie hier und jetzt flachzulegen, direkt auf dem Asphalt, trotz seiner Frau, die er liebt, trotz seiner Kinder, seiner Prinzipien: Treue, Anstand, Selbstbeherrschung. Es ist stärker als er, er kriegt einen Steifen. Er versteckt ihn, so gut er kann, aber Julie sieht, wie die Beule in seiner Hose anschwillt. Wenn die beiden sich gehenliessen, würden die Funken fliegen. Aber Frust ist auch gut. Das unterdrückte Verlangen, die angestauten

Flüssigkeiten, die Mischung aus Anspannung, Gereizt-
heit, Wut – all das wirkt in gewisser Weise stimulie-
rend.

Wie verpasst ist die verpasste Gelegenheit?

»Was war die Frage?«, sagt Julie.

»Was machen wir mit dieser Leiche?«

»Uns steigern, Gaspard.«

»Was machen wir?«

»Wir packen's an, wir graben. Wie suchen nach einer
Verbindung. Wir beide, zwei Aufklärer. Nur du und ich.«

6

Auch er stellt sich diese monumentale Frage, diese Kathedrale von einer Frage:

Was machen?

Sie hallt durch seinen Kopf, während er Gallefäden
kotzt. So nah, Scheisse, Pierre, du hast ihn so knapp verpasst, du hast dieselbe Luft geatmet wie er, dieselben
Fundstücke in der Hütte gesehen wie er, mit demselben
Mann gesprochen wie er, bevor der ihn getötet hat. Denn
du weisst, dass er es war. Dass der Suizid inszeniert ist.
Spuren verwischen, Verwirrung stiften. Baudin besass die
entscheidende Information, die dir Gewissheit gegeben
hätte, mit der du ihn aufgespürt hättest. Und nun ist diese
Gewissheit wieder ein übers Feld wegspringender Hase,
der dich verspottet.

Wo suchen?

Depression, Pierre. Gefühl von unendlicher Trost-
losigkeit. Eine Spannung lässt nach. Das Spannseil zer-
reisst und zerschlägt dir die Fresse. Scheisse, wenn das
Schlimmste die Hoffnung, die enttäuschte Hoffnung ist.
Da wäre es besser, an nichts zu glauben, sich keiner Illu-
sion hinzugeben. Aber wie macht man das als Mensch?
Wie macht man das als Mensch, der sucht, dessen einziges
Ziel das Ziel an sich ist?

Pierre wischt sich mit dem Handrücken den Mund
ab, sein Pullover ist vollgespritzt, du hättest warten sollen, dass es vorbeigeht, bevor du wieder aufstehst. Warum
so ungeduldig? Um was zu tun? Um wohin zu gehen?
Die Spritzer sind nicht nur Galle, die Spritzer sind auch
Tränen. Pierre stützt sich an einen Baumstamm. Pierre
bricht zusammen. Weint, zerfliesst. Es zerreisst Pierre
auch an der Oberfläche. Pierre fällt auseinander. Am Rand
der Autobahn, am Rand des Abgrunds. Dreckige Füsse
in dreckigen Mokassins. Stocksteifer Körper, kurz vorm
Nervenschaden aufgrund all der Krämpfe, der Knoten,
zerschundener Neuronen – amyotrophe Lateralsklerose.

Was mache ich jetzt?

Die Kathedrale von einer Frage hat sich entwickelt.
Pierre stellt sie als tonlose Frage: in seinen Schmerz hin-
ein und immer in die Leere, Schluchzer, sein Hals brennt.
Mit »machen« kann man die Unmöglichkeit in all ihren
Facetten aufspannen, sie drehen und wenden wie einen nie
gelösten Zauberwürfel.

Da sind der Himmel und die Erde.

Die Luft und das Feuer.

Da ist die Abwesenheit von Gott, oder aber Gott ist die Abwesenheit, und es ist uns egal.

Da sind ein kleiner Mann und sein Leid von kosmischem Ausmass.

Das komprimierte Universum vor dem Urknall.

Raum und Zeit entstehen, indem sie sich immer weiter ausbreiten.

Seit dem Urknall, seit der Singularität.

Da ist kein Gott, Pierre.

Keinerlei Hinweis auf etwas Höheres.

Da sind keine Machenschaften, kein Deus ex Machina.

Man hat deine Tochter genommen, weil die Welt in Bewegung ist.

Man hat deine Tochter genommen, weil da ein anderes Individuum ist, ein anderer Name, der nur zu seiner eigenen Wahrheit fähig ist.

Seiner Wahrheit aus seinem Blickwinkel.

Da ist ein winziger, zerbrechlicher Mann aus Lehm, der nach und nach wieder zu Staub wird. Man sieht ihn noch, er ist noch da, aber er ist schon so weit weg, so abwesend. Der Mann schlägt sich, hält stand, wiederholt Lucie Lucie Lucie, sagt Mein Kind Mein Kind Mein Kind.

Nein, lachen Sie nicht, Sie werden später lachen, über alles werden Sie lachen, wenn Sie wollen.

Wir finden unsere Würde in den Extremen.

Pierre Castan macht, was er kann.

7

Das Haus ist dunkel.

Drinnen dunkel.

Abseits eines Weilers, der wiederum abseits eines Dorfes liegt, weit entfernt von jeder Agglomeration. Anders gesagt: am Arsch der Welt.

Eine flache Welt: endlose Felder – Mais, Weizen, Gerste, Raps, Sonnenblumen – und über Hunderte von Metern die langen Arme der auf Räder montierten Beregnungsanlagen.

Getreide. Öl.

Flach.

Trockener Boden.

Staub, der von Windböen bis in den Himmel aufgewirbelt wird.

Weihen und Schwarzmilane lauern auf eine Maus.

Kreisen am Himmel und im Staub.

Aasgeier.

Trostlosigkeit.

Und, richtiger: eher ein Häuschen als ein Haus – Wohnzimmer, Schlafzimmer, Toilette und eine Dusche in der Küche.

Schätzungsweise fünfundvierzig Quadratmeter.

Das Zuhause des verstorbenen Jacques Baudin.

In der Stille ist die Autobahn zu hören. Anhaltendes Hintergrundgeräusch, als würde man sie nie verlassen. Das Netz nie verlassen.

Drinnen erstickt man: ein Labyrinth aus Papier (Zeitschriften, Prospekte, Flyer, Verpackungen …), alles sortiert, gefaltet und gestapelt, nach Farbe, Grösse, Dicke. Papierwände zerschachteln den Raum, in jedem Winkel türmen sich verschiedenste Gegenstände: Murmeln, Plüschtiere, Schrauben, Wäscheklammern, Muscheln, Fotos, Gläser, Töpfe, Modellautos, Puppen, Postkarten, Unnützes, billiger Ramsch, wie er auf der ganzen Welt vertrieben wird.

Der Staub draussen ist nichts im Vergleich zu dem, was sich hier ablagert. Dabei ist es ansonsten sauber: kein Urin, keine Exkremente, keine vergammelten Lebensmittel. Nur Staub, der Zerfall von brüchig gewordenem Papier, das sich langsam zersetzt. Gaspard hat seine Taschenlampe angemacht, leuchtet Julie voraus, die ein Fenster sucht, um Luft hereinzulassen, aber die Fenster sind nicht leicht zu finden, sie sind mit Pappe verklebt.

Die Julie jetzt mit beiden Händen aufreisst, nachdem sie das Klebeband mit ihrem Taschenmesser zerschnitten hat. Julie zieht die Pappstücke ab, Licht strömt ins Innere des Labyrinths. Julie denkt: ein Verrückter, ja, aber Jacques Baudin war es nicht. Sie werden die DNA abgleichen, um sicherzugehen, aber nein, er war es nicht, sie weiss es. Selbst wenn man Fotos von nackten kleinen Mädchen in seinen Schubladen finden würde, er wäre es trotzdem nicht.

Denn das alles.

Diese ganze Anhäufung ist Sublimierung.

Und in dieser Sublimierung ist kein Platz für Verbrechen.

Diese Anhäufung ist ein Strudel, ein Sturz kopfüber in die extreme Einsamkeit. Ein Sprung in die endlose Tiefe. Jacques Baudin ist gestorben, aber er war nur ein leerer Körper: ohne Organe, ohne Fluss, ohne Flüssigkeit. Man hätte das lustig finden können, die Sache mit dem Sammler von Fundstücken an der Autobahn, aber nein. Verdammt, das zieht sie plötzlich so runter. Julie hat Schlimmeres gesehen, viel Schlimmeres. Nichts Entsetzliches, aber doch ein paar unschöne Dinge. Vor allem im Zusammenhang mit Verkehrsunfällen. Verkehrsunfälle sind die Definition von unschönen Dingen: wegen ihrer Häufigkeit, ihrer Alltäglichkeit. Man redet über sie, ohne sie zu sehen. Keine Filme oder Fernsehserien darüber. Wenig Glamour, viel weniger Glamour als dieser verdammte Serienkiller. Nicht sehr faszinierend. Doch eigentlich ganz logisch: Genau das, worauf die Wirtschaft einer Gesellschaft aufbaut, tötet am meisten in ebendieser Gesellschaft. Man muss keine Politikwissenschaft studiert haben, um das zu verstehen.

Der Lichtstrahl fällt in den Schatten, lässt die Staubpartikel aufleuchten, die ihre Stiefel aufgewirbelt haben. Julie Martinez fährt sich übers Gesicht, hustet, will diesen Ansturm des unendlich Kleinen abwehren.

Ein Schritt zurück, Papierwand, wackliges Tischchen. Sturz.

Thierry Gaspard dreht sich um. Der Schreck weicht einem spöttischen Lächeln. Er hält ihr die Hand hin. Julie hebt den Blick, greift zu.

Wenn Julie Martinez Kontrolle über sich gehabt hätte,

hätte sie denken können: Was treibst du da, meine Hübsche?

Aber Julie kontrolliert nichts mehr.

Man könnte sagen, es sind die Hormone.

Ihre Hand greift nach der von Gaspard. Anstatt sich hochzuziehen, zieht sie sie völlig überraschend mit einer abrupten Bewegung und unerwarteter, bemerkenswerter Kraft zu sich heran. Aikidotechnik – Thierrys Kraft gegen ihn selbst ausspielen.

Und Thierry fällt auf Julie, auf ihren geöffneten Mund, ihre Zunge, ihre geraden Zähne, das gesunde Zahnfleisch.

Thierry windet sich, gerät in Wallung. Seine Hände suchen und finden die Knöpfe von Julies Bluse, die er in weiser Voraussicht öffnet, ohne sie aufzureissen, schliesslich kommt später, danach, die Rückkehr zum Hauptquartier.

Aber nicht gleich, nicht jetzt.

Jetzt sucht Julies Hand Thierrys schon grossen, fast harten Schwanz. Sie holt ihn raus, will ihn sich schon reinstecken, aber da ist noch die Hose, der Slip, die Binde mit den letzten Blutspuren, nichts, was einen Mann abschreckt, nicht Gaspard, nicht jetzt.

Thierry leckt ihr die Titten. Julie ist feucht, so verdammt feucht. Sie stösst ihn zurück, macht ihren Gürtel auf, befreit sich aus der Hose, damit ist auch der Slip weg, auch die Binde, die dank der kleinen Flügel an dessen Innenseite klebt. Gaspard hat seine Hose nicht ausgezogen, Julie lässt ihm nicht die Zeit: nur der Schwanz. Und seine Kraft, seine Schultern, sein Hintern unter der Uniform.

Thierry dringt in sie ein. Julie will ihn, nimmt die Hand dazu und masturbiert. Sich berühren mit einem schönen Schwanz in der Fotze. Julie mag derbe Worte, sie hätte gern, dass Gaspard sie beleidigt, sie Hure, Hündin nennt, aber dafür haben sie keine Zeit. Beleidigungen beim Ficken setzen uneingeschränktes Vertrauen voraus, grösste Intimität. Julie weiss, dass sie es mit ihm machen könnte, das kleine schweinische Spiel spielen, sich verbal aufgeilen.

Gaspard fragt sie nicht.

Gaspard kann nicht mehr.

All die Zeit, all die Wochen, Monate, inzwischen mehr als ein Jahr hat er sich geweigert, es sich einzugestehen.

Diese Lust, in Julie zu sein, sich in Julie zu bewegen. Sie an sich zu ziehen, ganz nah, Körper an Körper, Schwanz in Fotze.

Er sieht sie an, entschuldigt sich und kommt.

Julie sieht ihn an, verzeiht ihm und kommt auch.

Und am Ende dieser Lustkurve, im Moment des gewaltigen, so gewaltigen Absturzes, gütiger Himmel, denkt sie: Sie müssen noch einmal Gorot befragen.

Gorot, den Professor mit den grauen Haaren.

Den Möchtegernbiker.

Er hat den Schlüssel.

Wie Gaspard den zu ihrer Lust hat.

Oder aber es ist der umherstreifende Tod.

Die Trostlosigkeit.

Der Stress.

Die Angst.

Die die Lust so gross werden lassen.

8

Sie sieht sie.

Zwölf Köpfe. In einer Reihe am Strassenrand.

Enthauptet.

Tía Sonora – früher Guadalupe: Guadalupe Rodríguez Bustamante.

Anfang der achtziger Jahre ist sie knapp über vierzig. Auf dem Höhepunkt einer reifen Schönheit: schlanke Taille, schlanke Fesseln, grosse Brüste. Kleider fallen auf ihren Körper wie der Schnee auf die Zweige einer Tanne – legen sich sanft auf sie.

Sie sitzt am Steuer eines weissen VW Käfer. Wagen für das Volk. Das deutsche Modell mit offenem Verdeck katapultiert Guadalupe eine Stufe über den mexikanischen Familientraum. Die Familie gibt bekanntermassen mit der einen Hand, was sie mit der anderen nimmt.

Erste Hand: Sicherheit.

Zweite Hand: Freiheit.

Guadalupe trägt ein Kopftuch, wie Grace Kelly. Nur dass Guadalupe gebräunte Haut hat, schwarze Haare, schwarze Augen. Und eine Kindheit in den *maquiladoras,* die sich die blonde Prinzessin auf ihrem Felsen nicht einmal vorstellen kann: Einkauf auf der öffentlichen Müllhalde, Missbrauch ab acht, Vergewaltigung mit dreizehn – Mund, Vagina, After. Vier brunftige Teenager, eigentlich hübsche Jungs, wenn die Umstände andere gewesen wären. Der Vater nicht mehr als ein Spermium, an ihn müssen wir keine Worte verschwenden. Die Mutter rät ihr davon ab, Anzeige zu erstatten: zu gross die Gefahr, auf dem Revier noch mehr Schwänze lutschen zu müssen. Die vierfache Vergewaltigung ist der Auslöser für einen langen Sprung am Bungeeseil. Der Klassiker: Wenn ich schon ge-fickt werde, dann doch wenigstens für Geld. Wie sie gibt es Zehntausende in diesem Land. Der Sprung ist lang, ris-kant, hart. Selbst in der Erniedrigung durch den Strich muss man sich seine Sporen verdienen, vor allem wenn es so viel Konkurrenz gibt. Man fragt sich, wo all diese Mäd-chen herkommen − aufgewachsen im Müll, schlimmer als Ratten, mit nichts zu fressen als vergammelten Res-ten aus den Abfalltonnen. Wie solche Schönheiten aus all dem Schmutz hervorgehen können. Allerdings stimmt es, sie sind vierzehn, fünfzehn, sechzehn Jahre alt, man muss sie schnell auflesen, bevor sie schwanger werden, Fett an-setzen, bevor sie zu dem werden, was die Zukunft ihnen von Geburt an vorbestimmt hat: celluliteaufgeschwemmte Fussabtreter. Sie sind vergängliche Erscheinungen mit-ten in der Wüste, noch in den entlegensten Winkeln des Landes werden sie mit Stahlklingen abgemäht. Von die-sen Stahlklingen werden sie rekrutiert, danach braucht es Glück, Können, Verzweiflung, aber auch Würde, um nicht im hinterletzten Bordell zu landen und sich von ge-walttätigen Fernfahrern durchficken zu lassen oder sich beim Dreh eines Snuff-Films für Dealer wiederzufinden und als verstümmelte Leiche in der Böschung einer Bun-desstrasse zu enden.

Man könnte meinen, dass, wenn Guadalupe Rodríguez Bustamante mit Anfang vierzig am Steuer eines weissen

Käfer-Cabrios sitzt, ihr Können, ihre Verzweiflung und ihre Würde es verstanden haben, das Beste aus ihrem Glücksstern herauszuholen.

Was natürlich nicht wörtlich zu nehmen ist.

Inzwischen hat sie die Seiten gewechselt, kümmert sich um einen Stall junger Mädchen, die sie für einen reichen Industriellen aus der Hauptstadt rekrutiert, ausbildet und anleitet.

Reicher Industrieller, dass ich nicht lache. Wo das ganze Drogengeld zum Himmel stinkt. Aber was interessiert dich das, meine Schöne? Seit wann geht Geld den Weg der Würde? Guadalupe verpachtet ihre Reize jetzt nur noch zu seltenen Gelegenheiten, trotz ihrer Schönheit, die durch die ersten Krähenfüsse um ihre Augen noch unterstrichen wird. Es ist nur so, dass der einflussreiche mexikanische Mann Frischfleisch will, es kommt ihm gar nicht erst in den Sinn, sich lange mit einer Brust aufzuhalten, die die Zeit formt, wandelt, die langsam nicht mehr nur in den Himmel schaut, sondern gen Boden, zum Fallen ansetzt.

Denn mit Anfang vierzig bist du entweder Mutter, Heilige, oder du führst einen Puff.

Erstaunlicherweise – aber wieso eigentlich erstaunlich? – bei all den Schwänzen, mit denen sie es zu tun gehabt hat, und einige haben ihr sogar sehr viel Lust bereitet, gütiger Himmel – wer sie verlieren wird, wer schon dabei ist, Guadalupe zu verlieren, wer dafür verantwortlich sein wird, dass sie als alte Schachtel namens Tía Sonora in einem heruntergekommenen Zigeunerwagen an einer europäischen Autobahn den Leuten die Zukunft voraussagt: ist eine Frau. Eine von diesen kleinbürgerlichen französischen Kunststudentinnen, Pony auf der Stirn und stinkende Füsse in Kunstleder-Boots. Hausbesetzerin, unterirdische Hygiene, Ferien in Mexiko, vornehmlich um Gras zu rauchen und das berühmte *Mexican mud* zu probieren, von dem man sich so viel erzählt. Eine Guadalupe, die ein klein wenig scharfsichtiger gewesen wäre, hätte schnell verstanden, dass dieses Mädchen es nicht wert ist, dass ihre paar auswendig gelernten Zitate (hauptsächlich Bourdieu) nichts als heisse Luft sind. Dass aus diesem Mädchen schnell eine Frau wird, für die ihre lesbische Phase nur ein progressives Intermezzo war, vor der Ehe, der typischen Pariser Altbauwohnung und den Privilegien, die ihre soziale Schicht mit sich bringt.

Eine andere Guadalupe. Eine Guadalupe, die in einer Intellektuellenfamilie geboren wäre. Eine Guadalupe, die durch die Rauchwolke hindurchsehen könnte.

Bourdieu wird also bei jemand anderem recht behalten.

Allerdings ist auch Guadalupe keine Lesbe. Diese kleine Französin, deren Name gänzlich irrelevant ist und hier nicht genannt werden muss, ist eine Phantasie.

Sie war nur, was Guadalupe niemals sein würde.

Sie besass, was Guadalupe niemals besitzen würde.

Eine Kindheit. Eine Jugend. Ein Leben voller Unbeschwertheit und Langeweile vor lauter Überfluss: an Besitz, an Geld, an erfüllten Wünschen, an Kultur.

Eine Lebenslinie, die so von Input strotzt, dass man schliesslich in irgendeinem heruntergekommenen besetzten Haus Joints raucht und Koks schnupft, um sich zu beweisen, dass man auch wirklich echt ist.

Dass man leidet.

Es ist wichtig zu leiden. Damit man eine Berechtigung hat. Was man auch tut.

Kurz gesagt: Die kleine Nutte aus Mexiko, gewieft wie eine Klapperschlange, hat sich gleich zweimal ficken lassen: einmal von dem Dildo der kleinen Französin und ein zweites Mal von einem Ideal, das sie niemals erreichen wird.

Denn was man in frühester Jugend nicht bekommt, wird auch später nicht gewährt.

Also wird Guadalupe fallen.

Weit weg von ihrer heimatlichen Müllhalde. Weit weg von den *corridos* und den *rancheras,* die von unmöglicher Liebe und den Heldentaten der Drogenbosse erzählen. Weit weg vom Sand, vom Staub und von der Wüste. Weit weg von ihrem weissen Käfer, von der Zeit der Herrlichkeit, als sie noch alle Zähne hatte. Strahlendes Weiss. Fest verwurzelt in gesundem rotem Zahnfleisch.

Es ist verrückt, wie der Kummer zerstört: mit Alkohol und Drogen als ständigen Begleitern. Hart. So hart, wie Guadalupe sein kann. Das Verlangen, sich weh zu tun. Aufopferung, verbissener Masochismus. Die Frage, wie weit man gehen kann, was man einem Körper antun kann, bis er eine echte Scheisse wird, nur noch zum Kacken und zum Pissen gut.

Was unter dieser Liebe schlummert: dieses unbeschwerte junge Mädchen werden, stellvertretend. Die Armut im Keim zu ersticken, die Vergewaltigungen, den Mangel an allem einzutauschen gegen eine Jugend, die alles hat, wäre für Guadalupe die Offenbarung gewesen. Die Zeit wird aus ihr »Tía Sonora« machen, die Schöne wird zum Biest werden. Der Ruin ist das Licht. Der Fall wird die Erlösung sein. Tía Sonora wird natürlich nichts aus all dem machen. Denn Erfahrung, echte Erfahrung, lässt sich nur zu einem kleinen Teil und ausschliesslich, wenn überhaupt, durch Worte weitergeben, und das, wir haben es gesehen, nur sehr eingeschränkt. Das wahre Wissen bleibt das Erlebte. Durchlaufen, empfinden.

Daher die Einsamkeit.

Die Unfähigkeit zu kommunizieren.

Beckett, Samuel.

Jedes Leben fängt neu an, alles fängt neu an.

Es ist ermüdend. Fast nervig.

Ziemlich bescheuert.

Um nicht zu sagen: absurd.

Und so legt Tía Sonora die Karten und erzählt Unfug, während es in ihrem Wohnwagen nach Verfall riecht. Aus ihrem Mund riecht es nach Verfall. Aus ihrem Körper.

Aber die Köpfe.

Die zwölf Köpfe. In einer Reihe am Strassenrand beim Ortsausgang von Ciudad Juárez. Zwölf Apostel des heiligen Kokains.

An einem Morgen im strahlenden Sonnenschein. Guadalupe in ihrer Herrlichkeit, ihrem Reichtum, die noch nicht die Hälfte von dem wusste, was sie heute weiss. Helles Morgengrauen, kalter Wüstenwind, schwarzer Kaffee, frisch gepresster Orangensaft. Sie hatte die Finca verlassen, nachdem sie sich davon überzeugt hatte, dass auch wirklich alle Mädchen in die Geländewagen und die Limousinen gestiegen sind. Sie hatte ihren Anteil abgeholt, hatte der neuesten Laune des Chefs nachgeben müssen: Blowjob, ohne Kondom und mit der Auflage, alles zu schlucken. Die sogenannte »Fellatio royale«. Damals noch kein Aids, nur der Würgereiz vom bitteren Sperma mit dem Geschmack von Tequila im Nachgang.

Der Schwanz. Die Eier. Ihm die Eier leeren.

Vor der vermeintlichen Freiheit.

Ein Sonnenaufgang in der Wüste hinter dem Steuer eines weissen Käfers.

Fahren.

Stinkefinger zur Sonne.

Stinkefinger zum Big Business.

Motorengeräusch, Benzingeruch.

Sandkörner fliegen ins Gesicht.

Und Guadalupe lacht. Lacht. Schallend.

Das ist so ein bisschen Würgereiz doch wert.

Das könnte fast all die Scheisse wert sein, die sie schlucken musste, seit sie dreizehn Jahre alt war.

Aber wie es sich in Mexiko auf besonders drastische Art zeigt: Das Gute ist mit dem Bösen verschlungen, verwachsen wie siamesische Zwillinge. Ein Hochgefühl zerschlagen von zwölf Köpfen auf einer Mauer. Die dich daran erinnern, dass du sterblich bist. Dass hinter jedem glücklichen Moment schon die Kehrseite der Medaille lauert. Christentum. Verschmutzung. Versündigung. Fall.

Erlösung. Das Goldene Zeitalter dahin, und plötzlich bist du die Dumme.

Die Köpfe tauchen nach einer Kurve am Fuss eines Hügels auf. Gekalkte Häuser, notdürftig geflickte Mauern, Dächer, verkümmerte, staubige Kakteen. Brennende Fackeln. Eisenstangen im Boden, von benzindurchtränkten Lumpen umwickelt. Zwölf Köpfe in einer Reihe. Mit offenen oder geschlossenen Augen, manchmal eins so, eins so, manchmal mit halbgeschlossenen Lidern. Glasige Augen und offene Münder. Und in den Mündern eine faltige Wurst, ein kleines Cornichon oder eine dicke Karotte: ein Penis.

Guadalupe fährt langsamer. Menschen bekreuzigen sich, einer übergibt sich, stützt sich an der Wand eines Lehmhauses ab. Fernfahrer, Bauern, Schaulustige, Bullen in dreckiger Uniform, die auf weitere Anweisungen und das Eintreffen der *federales* warten.

Guadalupe fährt langsamer, sie kann nicht anders, als hinzusehen. Diese weltliche, historisch und kulturell verankerte, morbide Faszination der Mexikaner für den Tod.

Guadalupe sagt sich, dass sie dieses Land verlassen muss, bevor es endgültig in Dunkelheit versinkt, von einem Lavastrom begraben wird: Morde, Anschläge, Korruption, Diebstähle, Gewalt, Vergewaltigungen.

Und jetzt das.

Todeskult, Liberalismuskult.

Und das ist erst der Anfang. Eine dem Untergang geweihte Nation in einer blutrünstigen Spirale, die, genau deswegen, eine ungeheure Anziehung ausübt auf: Schriftsteller, Drehbuchautoren, Journalisten, Regisseure, Intellektuelle.

Guadalupe ist gegangen, Ende der Parabel.

Als wäre ihr nie vergeben worden, ihre Toten verlassen zu haben.

Sie verraten zu haben, in gewisser Weise.

In ihrem Kielwasser der Tod.

Zwölf Köpfe auf einer Mauer mit ihren Penissen zwischen den Zähnen, obszöne Inszenierung.

Tía Sonora hat sie nicht vergessen.

Die Köpfe nicht, aber vor allem nicht die Gesichter, die sie inzwischen mit unbekannten Köpfen und Gesichtern ersetzt. Die wiederum von einem düsteren, verwunschenen Ort zu ihr dringen. Männer, die sie nicht kennt. Ausschliesslich Männer. Ihre Gabe hat sie nur für Männer, immer schon. Ob beim Sex oder bei dem, was man ihre »Visionen« nennen könnte.

Denn der Tod streift umher und macht sie zur Zeugin. Der Tod hält ihre Augen offen: Sieh hin.

Sieh dir die Akteure des Dramas an. Sieh dir ihre Köpfe an: Sieh sie in deinen Träumen. Auf der Strasse. Köpfe für namenlose Gesichter. Ohne sie zu kennen, ohne auch nur zu wissen, dass sie existieren.

Pierre.

Pascal.

Thierry.

Marc.

Gérard.

Lola?

Männer. Wenn es darum geht, die Zukunft voraus-
zusagen, erzählst du das Blaue vom Himmel, aber beim
Rest, bei dieser einen, furchterregenden Sache, weisst du,
sie sind da, umkreisen dich.

Die Männer.

La muerte.

Denn auch wenn du versucht hast, es zwischen deinen
Hurenschenkeln zu vergessen – das Unheil ist überall auf
der Welt gleich, und es verlangt, dass du hinsiehst.

Es gibt kein Entkommen.

Das macht dir Angst, nicht wahr?

Wir sind es alle.

Jetzt und hier räkelt sich die Sonne über den Feldern.
Du schwitzt in deinem Wohnwagen, trotz des Luftzugs,
der durch das Fenster strömt. Was du gesehen hast, die
Vorahnung dieses Dramas, das sich abspielt, ohne dass du
es abschütteln kannst – all das weitet dir die Pupillen.

Jetzt weisst du.

Du könntest sterben und mit deinem letzten Atemzug
noch sagen: Ich weiss.

Ich weiss, dass wir alle verbunden sind. Auf die eine
oder die andere Weise tragen wir alle Verantwortung.

Selbst wenn wir vorgeben, davon nichts zu wissen.

Selbst wenn wir töten, um nichts davon wissen zu
müssen.

Tía Sonora kapituliert und gibt sich ihren Visionen
hin.

Ihre Visionen führen sie in eine Raststätte.

Pierre ist zurückgekommen. Dorthin, wo er heute Morgen war.

Er ist zurückgekommen, weil er in der Glasfront gegenüber den Zapfsäulen einen Hoffnungsschimmer gesehen hat. Ab da hatte er geglaubt, er könne das Monster endlich erhaschen. Der Artikel in der Zeitschrift, die Bestätigung des Verdachts: Jacques Baudin hat den Mann am Beiwagen gesehen. An dem Beiwagen, in dem sie Marie Merciers Handy gefunden haben. Es hat gedauert, bis er so weit gekommen ist. All die abgepackten Sandwiches, Hunderte, wenn man sie nebeneinanderlegen würde, ein Berg, bis er sein ganzes Gewicht ausmacht, er selbst zum Sandwich wird, Poulet-Mayo, Mayo-Thunfisch, Thunfisch-Paprika, Paprika-Schinken, aus dem Kühlregal, in Zellophan verpackt, und wenn du stirbst, Pierre, wird dein Körper intakt bleiben, in Technicolor, vollgestopft mit Konservierungs- und Zusatzstoffen, dein Körper wird in einen dreieckigen Sarg mit Barcode gebettet, das Menschensandwich unter einer Glasglocke in einer Raststätte aufgebahrt wie die Heiligen in ihrer Krypta, und in der Inschrift wird es heissen, du seiest zäh gewesen, hartnäckig, habest deine Zähne in den Asphalt geschlagen, warst die Speiche in einem Rad, das sich um sich selbst dreht ... Ja, es hat gedauert, und jetzt ist alles verpufft.

Adieu, Lucie?

Wie soll er ihr sagen, dass er nicht mehr kann?

Ingrid. Seiner Frau. Die sein Kind in die Welt gepresst hat.

Das Kind, dem das Schlimmste widerfahren ist.

Ein Kind wurde entführt. Dies ist eine Meldung des Justizministeriums.

Wie soll er ihr sagen, dass er am Ende ist, noch ein bisschen, und er ist sogar noch weiter.

Im Nichts.

Nichts mehr, was ihn noch hält.

Nichts mehr, worauf er hoffen kann.

Jacques Baudin hat gesagt, dass der Mann zu einem Van gegangen ist, Volkswagen.

Wie viele verdammte VW-Vans auf der Autobahn?

Ein Van in der Atmosphäre.

Auf der Aire des Campanules, tief in die Haube des öffentlichen Telefons gedrückt, im schwachen Schutz der Plexiglasscheibe, weint Pierre lautlos in sich hinein. Er tut so, als würde er reden, denn hinter ihm warten zwei andere. Scheisse, was haben die zu telefonieren?! Wo sind eure Handys? Eure Technologie?

Ich bin es.

Ich hab ihn verloren, Ingrid. Ich hatte ihn und hab ihn verloren. Ist das zu fassen? Kannst du das fassen?

Verdammte Scheisse.

Ich schaff das nicht mehr, weisst du. Ich glaube, ich schaff das nicht mehr. Ich muss dich sehen. Ich muss deine Stimme hören. Ich muss dich sehen, damit du mich ansiehst.

Ich muss es, ein letztes Mal, in deinen Augen lesen. Du musst mich ansehen und es mich tun lassen, verstehst du?

Ich muss sterben, Ingrid.

Völlig am Ende.

Ganz einfach.

Endstation.

Es ist nicht kompliziert. Selbst wenn das Leben ein Nebeneinander von vielen Leben ist, selbst wenn es nicht geradlinig verläuft. Man kann die Ellipse verlassen, von seiner Flugbahn abkommen, sich loslösen und verschwinden. Im Kosmos. Lautlos implodieren.

Pierre Castan hofft nur eins:

Dass Buddha sich geirrt hat.

Dass er ein freundlicher, übergewichtiger, glücklicher Kerl war, aber dass er sich geirrt hat.

Und es keine Wiedergeburt gibt.

Bloss nicht.

Bloss nicht immer weiterleben.

Die Hölle, das ist die Ewigkeit.

10

Die Stille: eine Art Kosmos, ein galaktischer Raum in der kleinen Welt der Menschen.

$H_2O - CO_2$ und alles, was dazugehört.

Leben auf der Erde.

Amen.

Pascal verlässt die Herrentoilette, geht an den Telefonkabinen und den Kaffeeautomaten vorbei.

Zwangsläufig.

Architekten haben den inneren Aufbau von Raststätten studiert, und es scheint wohl, dass »Kaffee-Pipi-Telefon« eine Abfolge von Tätigkeiten ist, die zusammengehören. Beziehungsweise die fliessend ineinander übergehen. Beziehungsweise zwischen denen eine dauerhafte Verbindung besteht. Eine Verbindung von universeller Gültigkeit. Erst Pipi und Telefon. Später Pipi, Telefon und Kaffee.

Alle Kombinationen sind möglich.

Pascal steckt seine Hände in den ultraleistungsstarken Dyson-Händetrockner.

Nasse oder feuchte Hände übertragen bis zu tausendmal mehr Bakterien als trockene Hände.

Zehn Sekunden.

Seine Handflächen sind sauber, weder feucht noch klebrig.

Das einzige Problem ist sein Gesicht: Er hat sich erfrischt und muss es jetzt mit Klopapier abtrocknen, weil der Dyson keine Gesichter trocknet.

Zwangsläufig also: der Gang vorbei an den drei Telefonen auf dem Weg zu den Toiletten.

Alle drei Apparate sind belegt. Was im Übrigen aus statistischer Sicht eher selten vorkommt.

Aus reiner Gewohnheit liest Pascal dem Mann am ersten Apparat von den Lippen ab.

Und Pascal ist überrascht. Er muss sich eigentlich beeilen und gleich zurück an die Arbeit, aber er ist überrascht und hält kurz inne. Einen Moment. Einen Bruchteil. Ein Zögern.

Der Mann redet lautlos. Er krampft seine Hand um den Hörer. Seine Lippen bewegen sich, aber er spricht ohne Ton.

Der Mann leidet.

Was hat ihn verletzt?

Was hat er verloren?

Wird er sterben?

Wir sind mehr als sieben Milliarden auf der Erde.

Pascal erinnert sich nicht mehr, denn Pierre hat sich in den sechs Monaten sehr verändert. Abgemagert, lange Haare.

Aber er ist es, das musste so kommen.

Das schränkt die Möglichkeiten erheblich ein. Das macht die Wahrscheinlichkeit weniger unwirklich. Das schränkt die Zufälle ein.

Nicht Milgrams Hypothese, kein Zwischenglied.

Verbindungen. Tun sich auf. Oder auch nicht. Dinge, Ereignisse, Menschen gehen hinter uns vorüber, und wir sehen sie nicht. Und dann, eines Tages, drehen wir uns um und sehen sie.

Vielleicht sind sie schon immer da gewesen.

Pierre dreht sich um.

Sieht Pascal, der ihn sieht.

Pierre richtet sich auf, nimmt für einen Moment den Hörer vom Ohr.

Eine Verunsicherung, die aber keiner von beiden erklären könnte.

Ein Strom, eine Umwälzung der Luft, kaum wahrzunehmen.

Wir sind mehr als sieben Milliarden auf der Erde.

Und dann geht Pascal weiter.

Aus seiner Gesässtasche fällt die Kochmütze.

Unwillkürlich, zerstreut löst Pierre sich und sagt: »Monsieur?!«

Eine Angestellte, auf deren Namensschildchen »Sandrine« steht, geht vorbei, hebt die Mütze auf und sagt zu Pierre: »Er hat Sie nicht gehört, er ist taub, ich mach das, kümmern Sie sich nicht weiter drum.«

Es ist Sandrine unangenehm, dass sie damit so rausgeplatzt ist. Es ist ihr einfach so entschlüpft.

Die Tragödie zieht die Fäden.

Sie mussten es sein.

Der Vater und der Henker.

In genau diesem Augenblick im Gefüge des Universums.

Mussten der eine für den anderen sein.

Denn der Tod nimmt.

Blind.

Und auf seine Weise grossmütig.

XII

1

Allgemeine Relativitätstheorie: Die Masse krümmt die Zeit.

Der kürzeste Weg ist keine gerade Linie, sondern eine Geodäte.

Eine Ellipse ist ein Kreis in der Perspektive.

All das weiss Pierre, als die Ebene sich in etwa hundert Metern Entfernung zu einem Hügel erhebt, Illusion von Unendlichkeit. Die Hinweisschilder verlangen eine Geschwindigkeitsdrosselung, die Autobahn wird breiter: ein Magen, bevor der Trichter sich zum Darm verengt. Immer mehr Laternen, Rastplatz, Reifendruckgerät, Versorgungsstation, Toiletten, Verwaltung. Die Mautstelle wirkt wie eine Stadt im Miniaturformat, eine orange verschwommene Raumstation in der dunklen, zähflüssigen Nacht.

Mit einem Unterschied allerdings: In Raumstationen kleben keine Fotos von vermissten Kindern an den Scheiben.

Marie Mercier. Lächelndes Gesicht. Der Ausdruck einer gegen die Pubertät eingetauschten Kindheit, an der Schwelle zur Verdrossenheit, Unwägbarkeit der Hormone, des iPhone, Global Village, ein kleines, unfertiges Gehirn soll all die virtuellen Möglichkeiten erfassen – und das Leben, die Nähe werden zu einer Zwangsjacke, nur das Beste für mich, Prinzessin, das Jetzt im Äther um uns herum, Partikel, Wellen, Pixel, man hat mir versprochen, man verspricht mir, ich will alles, und dann endet man im Maul eines Kannibalen, der an eurem Körper rührt, bevor er euch in ein Säurebad wirft.

Marie Mercier.

Vervielfältigtes Foto.

In beiden Richtungen der Autobahn.

An die Scheiben der Bezahlhäuschen geklebt.

»Vermisst«. Ein Datum. Eine Personenbeschreibung. Notrufnummern.

Hoffnung.

Man müsste sie abreissen, alle abreissen.

Die Hoffnung ist eine Hure, die euch das Herz wegfrisst.

Pierre bremst ab, setzt den Blinker, fährt auf die einzige beleuchtete Spur, die, wo man mit Münzen zahlt. Er fährt näher heran, und Pierre sieht sie in der Nacht: eine junge Frau in ihrem Häuschen, wasserstoffblonde Haare, zweifaches Piercing im linken Nasenflügel. Es ist das einzige Häuschen, das besetzt ist. Er schaltet herunter in den Leerlauf. Eine Frau ganz allein. Eine Frau, die anderen beim Vorbeifahren zusieht. Jetzt schon übergewichtig durchs viele Sitzen. Er hat schon immer eher Frauen vertraut als Männern. Die meisten Frauen, deren Körper er aufmachen musste, sind von Männerhand gestorben. Pierre vertraut eher dem Opfer als dem Henker.

Aber auch er trägt das Mal des potentiellen Henkers. Weil er ein Mann ist. Weil er sie ungebeten mitten in der Nacht anquatscht. Weil sie trotz der Überwachungskameras, trotz der Möglichkeit eines relativ schnellen Eingreifens der Rettungskräfte denkt, es ist nicht ausgeschlossen, dass dieser verlorene Mann der Autobahn ihr einen ersten Schlag versetzt, eine erste Verletzung zufügt. Natürlich, ihr Risiko ist nicht sehr gross: Sie könnte einfach ihre Scheibe herunterlassen. Aber ihre Arbeit besteht darin, die Scheibe oben zu lassen, wenn ein Fahrzeug vorbeifährt. Und ausserdem ist es kochend heiss in ihrer Kabine, all die Hitze hat sich darin angestaut, die im Laufe des Tages durch die Blechüberdachung der Mautstelle gedrungen ist.

Das einzige beleuchtete Häuschen.

Mikroklima, die Tropen im Inneren.

Der Handventilator läuft auf höchster Stufe, wälzt die Luft um, so gut er kann.

Surren, die blonden Haare werden zur Seite geweht, flattern um den Hals, vor der Stirn.

Pierre hält an und sagt nichts. Er will ihr keine Angst machen. Sie sieht ihn an, er sieht sie.

Gedämpftes Radio. Eine Schnulze. Schnulzen sind eigentlich tot, so bescheuert sind sie geworden. Schnulzen hört man heimlich mit Kopfhörern oder leicht verschämt in dieser Arena, in der es den Untergang bedeuten kann, wenn man auch nur die kleinste Schwäche zeigt.

Pierre sagt: Ich suche den Mann, der meine Tochter entführt hat.

Nein, das sagt er nicht, er denkt es nur, denkt es immerzu.

Nein, Pierre sagt nichts. Er sieht sie. Sie ist schon ein Schatten in ihrem Käfig. Das Leben liegt bereits hinter ihr, rückt mit jeder Stunde in ihrem Miniaturgefängnis weiter in die Ferne. Aufseherin. Autos zählen. Abgase einatmen. Geld einkassieren.

Worauf kann sie hoffen?

Worauf kann eine Gesellschaft hoffen, in der der Mensch der Maschine dient?

Pierre fällt ein Taschenbuch ins Auge, neben der Computertastatur liegt es. Auf den aufgeschlagenen Seiten.

Worte: letzter Trost. Last call. Absolution, und dann verpiss dich.

Das Buch ist das Zeichen. Es sagt ihm, dass sie es tun wird. Das Buch gibt Sicherheit. Wie eine Brille oder die Babyschale auf dem Rücksitz eines Kombis. Mit einer Hornbrille oder einem Chicco-Kindersitz auf der Rückbank angelt man sich leichter eine Anhalterin.

Äussere Zeichen. Aber so weit sind wir nicht. Wir sind weit entfernt. Auf dem Planeten Unbekannt, mit sehr wenig Sauerstoff zur Verfügung, sehr wenig Zeit, sehr wenig Lust, auf den anderen zuzugehen, denn die Hoffnung und die Lust haben uns längst verlassen.

Was bleibt?

Was bleibt wirklich auf dem Planeten Unbekannt?

Was bleibt, das schliesslich dazu führt, dass es dann doch passiert?

Oder es geht gar nicht darum, was bleibt, sondern darum, wo der Ursprung liegt, der erste Impuls.

Man nervt uns ständig mit der dunklen Seite von Batman.

Der dunklen Seite des Seins.

Aber da ist auch ein winziger Leuchtpunkt.

Ein Funke.

Pierre hat vor dem Häuschen angehalten, sein Fenster heruntergelassen.

Der Motor schnurrt im Leerlauf.

Und das Mädchen sagt zu ihm: »Nachts kommen die, die reden, die genug haben von der stundenlangen Stille allein in ihrem Auto. Die nichts sagen, wenn sie bezahlen, aber ihr Auto ein Stück weiter parken und zu Fuss zurückkommen, sie bleiben erst ein paar Meter weiter weg und rauchen, bis sie es nicht mehr aushalten und dich ansprechen, als hätte man nicht gewusst, dass sie das tun würden ...

Reden Sie nicht? Sind Sie krank? Ich kann nicht viel für Sie tun. Die Kabine ist wie eine Mauer, die uns trennt. Sie sind draussen, und ich bin drinnen ...

Sie nennen mich inzwischen Blondie. Seitdem habe ich mich sogar davon verabschiedet, wieder auf meine normale Haarfarbe umzusteigen, braun, ich habe mich davon verabschiedet, weil ich sonst meinen Spitznamen verliere, und vielleicht würden sie mich auch gar nicht gleich erkennen, und dann wären sie vielleicht überrascht oder traurig ...

Sie täten nicht recht daran, mir weh zu tun. Ich bin eine gute Seele. Hier, ich zeig Ihnen was. Wenn Sie lächeln, heisst das, dass Sie noch nicht tot sind, dass Sie in Ihrem Inneren noch dazu fähig sind ...«

Das Mädchen lüftet mit beiden Händen ihr T-Shirt bis zu den Schultern: zwei grosse weisse Brüste, sie sind schwer, aber noch nicht schlaff, mit breiten rosa Höfen.

»Ich bin zweiundzwanzig, und meine Titten sind das Beste, was ich zu bieten habe. Und Sie, Monsieur?«

Pierre lächelt.

Genau, was er braucht.

Sie zieht ihr T-Shirt runter, nimmt das Ticket, kassiert das Geld.

Pierre fährt.

Er hat alles gegeben.

Das war sein letztes Lächeln.

2

Lola denkt nicht: Sie lutscht.

Dann steht sie auf, dreht sich um, stützt ihre Hände auf den Baumstamm und öffnet ihren Hintern.

Der Schwanz gleitet mühelos hinein. Sie weiss den beleibten Vertreter zu schätzen. Sie hat das Gefühl schon immer gemocht, wenn haarige Bäuche gegen ihre Backen klatschen. Und anders, als man sagt, mag sie kleine Schwänze, die tun ihr nicht weh, gleiten klammheimlich in ihren Anus und bereiten ihr Lust.

In der Hündchenstellung gewinnt der Mann bei der Penetration durchschnittlich 2,7 Zentimeter an Tiefe.

276

Genau, was Lola braucht. Ohne es zu wollen, bekommt sie einen Steifen, sie fasst ihn an. Der Vertreter ist erregt, er nennt sie eine verdammte Nutte, drischt ihr auf den Arsch und kommt. Lola lässt ihn machen, auch aus ihrem Glied ergiesst sich der Samen. Als sie sich umdreht, hat der Mann sein Kondom schon in die Büsche geworfen.

»Eigentlich müsstest du mir was zahlen, du Schlampe«, sagt der Vertreter.

Lola versteht nicht.

»Schämst du dich nicht, hier wie eine notgeile Sau abzuspritzen? Dir mit der Kohle von anderen Leuten einen runterzuholen?«

Lola würde ihm gern sagen, dass man sich nicht dafür schämen muss, seinen Beruf zu mögen. Dass im Gegenteil viel zu viele Menschen auf diesem Planeten nicht mögen, was sie tun, dass sie davon krank, verbittert und neidisch werden. Dass sie davon so bescheuert wie er werden, dass sie ihre Würde verlieren.

Lola hebt den Arm, aber sie kann den ersten Schlag nicht abwehren, Augenbrauenbogen. Platzt auf. Weiche Haut über dem Knochen. Das Blut rinnt ihr ins Auge. Sie krümmt sich unter dem Schlag in ihre Magengrube, was den nächsten Angriff, einen Tritt mitten ins Gesicht, begünstigt. Lola fällt mit dem Gesicht auf die Erde, Nase und Augen in den Kiefernnadeln, trockene Erde, in ihrem Mund mischt sich der Geschmack von Harz mit dem von Eisen. Es ist trotzdem ihr Glück im Unglück, dass sie mit dem Gesicht am Boden liegt. Denn der Vertreter tritt weiter auf sie ein, die Spitzen seiner Lederschuhe malträtieren ihren Körper, den sie nicht mehr schützen kann: Schenkel, Schädel, Rippen, Rippen, Rippen, er hört nicht auf, sie kotzt, erbricht ihren Burger, ihr Blut, Galle. Der Vertreter reisst ihr die kleine Tasche weg, durchsucht das Innere, nimmt sich sein Geld. Und dann auch den Rest. Sie denkt, er ist Vertreter, in Wirklichkeit weiss sie nichts über ihn. Sie hätte nie gedacht, dass hinter diesem behäbigen Äusseren so viel Kraft, so viel Gewalt, so viel Hass lauern. So eine Wucht. Lola versteht nicht. Hat nie verstanden, wird nie verstehen. Sie weiss, ja. Gewalt ist eine Konstante in ihrem Leben, ohne dass sie erklären könnte, warum. Sie ist im Korb der Opfer geboren, im Korb derer, die anders sind, sensibel, leichte Beute. Ihr Leben ist eine Tragödie, ihr ganzes Leben ist nutzlos, nur Leid und noch mehr Leid und noch mehr Leid und noch mehr Leid.

Scheisse, Tía Sonora, du hast mich belogen.

Du wusstest, dass ich nie eine Chance auf irgendwas hatte. Alle lügen, selbst wenn sie es gut meinen, und das ist das Demütigendste daran.

Ein letzter Stoss nahe am Ohr, und dann, plötzlich, hört sie nichts mehr.

Dieser Tritt war anders als die anderen.

Doch das ist nicht der Tod.

Noch nicht sofort.

Der Tod ist die Abwesenheit von allem. Das weiss sie. Sie ist davon überzeugt.

Sie hört nichts mehr, es ist wie eine Linderung.

Aus irgendeinem Grund muss sie mit einem Mal an den Taubstummen und seinen glänzenden Van denken.

Metallgrauer Volkswagen in der Sonne.

Kapiert, dass er taub ist, habe ich, als ich ihn einmal gefragt habe, ob er an der Autobahn arbeitet, weil ich ihn immer hier in der Ecke gesehen hatte; er hat mich nicht angeschaut und nicht geantwortet. Ich habe weiter mit ihm geredet, und er hat mich immer noch nicht angesehen, und da habe ich kapiert, dass er von den Lippen abliest. Ganz leise hat er mit mir gesprochen, und ich bin mit ihm mitgegangen. Er hat sich Zeit genommen, mich in seinen Van eingeladen, mir was zu trinken angeboten. Unter Drogen gesetzt hat der Dreckskerl mich. Aber nichts. Ich bin aufgewacht im hohen Gras, mein Rock bis zum Bauch hochgezogen. Er hatte meinen Penis mit meinem Lippenstift angemalt, ihn wie geschmolzene Butter auf meinem Unterleib verschmiert. Den ganzen Körper habe ich nach Spermaspuren abgesucht, auch im Inneren, aber nichts. Den Rest des Tages konnte ich nicht mehr arbeiten, weil mir so schlecht war.

Ich habe es mit lauwarmem Wasser und Seife abgeschrubbt.

Ich habe nie kapiert, warum der Typ das gemacht hat. Vor ungefähr einem Jahr war das.

Ich bin zweiundzwanzig.

Ich wurde immer jünger geschätzt, als ich bin.

Teenager.

Und jetzt verrecke ich.

Jetzt, da ich weiss, verrecke ich.

3

Pierre Castan.

Was treibst du hier, in diesem Autobahnklo?

Pisst du dein Mineralwasser, deinen Kaffee ohne Zucker, ohne Milch, ohne alles?

Wieso kommst du immer wieder, Pierre?

Wieso gräbst du deinen Diamanten so tief in die Rille, bis sich dein eigenes Grab auftut?

Was für ein Lied? Was für ein Refrain? Was für eine Rückkopplung?

Du kannst in diesem Klohäuschen aus Backstein, das oben offen ist, damit die Luft zirkulieren kann, die Augen heben und den Tag sehen. Die Augen heben und in die Wipfel der Bäume sehen: Ulmen, Birken, Eichen. Der blaue Himmel in Cinemascope.

Allein.

Motorengeräusch aus der Ferne.

Allein im Geruch von Pisse und trockener Erde.

Natürlich, Pierre tut so, als wüsste er das nicht, aber hinter ihm hängt das Plakat mit dem Foto, dem Datum, der Uhrzeit, dem Ort, der zugeordneten Nummer und dem Vermerk: vermisst. Eine Personenbeschreibung des Kindes: detailgenau. So viele Details, wenn man sein Kind in- und auswendig kennt, wenn seine Haut mit der eigenen verwachsen ist.

Marie Mercier wie Lucie Castan.

Pierre erinnert sich noch an ihr Plakat in den Toiletten einer Raststätte: das kleine Plakat mit seiner Tochter, der man die Augen ausgekratzt hat. Genau wie die heilige Lucia, gütiger Himmel. Irgendeiner hatte sogar einen Penis neben ihren Mund gekritzelt. Pierre hatte das Foto vorsichtig abgelöst, es zusammengefaltet in seine Tasche gesteckt und später verbrannt. Vielleicht war das der Moment, in dem alles anfing: die Jagd, der Wahnsinn, der Durst nach Rache. Er hatte das Foto vorsichtig abgelöst, die widerspenstigen Stückchen Klebestreifen gruben sich unter seine Nägel, während er versuchte, das Zittern seiner Hände zu unterdrücken.

Weil er es wusste, ab da.

Weil er ab genau diesem Moment wusste, dass man in der Lage ist, zu töten – nein, nicht nur zu töten, sondern abzuschlachten – wegen einer vulgären Zeichnung, die jemand auf das Gesicht der eigenen Tochter gemalt hat.

Denn der Grat ist schmal. Er ist genau da, hinter einem zarten roten Wollfaden, und er ist so einfach zu durchtrennen: Hass, Wut, Krieg. Er ist da, ganz nah, ein glatter Faden aus Mohair, so zart, wenn man ihn anfasst, dass man ihn einhändig entzweireissen kann, nur zwischen Daumen und Zeigefinger.

Es scheppert durch den Körper, eine Flipperkugel, der Stahl tut weh in den Arterien, schiesst hin und her und immer wieder, zerspringt, zersplittert, wird zu Schrot, der in die Venen feuert, in die feinsten Gefässe, bis hinein in die Kapillaren.

Scheppert wie eine Drei, der man einen eineiigen Zwilling hinzugesellt, so dass daraus dreiunddreissig wird, und dann noch mehr Geschwister: dreihundertdreiunddreissig.

Scheppert im Mund, wenn man es ausspricht.

333.

666 geteilt durch 2.

Eine Hälfte vom Teufel.

Was ist die andere Hälfte?

Was, Pierre?

Pierre dreht sich um, er ist nicht mal überrascht, hat nicht mal Angst. Schmerzen, ja, pausenlos, aber die Angst vor Gespenstern hat er schon lange verloren.

Pierre stösst die Tür einer Toilettenkabine auf.

Der Mann, der auf dem Klo sitzt, existiert nicht, und doch hat Pierre keinerlei Schwierigkeiten, Marc Mercier zu erkennen. Schon lange geht er ihm nicht mehr aus dem Kopf, er und sein Suizid, von dem er aus der Presse weiss. In seinen Augen, man sieht es in den Augen, etwas Fliessendes: Leid, unendlicher Schmerz.

Wenn ein toter Vater auf einen halbtoten Vater trifft:

Was ist die andere Hälfte, die Hälfte, die uns durchhalten lässt? Was ist das Gegenteil vom Teufel, Pierre? Sein proportionales Reziproke? Sind wir es selbst? Unsere Feigheit oder die reine Verdrängung eines Ideals? Welchen Sinn haben die Worte, Pierre? Liebe, Frieden, Gerechtigkeit, Glück. Was bedeutet das, wenn du das Alphabet hinter dir lässt, du dich von der Sprache abkehrst, stumm wirst, kein Laut mehr, kein Geräusch, nur noch dein Atem, du kannst nichts mehr sagen, rein gar nichts mehr, nur eine Rasierklinge auf deinen Venen, hart auf zart, eine Badewanne voller Blut, nichts mehr sagen, Pierre, verdammt, du hast doch die Kraft, schneid diesem

Wichser den Bauch auf, roll seine beschissenen neun Meter Gedärm aus, breite sie aus vor aller Augen. Hol diese
ganze Scheisse raus, Pierre. Von da, wo ich bin, kann ich
dir sagen: Nett sein, sanft sein, schwach sein, das bringt
nichts. Schlag zurück, schlag härter, züchtige und strafe.
Geh, Pierre ...

Pierre Castan schämt sich.

Er schämt sich, aber es ist stärker als er. Schlecht zu
werden ist erniedrigend, aber es ist alles, was ihm bleibt.

Pierre versetzt der Tür einen heftigen Tritt, sie knallt
in ihren Angeln, kracht gegen die Wand. Und als sie zurück in ihr Schloss fällt, schlägt Pierre noch einmal zu,
und das Schloss zerspringt.

Das Scheppern des Metalls auf den Fliesen weckt ihn
nicht einmal aus einem bösen Traum.

Nein.

Er erstarrt.

Das Geräusch eines Motors, hinter der Toilettenwand,
in etwa dreissig Metern Entfernung, schätzt er. Das Knar-
ren einer angezogenen Handbremse. Kompassnadel im
Kopf.

Und die Kompassnadel sagt: Ein Auto hält hinter deinem.

Dabei: grosser, ausgestorbener Parkplatz.

Wieso hinter meinem Auto?

Die Kompassnadel schlägt aus: Ärger im Verzug.

4

Julie Martinez hält einige Meter hinter dem verdächtigen Fahrzeug.

Ein Renault Mégane III RS klebt einem Vel Satis derselben Marke am Hintern.

Ausgestorbener Rastplatz.

Brummender Motor im Leerlauf.

Renault Mégane III RS: von 0 auf 100 in 5,9 Sekunden, von 0 auf 200 in 22,9 Sekunden. 265 Pferde, die nichts weiter brauchen als die volle Ladung Asphalt.

In Sachen Autos ist Julie eine kleine Spiesserin. Sie war sich im Übrigen nicht zu fein, einen Subaru Impreza WRX bei einer öffentlichen Versteigerung zu erstehen. Sie kommt nicht ganz auf hundert in 5,9 Sekunden, aber sie arbeitet in Fahrtrainings daran und hat dabei genauso wenige Hemmungen wie jede andere Person auch, die über einen Schwanz und ein paar Eier verfügt.

Gaspard wartet auf die Überprüfung des Kennzeichens durch die Zentrale.

Hitze. Alles regungslos. Rauschen des Walkie-Talkies.

Julie behält die Umgebung im Blick. Das Klohäuschen. Erst mal nicht bewegen. Nicht bewegen, bevor der andere sich nicht bewegt.

Dann die Antwort über Funk, die Gaspard nicht wiederholen muss: »Verdächtiges Fahrzeug bestätigt.«

Vor- und Zuname des Fahrzeughalters.

Julie hört nur: »Pierre.«

Bingo.

Mehr braucht sie in dem Moment nicht.

Gaspard sieht Julie an; auch wenn sie vor weniger als vierundzwanzig Stunden Sex hatten – sie steht immer noch in der Hierarchie über ihm: »Was machen wir?«

Julie wartet, bis das Adrenalin wieder abfällt. Luftstrom in die Lungen.

Das Logbuch von Jacques Baudin. Sie waren zu seiner Hütte zurückgekehrt, der Körper war inzwischen abgenommen worden. In der Schublade des Tisches das schmutzige Heft, Fingerabdrücke. Kinderhandschrift. Notizen auf der Mikroebene. Das kleine Leben ohne alles, Bewegungen, Aktivität im luftleeren Raum. Elfmal: Pierre. Elfmal: Besuch von Pierre. Elfmal: Pierre war heute hier. Elfmal: Pierre sucht. Elfmal: Pierre hat nichts gefunden ... Jedes Mal, bis zum letzten Eintrag: Pierre hat nichts gefunden.

Julie ist durcheinander: Sie hatte fast acht Monate keinen Sex mehr gehabt.

Sie denkt: Ich bin ganz feucht.

Von Thierry Gaspards Sperma überschwemmt.

Sie denkt: Gütiger Himmel, was hat das hier zu suchen?

Ausgerechnet jetzt.

Sind Frauen sexuell anfällig?

Ihr Slip ist durchtränkt. Sie hat immer noch Lust. Sie könnte den ganzen Nachmittag ficken, und ihre Jagd verzehnfacht noch die Lust. Also sagt sie frei heraus: »Ich habe immer noch Lust, Thierry. Es ist nicht zum Aushalten, ich habe Lust auf deinen Schwanz.«

285

Lieutenant Gaspard weiss nicht, was er sagen soll, antwortet schliesslich: »Was ist nur los, Julie? Ist das die Hitze? Die ganze Scheisse mit den vermissten Kindern?«

Julie Martinez beobachtet zwei Zuckerwürfel dabei, wie sie sich in einer Tasse heissem Tee auflösen, wie sie zerfallen, bevor sie im Magen einer dummen, alten Pute mit lila Haaren verschwinden.

»Ich will zwei Streifen als Verstärkung. Du bleibst beim Wagen und gibst mir Deckung. Er ist im Klohäuschen.«

Thierry Gaspard will an ihrer Stelle gehen. Immer diese Geschichte mit dem Typen, der an deiner Stelle gehen will. Du machst für sie die Beine breit, und schon fühlen sie sich für dich verantwortlich.

Julie winkt ab, mit Nachdruck: »Das ist ein Befehl.«

Und steigt aus dem Wagen.

Der heisse Wind trifft sie mit voller Wucht. Aber das ist ihr lieber als die Klimaanlage. Bloss nicht sich in einem Dazwischen bewegen, sondern im Leben, in den Elementen. Ihr Hals schnürt sich zu, kein Speichel mehr im Mund. Sie geht langsam auf die kleine Insel mit dem Klohäuschen aus rotem Backstein zu. Genau solche Situationen können von einem Moment auf den anderen aus dem Ruder laufen. Nichts rechtfertigt, dass du deine SIG Sauer ziehst, aber du würdest sie doch so gern in deiner Hand spüren.

Auf halbem Weg bleibt Julie stehen und überlegt. Eine Sache macht sie dann doch: Sie nimmt ihre Waffe, lädt die Pistole durch und steckt die SP2022 ungesichert zurück in das Holster, lässt es offen, um schneller ziehen zu können.

Die Zikaden zirpen wie verrückt, Fliegen setzen sich auf ihren Mund, ihre Nase. Wütend scheucht sie sie weg. Der Schweiss läuft ihr in die Augen, sie fährt sich mit dem Handrücken über die Lider. Ein Windstoss trägt den Gestank der Toiletten zu ihr herüber. In diesem Moment gibt es Tausende andere Orte, an denen sich der Nachmittag angenehmer verbringen liesse. Eins der grössten menschlichen Mysterien ist doch die Aufopferung. Was man bereit ist, sich anzutun, sei es aus Trägheit – das Leben wäre eine Art Gefängnis, man selbst gegen den eigenen Willen für eine bestimmte Zeit an einem bestimmten Ort eingekerkert – oder aus freien Stücken – in diesem Fall ginge es um moralische Verpflichtung, Drecksarbeit, die irgendjemand ja übernehmen muss, um ein Minimum an sozialer Ordnung zu gewährleisten.

Thanatopraktiker, Leichenbestatter, Rettungssanitäter, Kanalarbeiter, Krankenpfleger.

Bulle.

Hier und jetzt: Julie.

Dabei – wäre sie lieber woanders?

Nein.

Ausgeliefert. Schutzlos. Das Geheimnis aus dem grossen Shaker der Emotionen. Sich hier und jetzt lebendig fühlen, anstatt sich mit einem Cocktail in der Hand an irgendeinen Strand zu lümmeln.

Julie Martinez duckt sich, bereit, sich auf den Boden zu werfen. Bereit, ihre Waffe zu ziehen. Sie dreht sich nicht um. Sie weiss, dass Gaspard sie deckt – seine Arme auf der Kühlerhaube, die Waffe in seiner rechten Hand, unterstützt mit der Linken, um sicher zu zielen und den Rückstoss abzufedern.

Julie hat nur einen einzigen Pfeil im Köcher. Ein einziges Wort, einen Vornamen. Mehr braucht sie nicht. Hat weder den Familiennamen verstanden, noch weiss sie, wer sich hinter dieser Identität verbirgt – Prolog zu einer Person. Sie weiss, dass der Mann nicht gesucht wird und nicht polizeibekannt ist. Aber Julie weiss auch, dass es immer ein erstes Mal gibt, dass man in solchen Fällen niemandem, wirklich niemandem vertrauen kann.

Ein Verdächtiger.

Wird verdächtigt, elfmal genau dort gewesen zu sein, wo sich ein noch unbestätigter Suizid ereignet hat.

Das letzte Mal war gestern.

Ein paar Stunden vor Jacques Baudins Ende.

In diesem Moment beugt sich ein Rechtsmediziner über seinen Körper. An einem kühlen, stillen, schallgedämpften Ort. In einem Untergeschoss.

Also sagt Julie den Vornamen.

Sie weiss nicht, dass dieser Mann selbst Hunderte Körper geöffnet hat. Dass er ihre Funktionsweise, die chemischen Reaktionen, die molekulare Zusammensetzung der Körper kennt. Und doch, trotz des jahrelangen Studiums, der einzelnen Fälle, der Seminare, der Fortbildungen, der Updates, der immer neuen Technologien, der Artikel in Fachzeitschriften, trotz all der Wissenschaft hat dieser Mann noch nie so viel über sich selbst gelernt wie durch seinen Schmerz.

»Pierre?«, ruft Julie noch einmal.

Sie hört die eigene Stimme und ist selbst überrascht von ihrem Ton.

Wie ein Zögern im Sprechen, im Aussprechen dieses Namens.

Pierre.

5

Pierre Castan ist überrascht, seinen Namen zu hören, hier, mitten in diesem Nichts, in der Einsamkeit einer öffentlichen Latrine. Seit Monaten hat ihn niemand mehr ausgesprochen. Anonym, allein. Der eigenen Identität entsagen, blosse Entschlossenheit werden, Arm der Rache.

Pierre will ihr nachgehen, dieser Stimme, und gleichzeitig vor ihr flüchten.

Ihr nachgehen, weil in dieser etwas rauen, sinnlichen Stimme Empathie mitschwingt. Er würde sie nicht sanft nennen, aber sie könnte es werden, und Gott weiss, wie sehr er Sanftmut brauchte. Eine Ladung Sanftmut, tonnenweise, jede Faser seines Körpers verlangt danach.

Vor ihr fliehen, weil mit der möglichen Sanftmut das Ende besiegelt wäre, das Ende seiner Suche, seiner selbstauferlegten Entmenschlichung. Loslassen, und alles würde in sich zusammenfallen, wäre nicht mehr in der Lage, zu suchen und zu töten.

Vor ihr fliehen, weil, rein pragmatisch, Pierre weiss, dass nur die Bullen seine Identität kennen können. Kennzeichen und fertig. Irgendwo ist etwas schiefgegangen, der kleine Zug der Anonymität entgleist. Das Schlimmste scheint einzutreten. Denn Pierre Castan sieht keine Lösung für sein Problem, ausser sich auf der Stelle zu zersetzen, zu verschwinden, ein Häufchen Staub.

Nicht antworten, den schicksalhaften Moment aufschieben und zu Staub werden.

Aber die Stimme fährt fort: »Pierre, hören Sie mir zu. Kommen Sie raus, mit erhobenen Händen! Wir wollen Ihnen einige Fragen zu Jacques Baudin stellen. Antworten Sie, Pierre!«

Pierre lehnt an der Wand.

Jacques Baudin.

Er denkt: Jacques Baudin ist tot, und jetzt machen sie mich dafür verantwortlich.

Er wischt sich mit der Hand über die Stirn, über die Augen.

Die Maschen fallen. Jemand hat am Faden gezogen. Beziehungsweise: Der Faden bleibt fest, aber jemand zieht an ihm, ohne selbst davon zu wissen.

Was bleibt ihm?

Zu leben? Zu erleiden?

Zwanzig Zentimeter Backstein. Es wäre einfach: Plötzlich hervorkommen, den Arm ausstrecken, als hätte er eine Waffe, und vielleicht wäre dann alles vorbei. Eine Kugel ins Herz. Stattdessen musst du durchhalten, Pierre. Lucie hat nur dich. Ingrid hat nur dich. Wenn du stirbst, sterben sie mit dir.

Der endgültige Tod: das Vergessen.

Also hebt Pierre erst eine Hand, dann die andere und kommt langsam heraus, genauso, wie es die Stimme dieser Frau gewollt hat. In diesem Moment rauschen zwei Einsatzwagen auf den Rastplatz, stören die Ruhe, man könnte fast sagen die Intimität, die Blicke, die sich treffen.

Sie, Julie Martinez.

Er, Pierre Castan.

Sie erinnern sich beide aneinander, ohne zu wissen, woher oder warum.

Zwei alte Seelen, und in ihnen die Spur eines Blicks.

Sie lassen einander nicht aus den Augen. Er sieht die Frau: energisch, stark, zäh, das Leben in ihr, das durch die Eileiter bis zum Uterus aufsteigen will. Sie sieht den Mann: zermürbt, aber zäh, hart, verzweifelt, kurz vor dem Zusammenbruch, aber er hält durch, wird durchhalten, solange es durchzuhalten gilt, bis er seine Mission erfüllt hat.

Julie kennt dieses Gesicht. Und absurderweise kann sie nicht anders, als an diesen einen Satz zu denken, den sie schon hundertmal an Autobahnbaustellen gelesen hat: Hinter den Schildern stehen Menschen.

6

Pierre hebt also seine Hände und kommt raus. Er macht, was man ihm gesagt hat, was man ihm jetzt befiehlt, streckt die Hände vom Körper weg, in die Höhe.

Er sieht die Frau an, deren Stimme er vernommen hat, die Männer, die sich hinter ihr versammelt haben, die ihre

Pistolen auf ihn richten, und ihm wird klar, dass es aus ist: die Waffe im Handschuhfach, die ausgeschnittenen Zeitungsartikel in seiner Aktentasche, seine bald enthüllte Identität.

Die Jagd ist vorbei.

Die Rache endet im Nichts. Auf einem Rastplatz an der Autobahn, wo alles begonnen hat.

Im Nichts wie seine Tochter. Verschwunden im luftleeren Raum.

Sie können noch so sehr beteuern, dass sie ihr Möglichstes tun, dass sie ermitteln. Er allein weiss, wie schwierig es ist, wie unwahrscheinlich es ist, einen Kinderfresser aufzuspüren.

Kampfgeist.

Und ein Messer im Herz.

Und eine Nadel im Gehirn.

Tagaus, tagein.

Niemand anderes als er kann wissen, was das bedeutet.

Unerschütterlicher Glaube: einen Mann unter Milliarden aufzuspüren.

Und dabei ist der nicht weit, der andere ist nicht weit.

Wie ihnen das erklären? Wie eine Intuition erklären? Die Minuten, Stunden, Tage, Monate mit einem einzigen Gedanken im Kopf, die Sensoren, die man entwickelt, die Parallelwelten, die entlegensten Winkel im Raum-Zeit-Kontinuum.

Die Männer in Uniform kommen näher, packen ihn, stossen ihn auf die Kühlerhaube seines Wagens. Legen ihm Handschellen an, Arme auf dem Rücken. Die Stimme der Frau hat ihn betrogen. Man nimmt die Schlüssel aus seiner Tasche, macht das Auto auf, entdeckt die verschiedenen Elemente, die ihn für den Moment zu einem echten Verdächtigen werden lassen. Der Frau scheint es leidzutun, sie versucht zu beschwichtigen.

Man bringt Pierre Castan in den blauen Einsatzwagen.

Einer zieht an den Handschellen.

Pierre geht in die Knie, um den Schmerz an den Handgelenken abzufangen.

Beginn der Erniedrigung.

7

Lola ruft.

In ihrem Kopf.

Denn ihre Zunge ist geschwollen, eine seltsame Trägheit hält sie davon ab zu schreien.

Und wer würde schon kommen?

Wer würde hierherkommen? In dieses smogverschmutzte Gestrüpp inmitten von Verpackungsmüll, am Rand der Felder.

Gestrüpp.

Fick dich, Lola.

Und die kleinen verkappten Schwuchteln, die neugierigen Heteros. Interessierte Männer und erregte Frauen. Grosse Brüste, schöner Schwanz. Errungenschaft der Zeit, Lola profitiert vom medizinischen Fortschritt, sie schimpft nicht auf diese Zeit, die in so vieler Hinsicht wunderbar ist.

Beziehungsweise hat profitiert.

Denn wer würde hierherkommen?

Während sie sich nicht mehr rühren kann, kein Wort herausbringt. Ihre Beine spürt sie nicht mehr. Sie brauchte einen Rettungswagen, erfahrene Hände, geübte Griffe.

Und noch mehr.

Denn die Schläge haben einiges in ihrem Inneren zerschmettert: Organe, Knochen, Gefässe.

Dabei ist die Welt gar nicht so weit weg, fast kann sie sie anfassen, der Parkplatz liegt nur zwanzig Meter entfernt, hinter den verkümmerten Büschen mit den Fetzen von dreckigen Taschentüchern.

Lola überlegt, und plötzlich wird ihr klar: Als der gehörlose Typ mich betäubt hat, hat er mich leben lassen, weil ich einen Schwanz habe. Das wird ihr klar. Und jetzt sterbe ich, weil ich einen Schwanz habe.

Tía Sonora:

Lola, ich weiss nicht, ob das ein Stück Glück oder Freude oder was auch immer ist.

Denn Lola wird sterben, so einsam wie die Hündin, die sie ist. Die Stimmen, die Geräusche hinter den Büschen sind das Letzte, was sie von dieser verdammten Autobahn mitnehmen wird, so eine Scheisse, denkt sie, so eine verfluchte Scheisse. Sie versucht noch, sich zu bewegen, einen Ton aus ihrer Kehle zu pressen, aber da kommt nur Atem, und den wird keiner hören.

Ich weiss nicht, was es ist, ich würde es eine Atempause nennen, genau, eine Atempause.

Jemand müsste sein Ohr ihrem Mund nähern.

Du wirst einem Mann helfen, meine Schöne, du wirst einem Mann dabei helfen, zu finden, was er sucht. Und was er sucht, steckt nicht in deinem Hals.

Es brauchte ein Kind, denkt Lola.

Also ruft Lola.

Schickt ihre Seele, ihre Gedanken, alles, was ihr an Energie bleibt, in das Morgenrot des Himmels.

Sie ruft die Toten an, die Heiligen, die Märtyrer, die Büsser, Gott und den Teufel.

Sie ruft die Erde an, auf der sich Tod und Leben gegenseitig aufstacheln und verstümmeln.

Sie ruft nach Mexiko.

Sie ruft Tía Sonora.

Um ihr zu sagen: Es war einmal.

8

Und das Kind kommt.

In diesem Moment geht der Junge den Zaun an der Autobahn entlang. Der Nutzen dieses Zauns hat sich ihm nie erschlossen. Er kommt und geht, überwindet diese Barriere, wie es ihm passt. Er weiss nur, dass sie einen Raum absteckt, den seines Broterwerbs. Unter seinem verwaschenen orange-farbenen T-Shirt, in den Taschen seiner vor Schmutz starrenden Jeans, stecken zwei Samsung-Handys, die Einbaublende eines Pioneer-Autoradios, circa fünfzig Euro, eine Identitäts-karte, ein Führerschein und zwei Kreditkarten, Visa, Mastercard. Der Junge huscht verstohlen an der Autobahn entlang, niemand soll ihn entdecken. Noch ein paar Kilometer, bis er bei seinen Leuten ist. Zurück im Lager, trinken, essen, schlafen. Er ist müde, seine Fusssohlen brennen in den Turnschuhen, von denen er Blasen am grossen Zeh bekommt. Das Versteckspiel gefällt dem Jungen trotzdem. Er denkt, so könnte er unbemerkt das ganze Land durchqueren, ohne jemals jemandem zu begegnen, wie die Wölfe oder Bären, die von weit her kommen und dann hier in den Bergen für Unruhe sorgen. Er mag dieses Spiel, weil er noch ein Kind ist. Acht Jahre alt. Schwarze Haare, matter Teint.

Verdreckt und frei.

Er geht weiter, versteckt sich, wartet.

Und geht wieder los.

9

Im Einsatzwagen hat man einen Tisch und drei Campingstühle auseinandergeklappt. Auf diesen Stühlen sitzen: Julie Martinez, Thierry Gaspard und Pierre Castan. Pierre Castan ist mit Handschellen gefesselt, Arme auf dem Rücken.

Auf dem Tisch – noch nicht in durchsichtigen Plastikbeuteln, aber von zwei Polizisten mit Chirurgenhandschuhen auseinandergenommen:

Ausgeschnittene Zeitungsartikel zum Verschwinden von: Catherine Mangin, Lucie Castan und Marie Mercier.

Drei detaillierte Karten von dem Gebiet, in dem die Kinder verschwunden sind.

Eine Autobahnkarte mit Raststätten und Parkplätzen, Versorgungsstationen, Reifendruckgeräten, Mautstellen, Verwaltungseinheiten.

Flyer von Tankstellen und Motels an Umgehungsstrassen.

Fünf Hefte mit Notizen (Kraftfahrzeugkennzeichen, Beschreibungen von Personen und Orten, Protokoll über die Häufigkeit von Fahrzeugtypen).

Eine Taurus PT22.

Kein Waffenschein.

Kein Ausweis.

Keine Kreditkarte.

Keine Fahrerlaubnis.

Kein Handy.

7300 Euro in bar.

Und ein ganzer Haufen Fragen an diesen ernstzunehmenden Anwärter auf »lebenslänglich«.

Deswegen die Stühle und der Klapptisch.

Bloss nicht von der heissen, wirklich heissen Spur abkommen, auf die Julie Martinez gestossen ist.

Der Ton ihrer Stimme ist inzwischen hart geworden.

Als sie den Mann hat herauskommen sehen, hat sie die Waffe heruntergenommen.

Und Julie ist auch jetzt noch nicht ganz so überzeugt, auf der richtigen Spur zu sein. Eher auf einer Parallelstrasse: Dieser Mann gibt Rätsel auf.

Der Ton ihrer Stimme ist hart geworden, aber nur aus Überwindung.

Wie eine Intuition erklären?

Lass gut sein, Julie.

Pierre Castan, sechsundvierzig, verheiratet, wohnhaft etc.

Infos von der Verkehrspolizei. Praktisch. Aber Monsieur Castan müsste sich schon erklären und den verdammten Mund aufmachen.

Was machen Sie hier auf der Autobahn?

Wie lange schon?

Was wollen Sie mit der Waffe in Ihrem Handschuhfach?

Wo sind Ihre Papiere?

Wo kommt das ganze Geld her?

Weiss Ihre Frau, dass Sie hier sind?

…

Pierre verharrt regungslos und schweigt, hält den Kopf gesenkt, Blick auf die Schuhe.

Keine einzige Vorstrafe.

Ich suche den Entführer meiner Tochter.

Sechs Monate, zwei Wochen und drei Tage.

Ihn töten.

Ich existiere nicht mehr.

Von meinem Sparkonto.

Ingrid wartet.

…

Schliesslich hebt Pierre Castan den Kopf. Fixiert Julie. Nur Julie.

Sieh mir in die Augen.

Denk.

Denk nach.

Verbinde die im Raum verteilten unsichtbaren Punkte.
Das Bild wird sichtbar:
»Verdammte Scheisse«, sagt Julie.

10

Das Kind weiss nicht, was es machen soll.

Im Licht, das durch die Büsche fällt, sieht der Junge den schönen Hintern unter dem hochgeschobenen Rock.

Eine zerrissene Bluse: eine runde, feste Brust. Eine Brust, wie er sie noch nie gesehen hat, Wunder der Schönheitschirurgie.

Und dann der Rest: verschwollenes Gesicht, verkrustetes Blut auf der Stirn und auf den Wangenknochen. Der ausgerenkte Arm liegt wie eine seltsame Achse auf dem Boden. Die Rückseiten der Schenkel zerfetzt von den Absätzen eines Schuhs.

Den Penis an dem Frauenkörper sieht der Junge nicht. Es hätte ihn verwirrt, er würde es nicht verstehen. Die Angst und der Instinkt sagen ihm, er solle sich aus dem Staub machen. Aber die Neugier hält ihn zurück. Halbnackter Körper, schon getrocknetes Blut. Er sieht sich um. Aus seinem Versteck hinter den Blättern sieht er zwei Autos beim Klohäuschen stehen: Zwei Frauen und ein Mann, sie gestikulieren, dann steigt die eine Frau in ihren Wagen, knallt die Tür zu und fährt. Der Mann und die andere Frau sehen sich an und schliessen einander in die Arme.

Der Junge nähert sich dem Körper, hockt sich hin. Er hat keine Angst, weder vor Blut noch vor Schmutz. Blut und Schmutz kennt er gut. Auch die Gewalt. Seine Hand streicht die schwarzen Haare aus Lolas Gesicht. Der Junge spricht zu dem Gesicht, befragt es, ob es ihr gutgehe, ob sie ihn hören könne. Seine Finger sind rau, seine Nägel schmutzig.

Die sanfte Berührung, die warme Hand – Lola wacht auf.

Nur ein Lid öffnet sich. Innere Blutung, motorische Rinde beeinträchtigt. Gesichtslähmung. Lola hustet, spuckt einen Batzen Schleim und geronnenes Blut aus. Der Junge zuckt zurück. Sieht sich noch einmal um. Der reglose Körper hat ihm weniger Angst gemacht als dieses plötzliche Wiederaufleben. Lola bewegt ihre Finger, murmelt: »Du musst ihnen sagen …«

Der Junge weiss nicht, was er machen soll. Lola versucht zu lächeln; sie hat auf gut Glück in das Nichts hineingerufen, und das Kind ist gekommen. Lola weiss, das ist die einzige, die letzte Möglichkeit. Nicht um ihr Leben zu retten, dafür ist es zu spät, das weiss sie in ihrem Inneren besser als jeder Arzt. Aber ihre letzte Chance, die eine und einzige Aufgabe zu erfüllen, für die sie vielleicht je gelebt hat. Kurzes Dasein voll von Leid und Elend: eine Frau im Körper eines Mannes, einem Körper, der nie ganz ihrer war. Ohne die Verwandlung abschliessen zu können.

Lola lächelt. Abgebrochene Zähne, blutiges Zahnfleisch. Sie will das Kind nicht verschrecken; der Junge zögert und nähert sich ihr auf ihr Bitten hin dann doch.

Alles ist so fragil, wenn man ein Rädchen in einem viel grösseren Gefüge ist, wie dem Schicksal oder was auch immer dem nahekommt.

Jetzt hört das Kind, und Lola spricht.

XIII

1

Sandrine hört zu und kaut einen ihrer Nägel bis aufs Fleisch runter. Das ist der dritte, seit die Versammlung angefangen hat. Sie weiss, dass alles, was sie hier sieht und hört, nicht gut für ihren Karriereplan ist, dass alles umsonst war, die vier Jahre Plackerei in diesen Scheissrestaurants, die Hände auf dem Hintern, die anzüglichen Witze, die unmöglichen Arbeitszeiten, der Frittengeruch in den Haaren, das alles für nichts, das wird alles in sich zusammenbrechen, ohne dass sie irgendetwas tun, ohne dass sie die rollende Walze der wütenden Belegschaft aufhalten könnte.

Ein bärtiger Kerl mit vorstehendem Bauch hat das Wort ergriffen. Der bärtige Kerl mit dem vorstehenden Bauch ist hier der Rädelsführer, sein gestreiftes Hemd schweissdurchnässt. Er fragt: »Wer ist gegen den Streik?«

Keine Hand geht in die Höhe.

»Wer enthält sich?«

Sandrine will die Hand heben, zögert, traut sich nicht. Sie will einfach nur Filialleiterin werden, mehr verlangt sie doch gar nicht, dreihundert Euro mehr im Monat, neue Klamotten kaufen, zwei Wochen Marokko, einen anständigen Typen finden.

Der bärtige Kerl lächelt: »Wer ist für den Streik?«

Alle Hände schnellen in die Höhe. Fünfundzwanzig verbitterte und rachedurstige Mitarbeiter. Die Sache mit dem Fleischklau und der verstärkten Überwachung der Angestellten ist aus dem Ruder gelaufen. Plötzlich kam alles hoch: die beschissenen Löhne, die unmöglichen Arbeitszeiten, überhaupt die Arbeitsbedingungen in den Raststätten, die sich von Tag zu Tag verschlechtern. Lucinos Franchisestandorte sind die Vorhut der Unzufriedenheit im nationalen Autobahnnetz.

Und sie greift um sich.

Die Angestellten waren am Morgen über Gérard Lucinos Tod informiert worden. Zuerst war eine Art verdattertes Schweigen von etwa zehn Sekunden eingetreten, dann brachen die Diskussionen los. Der Tod bleibt unbegreiflich, und in gewisser Weise hatte Gérard angesichts dieser übermächtigen existentiellen Angst des Menschen einen winzigen Moment solidarischer Andacht erfahren.

Als es um acht Uhr dreissig plötzlich wegen einer nicht richtig verschlossenen Ketchupflasche und einer Fünfzigeurobluse zu einer Auseinandersetzung zwischen einer Kundin und einer gewissen Corinne kam, ergriff Henri Clams – der bärtige Kerl – die Gelegenheit beim Schopfe. Als stets einsatzbereiter Gewerkschafter spürte er, dass der Moment günstig war, um den Putsch einzuleiten.

An jedem einzelnen von Lucinos Franchisestandorten gibt es einen bärtigen Kerl, der, in genau diesem Moment, per Abstimmung durch Handzeichen einen Generalstreik der Raststättenbelegschaften anzettelt.

Sandrine schliesst sich nur widerwillig an.

Nur ein einziger Mitarbeiter hat an der spontanen Versammlung nicht teilgenommen: Pascal.

Pascal raucht auf dem Parkplatz.

Er beobachtet die Urlauber, wie sie vor den automatischen Glastüren stehen, die sich nicht öffnen.

Ungläubig.

Sie haben Hunger, Durst, müssen auf die Toilette.

Nein, die Türen werden sich nicht mehr öffnen.

Pascal hat seine Papiermütze abgesetzt, die Kochschürze abgelegt.

Etwas beklemmt ihn.

Etwas sehr viel Subtileres und Beunruhigenderes als ein Streik.

Das Gesicht des Mannes bei den Telefonen.

Pascal kann ihn einfach nicht vergessen. Er ist ganz durcheinander.

Er hat seine Schürze und seine Mütze abgenommen, damit die Leute ihn nicht fragen, was hier vor sich geht, warum das Restaurant nicht geöffnet ist. Diese Münder könnte er gar nicht alle gleichzeitig erfassen.

Pascal ist ein Tier mit einer Gabe: einem ausgezeichneten Instinkt.

Und dieser Instinkt sagt ihm, dass er sich aus dem Staub machen muss.

Schleunigst.

Er sieht auf seine Uhr: 15 Uhr 40.

»Was erhoffen Sie sich denn?«, fragt Julie. »Ihn zu finden? Selbstjustiz?«

Pierre hört zu. Ist gezwungen zuzuhören. Der ganzen Leier, der Predigt vom Rechtsstaat, vom Zusammenleben, von der Übertragung des Rechts auf Gewaltausübung an eine höhere Instanz, die ganze rousseauistische Leier von der Legitimierung des Gesellschaftsvertrags.

Wie ihr sagen, dass er diese Sprache längst nicht mehr spricht?

Wie ihr sagen, dass man, wenn man eine gewisse Schwelle des Leids überschritten hat, zum tollwütigen Hund wird, dann gibt es keine Bindungen mehr, keine Gesetze, nichts mehr, das es zu wahren gilt, wenn nicht den Durst nach dem Bösen.

Töten und noch mehr töten.

Die Hälfte des Teufels.

Was soll die andere Hälfte sein?

Die Regeln wurden gemacht, um das Glück zu schützen.

Die Regeln wurden für die gemacht, die alles zu verlieren haben.

Die Regeln wurden für die gemacht, die auf der anderen Seite der Mauer leben.

Aber für die anderen?

Für die andere Hälfte, was bleibt da?

Zerstören. Rache. Wehtun. Reinigen.

Gescheitert.

Auf ganzer Linie.

Pierre Castan sieht erst die Frau an, dann den Mann.

Ihre Uniformen bedeuten ihm nichts. Er bittet sie, ihm die Handschellen abzunehmen, er will eine rauchen. Er will, dass es aufhört. Der Mann sieht die Frau an, aber die Frau ist verloren, sie weiss nicht, was sie antworten soll.

Pierre Castan ist auf jeden Fall erledigt.

Sein Weg endet hier, seine Rache wird ihm versagt bleiben.

Warum also nicht auspacken: »Ich habe Jacques Baudin mehrmals getroffen, ja. Vielleicht elfmal, wie Sie sagen, keine Ahnung. Er hat mir gezeigt, was er auf der Autobahn gefunden hat, ich habe etwas gesucht, was ... Lucie gehört hat.«

»Sprechen Sie weiter«, sagt Julie.

»Ich habe ihn manchmal gefragt, ob ihm irgendetwas Ungewöhnliches aufgefallen ist, irgendeine Besonderheit, egal was, ein wiederkehrendes Gesicht ...«

»Waren Sie es, der die Polizei gerufen hat?«

»Ich habe ihn erhängt in seiner Hütte gefunden ... Dem Kerl waren seine Gegenstände, seine Arbeit viel zu wichtig, um sich aufzuhängen ...«

»Soll heissen?«, fragt Thierry Gaspard.

Dieses *soll heissen* hätte nicht sein müssen, denkt Julie. Aber Thierry ist ein Mann und kann keinen klaren Kopf behalten, wenn er einen anderen Mann als potentielle Gefahr ansieht.

Pierre Castan bedenkt ihn mit einem harten Blick: »Catherine Mangin, Lucie Castan, Marie Mercier: drei

Kinder verschwinden auf der Autobahn. Drei verschiedene Orte, eine Konstante. Der Kerl arbeitet auf der Autobahn …«

»Das ist eine Theorie, der wir nachgehen«, sagt Gaspard.

»Ach ja? Seit wann?«

»Schön ruhig bleiben«, schaltet sich Julie ein. »Wieso sind Sie noch mal bei Jacques Baudin gewesen?«

»Ich habe den Artikel über das Handy gelesen, das man in dem Beiwagen gefunden hat. Mir ist eingefallen, dass Baudin gesehen hatte, wie ein Kerl um die Maschine geschlichen war. Als der Baudin gesehen hat, hat er die Flucht ergriffen und ist zurück zu seinem Van. Ich bin zu ihm gegangen, um mit ihm zu sprechen. Da habe ich ihn tot vorgefunden. Der Kerl muss den Artikel über den Beiwagen auch gelesen haben, verstehen Sie? Er war vor mir da.«

Gaspard will etwas sagen, aber Julie legt den Zeigefinger auf ihren Mund.

Jetzt heisst es schweigen, Gaspard.

Hör zu.

3

Unterwegs verstaut das Kind einen Teil der fünfzig Euro, das Autoradio und eins der Handys in einer Plastiktüte, die es in einem Loch am Fusse eines Baums versteckt; der Junge stopft das Loch mit Erde zu und bedeckt es mit

Blättern. Seit dem ersten Mal hat er sich immer einen Anteil von seinem Diebesgut gesichert. Instinktiv. Am Anfang stand der Liberalismus.

Danach rennt er, ohne anzuhalten.

4

Pascal kommt nicht mehr ins Restaurant hinein. Die dicken Arme des bärtigen Kerls halten jeden davon ab, den Streik zu brechen.

Pascal sieht einen nach dem anderen an, bevor er den Stämmigsten der drei fixiert: »Ich will meine Sachen aus dem Spind holen.«

»Keiner geht raus, keiner kommt rein. Und es haut auch keiner ab. Wir sind solidarisch, verdammt!«

Pascal denkt: meine Schlüssel, mein Portemonnaie, meine Jacke.

Pascal spürt, wie die Panik in ihm aufsteigt. Unkontrollierbare Angst. Eingeschlossen, zusätzlich zur Taubheit. Nicht nur keine Geräusche, sondern auch kein Licht.

Dann geht alles ganz schnell. Mit der flachen Hand und einer einzigen, flüssigen Bewegung bricht er dem Stämmigen die Nase. Wucht eines ganzen Körpers. Dessen Gefolgsleute machen den Fehler und wollen eingreifen, und so zertrümmert Pascal dem Zweiten die Kniescheibe und zerquetscht dem Dritten die Hoden. Pascal dringt in das leere Gebäude vor. Er läuft ins Untergeschoss, zu seinem Spind: seine Schlüssel, sein Portemonnaie, seine Jacke. Der Rest, das Deo, die Zeitschriften, die Zahnbürste, seine letzte Lohnabrechnung, ist ihm egal. Dank des Notausgangs muss er nicht noch einmal an den drei Arschlöchern vorbei.

Sein VW ist die Rettung.

Sich aus dem Staub machen.

Das Gesicht des Mannes bei den Telefonen – er kann sich jetzt erinnern.

Der Vater von Lucie.

Lucie, die er niemals vergessen wird.

Obwohl sie nie hatte bei ihm sein wollen.

Wie die anderen.

Vor Angst gestorben.

Ihr kleiner Körper im Äther aufgelöst.

Meteor im Kosmos.

5

Tía Sonora hört, wie es an der Tür ihres Wohnwagens klopft. Es fällt ihr schwer, ihre hundert Kilo zu bewegen, also sagt sie »herein«, obwohl sie niemanden erwartet.

Sie kennt Diego aus dem Lager beim Zubringer. Er bleibt an der Tür stehen. Tía Sonora beeindruckt ihn, ein gestrandeter Wal auf einer Bank, und um sie herum Figuren, Gläser mit allen möglichen kleinen Tieren und Reptilien, im Alkohol ertränkt. Fotos von Heiligen, ein Altar für die Schwarze Madonna, daneben zwei brennende Kerzen. Diego hat die Legenden gehört, die man sich über Tía

Sonora erzählt, sie kann machen, dass dir dein Schniedel abfällt, wenn sie will.

»Mach verdammt noch mal die Tür zu! Wegen dir kommt noch die ganze Hitze rein!«

Ihre kehlige Stimme legt sich über das Geräusch des rotierenden Ventilators, der die Fliegenpapiere aufwirbelt, die im Dutzend von der Decke hängen.

Tía Sonora zündet sich eine Zigarette an und tupft sich die Stirn mit einem schweissverschrumpelten Taschentuch ab. Mit wabbelndem Doppelkinn fordert sie Diego auf, endlich zu reden, gütiger Himmel. Diese Frau hat die Herzen und die Schwänze Tausender Männer in Wallung gebracht. Und wie so oft steht die Legende, von der Diego hat munkeln hören, im eklatanten Gegensatz zur Realität. In ihrer Blütezeit hat Tía Sonora dir in Erinnerung gerufen, dass du einen Schniedel hast, solltest du Gefahr laufen, das zu vergessen. In dem Bereich hat sie Wunder vollbracht.

Der alte Wal wird unruhig, kommt auf der knarrenden Bank in Bewegung, entweder du machst den Mund auf, oder du verziehst dich.

Das Kind atmet tief ein, starrt auf den Schnurrbart über Tía Sonoras Oberlippe und legt los.

Als er fertig ist, bekreuzigt sich die beleibte Mexikanerin flüchtig und stürzt den Rest ihres Tequilas hinunter.

Das Kind geht. Sie sagt sich, dass sie ihren übergewichtigen Hintern hochkriegen muss.

Und ihn suchen.

Ihn.

Ein Versprechen.

Die Autobahn ist ein Imperium.

Mit seinen Bewohnern.

Seinen verirrten Seelen.

Fluss und Rückfluss.

Die Menschen haben ihre Gewohnheiten, zeichnen Ellipsen.

Der Hitze des Körpers folgen, den Infrarotwellen.

Und ihn finden, schnell.

Verdammt.

6

»Capitaine Martinez? Haben Sie eine Minute?«

Julie dreht den Kopf, erblickt Spiris: ernst und schmal zwischen den geöffneten Türen des Einsatzwagens. Geöffnet wegen der drückenden Hitze. Die Sonne knallt aufs Blech und heizt das Innere des Wagens auf. Spiris sieht, wie seinen Kollegen und dem Verdächtigen in Handschellen die Hemden am Körper kleben, er kann den weissen BH seiner Vorgesetzten erahnen. Nicht gerade sexy, ein Sport-BH. Julie Martinez nutzt die Gelegenheit, um aus dem Wagen herauszukommen, und lässt sich Bericht erstatten. Ein Schleier liegt über der Sonne. Ein warmer Wind ist aufgekommen. Julie wischt sich mit der Hand über die Stirn, führt Spiris ein Stück weg, damit Pierre Castan sie nicht hört: »Was gibt es?«

»Neuigkeiten aus der Zentrale. Commandant Loubès bittet Sie dringend um Rückruf.«

»Danke, Spiris, und bringen Sie uns bitte ein paar Wasserflaschen.«

Julie hebt den Blick und beobachtet, wie sich eine Staubwehe über ihr dreht und auf mehrere Meter über den Boden steigt. Die Temperatur scheint um noch ein paar Grad gestiegen zu sein. Man möchte die eigene Haut ausziehen, so heiss ist es. Das Telefon rutscht ihr fast aus der Hand. Feuchte Finger, erhöhter Puls, puterrotes Gesicht, aber das ist nicht nur die Hitze, das sind die Emotionen.

Stell dich bloss nicht so an, Julie, meine Güte. Cool bleiben.

Sie sucht in ihren Kontakten, wird fündig, drückt den grünen Knopf.

Loubès hebt sofort ab: »Verdammt noch mal, Martinez, das wird auch Zeit! Wo stecken Sie bloss?!«

»Im Verhör.«

»Resultat?«

»Negativ.«

»Vergessen Sie den Mann, und sperren Sie die Ohren auf. Der Abgleich hat Folgendes ergeben: 23. September 2014, Raststätte Aire des Mimosas. 5. Januar 2015, Raststätte Aire des Acacias. 15. August, Raststätte …«

»Sein Name.«

»Haben Sie gehört, Martinez?«

»Sein Name, habe ich gesagt.«

»Pascal Folier.«

Julie legt auf.

Game over.

Julie ist gelähmt.

Nicht mehr weit.

Nicht mehr lange.

Alexandre Spiris holt sie aus ihrer Erstarrung, hält ihr eine Flasche hin. Sie öffnet den Deckel, führt sie an ihre Lippen. Aber alles Wasser der Erde würde nicht reichen, um ihren Mund zu befeuchten.

Sie verlangt nach Thierry Gaspard.

Um den Schwanz des Lieutenant geht es nicht mehr, nicht mehr um Liebe, nicht mehr um Sex.

Nur noch um die Jagd.

7

Pierre Castan hat sich auf seinem Stuhl aufgerichtet. Die Antennen ausgefahren, der Instinkt hellwach. Klackern der Handschellen an den Streben des Klappstuhls.

Er hört: »Thierry, ich will, dass sämtliche Männer hier mitkommen. Alarmstufe Rot, wir brauchen so viele Streifen wie möglich an der Aire des Campanules. Absolute Priorität, höchste Alarmstufe. Wir haben unseren Hauptverdächtigen. Ein Angestellter, der bei allen drei Entführungen vor Ort war. Spiris, ich will, dass Sie mit Ihren Kollegen und Pierre Castan dicht hinter uns bleiben, kapiert?«

»Capitaine, ich glaube nicht, dass ...«

»Er kommt mit uns. Er ist kein Verdächtiger mehr, Gaspard, sondern ein möglicher Zeuge. Wenn der Mann an dem Tag da war, als seine Tochter verschwunden ist, erkennt er ihn vielleicht wieder.«

Ein Geräusch lässt sie alle in dieselbe Richtung herumfahren.

Da steht Pierre Castan, er reisst an seinen Handschellen, schleift den Stuhl in seinem Rücken hinter sich her.

8

Auf dem Tacho: 185 km/h.

Julie Martinez am Steuer.

Blaulicht.

Ray-Ban auf der Nase.

Was für eine Scheisse.

Thierry Gaspard spannt die Beine an, krallt sich am Griff über der Wagentür fest.

Akte:

Pascal Folier, einunddreissig, Heimkind, drei Aufenthalte in einer Besserungsanstalt, kleinere Delikte vor einer Verurteilung zu drei Jahren wegen einer Gruppenvergewaltigung, 1999, damals war er noch minderjährig, 2005 dann Autounfall, Folgeschäden: Taubheit. Seit drei Jahren angestellt als Koch in den von Gérard Lucino betriebenen La Cloche-Filialen.

Eventuell:

Ein gefährlicher Mann.

Ein Verrückter.

Thierry Gaspard krampft sich in seinen Sitz und schliesst die Augen.

Thierry Gaspard weiss.

Thierry Gaspard hat die Gefahr gespürt.

»Ich hab ihn gesehen«, sagt Gaspard.

»Wen?«

»Den Verdächtigen. Im Umkleideraum der Raststätte.«

Julie sagt nichts. Aber Thierry sieht, wie sie die Kiefer aufeinanderpresst.

»Ich konnte es nicht wissen«, sagt Gaspard.

»Das ist ja das Problem«, sagt Julie. »Man weiss nie irgendwas.«

9

Alles ist virtuell.

Wenn man so darüber nachdenkt.

Das ganze Leben.

Wenn man richtig überlegt.

Gründlich.

Sich Zeit nimmt.

Und Ingrid überlegt.

Zwischen zwei Augenaufschlägen.

Das Leben.

Das Geld.

Freundschaft.

Liebe.

Der soziale Zusammenhalt.

Alles ist virtuell.

Bis auf den Schwanz, der von hinten rein- und rausgeht.

Stumme Bilder ziehen über den Bildschirm: Streik der Raststättenangestellten. A65 gesperrt. Sie sind nicht mehr als hundert und stellen schon alles auf den Kopf.

Der Junge hinter ihr gibt alles, fickt sie wie ein Luder. Ein altes Luder, so denkt sie über sich.

Sie will die Erniedrigung, will in den Arsch gefickt werden wie ein Hündin, keine Liebe, bloss keine Liebe. Auch keine Freundschaft. Kein Geld, kein Leben, keinen sozialen Zusammenhalt.

Einen Strick zum Erhängen, mehr nicht.

Der Rest ist zu nichts mehr gut. Kein Uterus, keine Gebärmutter.

Wegen des ständigen Dusels braucht sie eine Weile, bis sie versteht.

Bis sie sieht.

Autobahn A65.

Pierre.

In ihrem zusammengeschrumpften Gehirn geht ein Licht an.

Bingo.

Sie spannt die Gesässmuskeln an, klemmt den Schwanz mit dieser ganz bestimmten Drehbewegung des Hinterns ein, der Junge spritzt ab, besprengt ihren Darm.

Ingrid wartet den letzten Tropfen ab und befreit sich.

»Verpiss dich!«, sagt sie.

Der junge Mann sieht sie an.

»Verdammte Schlampe.«

Und knallt ihr eine.

Er zieht seine Jeans hoch, schnappt sich seinen Pizza-rucksack und verschwindet.

Das kann er seinen Kumpels erzählen.

Dass auch er das alte Luder gebumst hat.

Die Tür fällt zu.

Sie zündet sich eine Zigarette an und stellt lauter: Der Streik ist entflammt, breitet sich aus.

Streik: ein Mittel des Arbeitskampfes durch kollektive Arbeitsniederlegung der Angestellten einer Firma.

Jetzt kommt die Zeit der Thunfisch-Mayo-Sandwiches.

10

Der Stau hat sich sechs Kilometer vor der Raststätte gebil-det und wächst hinter ihnen immer weiter an. Die Fahr-zeuge bremsen, setzen den Warnblinker. Julie steuert über den Standstreifen. Im Rückspiegel folgen ihr die Kollegen. Problem beim Standstreifen: eine Wagentür, die aufgeht, jemand steigt aus. Ein Kind. Das fehlte noch.

Martinez beisst die Zähne zusammen.

Auf die Strasse konzentriert.

Zusammentreffen.

Thierry hat ihn gesehen. Mit ihm gesprochen.

Er hat es Julie gesagt, mit leeren Augen, abwesendem Blick.

Überschlag der Zeit.

Vom Big Bang zum Big Crunch.

Geburt und Tod.

Wir sind alle Individuen.

Jedes Individuum ist Spiegel der Welt aus seiner eigenen Perspektive.

Die eigene Entfernung im Verhältnis zur Krümmung der Autobahn. Der eigene Blickwinkel.

Die Welt existiert nicht ausserhalb der Individuen, die sie umspannt.

Alles bleibt in Klammern.

Im Hintergrund, in der Luftspiegelung der flirrenden Hitze, flackernd: die Raststätte.

Der Tumult kommt gar nicht so sehr von den etwa dreissig Streikenden und ihren Bannern oder den drei Kanistern auf der rechten Spur, die den Verkehr verlangsamen.

Das Chaos kommt vom Verkehr selbst.

Entropie.

Mass des Grads an Unordnung eines Systems.

Solange es rollt, geht es.

Wenn es nicht mehr rollt, wird es exponentiell.

Die kleinste Verlangsamung, und alles stockt.

Anders gesagt: Jedes geschlossene System trägt seine Unordnung in sich.

Die wächst mit der Zeit.

Unerbittlich.

Eine Zustandsänderung fördert Unordnung zutage.

Zweiter Hauptsatz der Thermodynamik.

Anders gesagt: Das Chaos entsteht aus dem Chaos, das bis dahin in einer scheinbaren Ordnung verborgen war.

Das Chaos ist die Regel.

Die Ordnung ist die Ausnahme.

Ordnungshüter, nicht wahr, Julie?

Die Streikenden beobachten die Polizisten, glauben, sie kommen ihretwegen.

Wen kümmert dein kleines Leben, Kumpel.

Wen eure Scheissarbeit.

Jedem die eigene Scheisse, die eigene Arbeit.

Alles ist ungewiss.

Konvektion: Wärmetransport durch die Gesamtheit der Moleküle.

Wieder Entropie.

Von Geburt an tragen die Zellen ihren eigenen Verfall in sich.

Man muss bescheiden bleiben.

Glaub ja nicht, dass du ihn schon hast, Julie.

11

Schwarze Brille.

Schwarzes Kleid.

Schwarze Kompressionsstrumpfhose.

Schwarze Schuhe.

Ewige Witwe.

Alt, übergewichtig und arm.

Aus dem Süden.

Das ist sie.

Und trotzdem strahlt Tía Sonora auf der Rückbank des abgewrackten Mercedes-Kombi eine unverkennbare Würde aus.

Anders gesagt: Klasse.

Und die ist wiederum nicht jedem gegeben.

Am Steuer sitzt – Gelegenheit macht Chauffeure – Diegos Vater: Diego senior.

Ist man nun ein stolzer Vater oder nicht?

Schnauzbart, kurzärmeliges weisses Hemd. Fährt barfuss, presst unter der Brille mit den getönten Gläsern kein Wort zwischen den Zähnen hervor.

Klasse, ja, aber in einem beschissenen Stau steckenzubleiben kratzt ganz schön am Ruf. Deswegen sagt Tía Sonora, als die Polizei auf dem Standstreifen vorbeifährt: »Fahr hinterher!«

Diego tritt aufs Gaspedal, klemmt sich hinter die Fahrzeugkolonne.

Hinter die Bullen, hinter Pierre.

Schmeissfliege.

Lucilia caesar.

12

Etwa dreissig Kilometer ist Pascal gefahren, bis er im Stau steht. Irgendein kleiner Mistkerl hat ihm auf dem Parkplatz den Wagen aufgebrochen und sein Autoradio geklaut. Deaktivierte Alarmanlage, seitdem sie einmal losgegangen ist, ohne dass er es bemerkt hat, und so den ganzen Campingplatz geweckt hat. Das Autoradio ist ihm scheissegal, er hat eh keine Verwendung dafür. Aber ihn stört das Loch im Armaturenbrett, dass da nicht mehr diese kleinen Lichter sind und das Schloss beschädigt ist. Pascal will, dass sein Bus makellos ist.

Und jetzt noch diese Scherereien mit dem Streik, der sich auch auf die anderen Restaurants ausweitet. Dabei ist die Ausfahrt nicht mehr weit. Pascal gibt sich einen Ruck und zieht auf den Standstreifen. In zehn Minuten ist er draussen.

13

Henri Clams ist erleichtert, dass die Bullen nicht ihretwegen gekommen sind. Julie geht über seine Tirade hinweg, seine Forderungen sind ihr herzlich egal. In seinem Bart hängen noch ein paar Croissantkrümel. Clams ist ihr von Anfang an zuwider.

»Pascal Folier, arbeitet der hier?«, fragt sie.

»Pascal? Der Taubstumme? Der Scheisskerl hat gerade drei Kollegen vermöbelt ... Ein Streikbrecher, ein verdammtes Arschloch, wenn Sie es genau wissen wollen ...«

Julie lässt sich nichts anmerken, aber diese Neuigkeit verheisst nichts Gutes.

»Wo ist er?«

»Wo der ist? Das Arschloch hat sich aus dem Staub gemacht ...«

»Wann war das?«

»Keine Ahnung, vor zwanzig, dreissig Minuten.«

»Eher zwanzig oder eher dreissig?«

»Ich denk mal dreissig.«

»Wissen Sie, was er für ein Auto fährt?«

Der Bärtige wird unruhig. Irgendetwas ist faul.

»Sie kommen doch wegen der Schlägerei, oder nicht?«

»Verdammt noch mal, ich habe Ihnen eine Frage gestellt!«

»He, he, Miss Oberbulle, das geht auch in einem anderen Ton, oder?«

Julie legt ihre Hand um den Hals des Bärtigen und drückt zu. Gaspard schaut weg. Eine ruckartige Bewegung, in Kraft umgewandelter Stress. Julies Daumen klemmt die Arterie ein.

»Dein Name, Arschgesicht!«

»Cl... Clams. Henri Clams.«

»Hör mir gut zu, Henri Clams, dein beschissener kleiner Streik geht mir am Allerwertesten vorbei. Zwei Dinge: In welchem Ton ich mit dir rede, entscheide ich, und jetzt beschreibst du mir Pascal Foliers Auto. Hast du verstanden? Nick mit dem Kopf, wenn du verstanden hast.«

Henri Clams ist kurz vorm Ersticken. In ein paar Tagen, wenn er sich gesammelt haben wird, nach dem Streik und dem ganzen Rest, wird er gegen Julie Martinez Beschwerde erheben. Er kann nicht anders, Henri Clams ist ein echter kleiner Wichser mit fünfzehn Kilo zu viel auf den Rippen.

Julie lockert ihren Griff.

»Ich ... Ein Van ... Er hat einen Van ...«

»Farbe? Marke?«

»Grau. Metallicgrau. Ein VW, California, glaube ich.«

Julie lässt ihn stehen, dreht sich um: »Übrigens, wenn Sie dann Beschwerde erheben: Martinez ist mein Name.«

14

Der Benz fährt auf den Parkplatz der Raststätte, und Tía Sonora wird klar, dass sie sich geirrt hat. Genau wie die Streikenden hat sie gedacht, dass die Bullen wegen der Demo hier sind. Durch das Fenster in der Wagentür sieht sie in den Himmel und denkt, dass sie ab jetzt – in diesem wachsenden Chaos – nur noch eine Sache vorhersagen kann: dass ein Gewitter losbrechen wird.

Dieser Himmel – erst blau, dann weiss, dann grau.

Jetzt schwarz und bedrohlich.

Vielleicht solltest du alte Frau nach Mexiko zurückkehren. In Ruhe bei deiner Familie auf den Tod warten, kleiner Herzkasper zwischen zwei Maisfladen und einer Flasche Meskal.

Friedlich, ausgestreckt auf der Seite, wenn sich plötzlich ein tödliches Stechen durch ihre Brust bohrt und die Wirklichkeit dahinschwindet.

Pathos.

Aber wie sich sonst den eigenen Tod vorstellen?

Die vorgestellte Zeit,

die Zeit des Pathos,

ist die des gesenkten Blicks.

Tía Sonora hat immer den Blick mehr auf die Erde gerichtet als in den Himmel. Denn auf der Erde lebt sie. Der Himmel ist zum Träumen gut oder wenn sie es mal in der Natur getrieben hat, mit gespreizten Beinen unter einem Mann lag.

Beim Ficken in den Himmel blicken, wenigstens das.

Tía Sonora lächelt, sie öffnet die Wagentür. »Fünf Minuten, Diego.«

Sie rückt die schwarze Baumwollstola auf ihren Schultern zurück, trotz des Hitzestaus. Der Schweiss rinnt ihr über den Rücken, lässt sie erschauern.

In der ganzen Zeit, seitdem sie mit dem Tod in Berührung gekommen ist, hätte sie nie gedacht, ihn einmal zu verkörpern.

15

Sie sind so freundlich gewesen, ihm die Handschellen vorn und nicht auf dem Rücken anzulegen.

Ihm zu trinken zu geben.

Er wurde mitgeschleppt, auf dem Rücksitz durchgeschüttelt, die Übelkeit liegt ihm schwer auf der Zunge.

Jetzt ist er in diesem Auto eingeschlossen, wartet auf dem Parkplatz.

Erledigt.

Und er betet.

Pierre betet.

Er bittet nicht Gott um etwas, nein. Gott ist tot. Er bittet den Zufall, das Unbekannte, das Mysterium, was auch immer.

Er ist in diesem Auto.

Spiris steht draussen und raucht.

Er ist gefangen.

Der Kollege raucht auch.

Er ist den Ereignissen ausgeliefert, den Menschen, die etwas wissen, aber ihm nichts sagen wollen. Diese Frau, diese Martinez, die weiss, warum er hier ist. Es gibt einen Sinn, und der ist ihm verwehrt.

Das Auto ist abgeschlossen.

Also bittet er den Zufall, das Unbekannte, das Mysterium, was auch immer, ihn zurück in den Mittelpunkt der Welt zu katapultieren. Denn er kann den Mann riechen, kann den riechen, den er sucht. Und das ist kein Geruch, sondern eine Ahnung. Dieser Ort, Dutzende Male war er hier. Die Spur. Aber etwas ist ihm entgangen. Etwas, was die anderen jetzt haben. Was die Martinez besitzt und was ihm verwehrt ist, obwohl er so hart dafür gekämpft hat.

Deswegen betet und bittet er jetzt.

Niemand schenkt ihm Beachtung. Alle achten auf Julie und Gaspard, den Streik, den Riesenstau, die jüngsten Ereignisse.

16

Dieser Moment der Ungewissheit kurz vor dem Handeln.

Dieser Moment, den Julie hasst.

Kontaktieren, abwägen, anweisen.

Prozedere.

Sie hatte gehofft, dem erst mal zu entgehen. In der Raststätte aufzuschlagen und den Typen direkt zu schnappen.

Ab hier kann sie nicht allein weitermachen. Hierarchie verpflichtet. Pyramide, Stufen. Höhere Sphären, Präfektur und Co. Zwei Helikopter sind unterwegs, das ganze Programm, und vielleicht ist der Kerl ihnen längst entwischt.

Das System ist schwerfällig.

Nicht sehr reaktionsschnell, schon gar nicht in diesem Fall.

Nur der Mensch hat jetzt noch eine Chance.

Und in gewisser Weise ist das auch gut so, denkt Julie.

Das Warten.

Julie sieht Thierry an, Thierry sieht Julie an.

Sie verstehen sich.

Sie hofft, es später nicht zu bereuen, und gleichzeitig: pfeift sie drauf.

Die Maschine ist angeschmissen.

Alleingang?, fragt sie.

Gaspard lächelt und nickt.

Sie setzen sich in Bewegung.

Julie hält den Apparat dicht an den Mund.

Macht ihre Durchsage.

Bevor sie ihr Walkie-Talkie in den »Fuck off«-Modus schaltet.

17

Niemand bis auf eine alte, übergewichtige Frau in Schwarz, die schwankenden Schrittes auf ihn zukommt.

Der Tod ist keine Blondine in schwarzen Dessous.

Pierre sieht sie, richtet sich auf.

Vielleicht doch noch das Schicksal?

Tía Sonora kommt langsam näher, sie ist hundert Jahre alt, zweihundert, drei Millionen Jahre. Sie ist wie jedes Mal, wenn sich eine Tragödie anbahnt. Wie eine Schildkröte. Wie die ersten Tropfen, die in diesem Moment auf die trockene, harte Erde fallen, wie der Wind, der den Staub verweht, die Menschen husten lässt und schmutziges Papier aufwirbelt.

Sie erkennen sich und sind verbunden. Sie schenkt ihm das Letzte, worauf er noch hoffen kann, sie schenkt ihm ein Ventil für seine Wut.

Was gibt er ihr im Gegenzug?

Die Möglichkeit, ihm zu schenken, was er am meisten begehrt.

Sie schenkt ihm Rache.

Auf die ein Mensch hofft, wenn er alles verloren hat.

Auf die Ingrid vor ihrem Fernseher wartet.

Sie wird sich berühren und alle Schwänze dieser Erde in sich aufnehmen, solange er es nicht getan hat.

In ihren Hintern, weil man mit dem nicht gebiert.

Ingrid richtet sich in ihrem Sessel auf.

Pierre richtet sich auf seinem Sitz auf.

Das Fenster, nur einen Spaltbreit geöffnet, um Luft hereinzulassen.

Um die Nachricht hereinzulassen.

»Der, den du suchst, ist taub.«

Pierre sieht Tía Sonora an. Er sieht die aufgereihten Köpfe auf der Mauer, die sie vor so langer Zeit gesehen hat.

Und dann sieht er Pascal.

Hört ihn mit Lucie sprechen, wie er ihr Pommes an-
bietet.

Gesenkter Kopf.

Leerer Blick.

Ingrids Mahnung, sich zu bedanken.

Zu bedanken.

Mein Gott.

Die Rhizome, die Verbindungen sind am Arbeiten:

Das öffentliche Telefon.

Das war er gewesen.

Der Taubstumme.

Tía Sonora geht, bevor Spiris sie abfangen kann.

Im Wagen kommt ein Rauschen über Funk, dann die
Bestätigung:

»Hier Martinez. Gaspard und ich nehmen die Verfol-
gung des Verdächtigen auf, ein gewisser Pascal Folier. Er
fährt einen Kleinbus VW California, metallicgrau, mit
dem Kennzeichen BE-439-ZF. Ende.«

18

Das Problem ist, dass es ein paar andere Idioten auch auf
dem Standstreifen versucht haben, und jetzt haben wir
den Schlamassel.

Wie Kleister, denkt Pascal.

Er stellt den Motor ab.

Der Regen benetzt die Windschutzscheibe, lässt die
Fahrzeugschlange vor ihm verschwimmen.

Pascal fühlt sich fast wie in einem Kokon.

Die Tropfen prasseln auf die Kühlerhaube und aufs Wagendach.

Er schliesst für einen Moment die Augen, würde so gern kurz schlafen. Er ist plötzlich furchtbar müde. Er fühlt, wie ihn ein ganzes Leben Müdigkeit überkommt. Er würde so gern hören, ja, aus dem Loch herauskommen, in dem er seit dem Unfall verschüttet ist. Sich befreien.

Wo und wann hat das angefangen?

Raum und Zeit.

Wer trägt die Verantwortung?

Pascal knetet seinen Nacken. Es will ihm nicht gelingen nachzudenken. Die Aussicht auf einen längeren Zwangsstopp beschert ihm Nesselsucht. Verdammter Ausschlag. Pascal kratzt sich an den Ellenbogen, in den Armbeugen.

Zu Fuss weiter und den Van zurücklassen?

Im Wagen bleiben und warten?

Ein Blitz, gefolgt von einem Donnern, durchzuckt seine Brust.

19

»Wer ist die Dicke?«, fragt Spiris durchs Fenster.

»Ich muss pissen«, antwortet Pierre.

Spiris richtet sich auf, hält nach Capitaine Martinez Ausschau, kann sie nicht finden.

»Er muss pissen«, sagt Spiris zu seinem Kollegen.

»Und?«

»Und du wirst ihn begleiten.«

»Ach ja? Und wieso das?«

»Weil ich einen Rang über dir bin, ganz einfach. Jetzt mach schon, ich weiss nicht, wo die Martinez ist und ob sie gleich hier auftaucht. Ich muss ihre Anweisungen abwarten.«

»Ach ja? Ich bin immer noch nicht überzeugt, dass unbedingt ich gehen muss.«

»Verdammt noch mal, Dunand! Scheisse, du musst ihn ihm ja nicht halten!«

»Du gibst einen aus.«

»Ich gebe einen aus. Mach schon, es fängt an zu regnen.«

20

Der Vater ist ein Raubtier.

Vater?

Bleibt nur das Raubtier.

Dunand sieht nichts kommen. Er ist sechsundzwanzig. Von Hause aus eher eine Frohnatur, mit leichtem Hang zur Faulheit. Er hat sich trotzdem seine Sporen verdient. Ein leichtes Übergewicht und seine Informatikkenntnisse prädestinieren ihn für einen Posten in der Verwaltung.

Der Schlag kommt für ihn überraschend, er sackt zusammen, versucht noch, sich am Waschbecken festzuhalten. Dann kommt der zweite Schlag, mit ungezügelter

Wucht. Er spürt eine Rippe in seiner Brust brechen, der spitze Schmerz lässt ihn aufschreien, er fällt.

Aber keiner wird kommen.

Zumindest nicht sofort.

Das Restaurant, der Flur, die Toiletten sind menschenleer.

Streikposten.

Pierre legt seine Handschellen um Dunands Hals und drückt zu. Das Metall schnürt sich ins Fleisch, presst Speise- und Luftröhre zusammen. Pierre drückt noch fester, er wartet die Ohnmacht ab, lässt den Körper zu Boden fallen, der Kopf prallt auf die Fliesen. Er sucht die Schlüssel für die Handschellen, kann sie nicht finden. Nimmt die Pistole des Polizisten, schiebt das Magazin in den Schacht und steckt sie in seinen Gürtel, unter sein Hemd.

Er verlässt das Restaurant unter den erstaunten Blicken von ein paar Streikenden, die zur Bewachung des Gebäudes abgestellt wurden und ihn nicht wieder mit dem Polizisten herauskommen sehen.

»In welche Richtung ist Pascal Folier gefahren?«, fragt Pierre.

Ein Mann zuckt mit den Schultern und deutet mit dem Kinn: da lang.

Unter dem Vordach, unter das sich die Streikenden vor dem aufziehenden Gewitter geflüchtet haben, drehen sie den Kopf und starren die Treppe hinunter zur Autobahn. Die Bullen haben ihre Sorgen, und sie haben andere. Der unbewegliche Fahrzeugstrom ist zum Horizont geworden. Gehupe, Gezeter. Lebhafte Diskussionen.

Still fährt der Mercedes vor, Pierre geht die Stufen hinunter und steigt ein.

Erneutes Donnern.

Endlich Wasser.

Viel Wasser.

Die Erde muss reingewaschen werden.

21

Julie Martinez und Thierry Gaspard mussten den Wagen zurücklassen. Kein Durchkommen, trotz Sirene. Unter den Wassermassen herrscht allgemeines Rette-sich-wer-kann: in die Lastwagen, Wohnwagen, Autos, Wohnmobile, Kleintransporter ... Nur die Motorradfahrer sind gelackmeiert, harren stoisch unter ihren Regenmänteln aus. Julie und Gaspard gehen zu Fuss weiter, hasten durch die Wasserlachen, im Slalom zwischen den Fahrzeugen hindurch. Fast unmöglich, den Kopf zu heben, ohne dass Regen und Wind einem ins Gesicht peitschen. Trotzdem halten sie inmitten all der Autos weiter nach einem grauen Van Ausschau, den sie schliesslich hinter einem Sattelschlepper mit quiekenden Schweinen entdecken. Je näher sie kommen, desto penetranter wird der Gestank der verängstigten Tiere, fast unerträglich.

Scheisse, Pisse. Angst. Panik.

Julie, mit dem Mund voller Wasser, will Gaspard sagen, er solle auf sie warten.

Er ist etwa zwanzig Meter vor ihr, als sich die Seitentür des

Lieferwagens öffnet und sich die Klinge eines Messers in Thierrys Unterleib gräbt.

Rasch mischt sich sein Blut mit dem Wasser und fliesst unter das Fahrgestell.

»Thierry, nein!«

Thierry Gaspard dreht sich um.

Julies dunkle Vorahnung verflüchtigt sich. Unter dem nassen Hemd, das dem Lieutenant am Körper klebt, sieht sie dieses breite Kreuz, über das sie vorhin noch mit der Zunge gefahren ist, den Schweiss, den sie geschmeckt hat. Thierry, das Gesicht verzerrt, versteht Julies Erleichterung nicht; sie holt zu ihm auf und sagt: »Nimm deine Waffe. Wir machen das zusammen.«

22

Er sieht sie in den Seitenspiegeln. Das ist nicht schwer, sie sind mitten in diesem Unwetter die einzigen menschlichen Wesen, einer auf jeder Seite des Vans.

Pascal denkt, das war's, früher oder später musste es ja so kommen.

Festnahme. Einleitung eines Ermittlungsverfahrens. Gewahrsam. Psychiatrisches Gutachten. Verurteilung.

Seine Reaktion ist der Panik geschuldet.

Er atmet.

Schottet sich ab.

Sammelt sich.

Beherrscht sich.

Rührt sich nicht.

Es wird hart, natürlich.

Aber was haben sie gegen dich in der Hand?

Deine Anwesenheit im Umkreis der Entführungsorte?

Deine Vergangenheit als junger Flegel, deine Beteiligung an einer Gruppenvergewaltigung?

Du bist seitdem ein Vorzeigeangestellter.

Das Loch in deinem Kopf ist vernarbt.

Keine Spur. Sie können den ganzen Wagen auseinandernehmen.

Es ist alles beseitigt.

Keine Leiche, kein Verbrechen.

Wunder der Chemie.

Sie können nichts beweisen.

Rein gar nichts.

Am schwierigsten zu ertragen werden die Mauern sein.

An die Stille hast du dich gewöhnt.

Du bist in deiner Festung.

Deine Mauern müssen nur dicker sein als ihre.

Und wenn du rauskommst, denn irgendwann müssen sie dich rauslassen, dann suchst du dir eine aus.

Du weisst, wie man sich eine hübsche aussucht.

Und du wirst ihr so viel geben.

Damit sie für immer bei dir bleibt.

Die Türen des Vans öffnen sich gleichzeitig: auf jeder Seite ein Pistolenlauf. In solchen Situationen hilft es ungemein, nichts zu hören. Du fängst jetzt an, Pascal. Halt sie auf Abstand, und alles wird gut. Es wird einen schwierigen Moment geben, wenn du auf den amtlichen

Verteidiger wartest, aber bald hast du dein Leben wieder.

Es gibt so viele Autobahnen.

23

Sie gehen im Regen.

Sie sind zu dritt.

Pascal in der Mitte, Handschellen auf dem Rücken.

Martinez und Gaspard halten ihn jeweils an einem
Arm.

Hinter den beschlagenen Scheiben der Autos beobachtet man sie.

Keiner möchte mit ihnen tauschen.

Weder von der Polizei aufgegriffen werden.

Noch die Polizei sein.

Der Kriminelle im Regen.

Die Polizei im Regen.

Julie, Thierry, Pascal.

Die drei gehen auf der Autobahn entgegen der Fahrt-
richtung.

Am Rande.

Des Abgrunds.

Der kaum eine Senke ist, ein Wulst in der Landschaft,
die sich flach vor ihnen erstreckt, bis sie in die tiefen
schwarzen Wolken am Horizont übergeht.

Die Erde dampft unter den Blitzen und den Wassermassen.

Die Wassermassen spülen nicht mal Rinnen in die Erde, die inzwischen so hart wie Beton ist. Das Wasser strömt in kleinen Mulden zusammen, fliesst jede noch so winzige Neigung hinab, sammelt sich in riesengrossen Lachen.

Gleich sind sie beim Streifenwagen, hinter dem Laster, da vorn.

Der heftige Regen und die Windböen zwingen sie, die Köpfe zu senken.

Sie sehen den Mann nicht, der auf sie zukommt.

Der Wind treibt ihn.

Zusammentreffen: Denn in Wirklichkeit sind sie zu viert, mitten im Rot der Zielscheibe.

Im Auge des Sturms.

Im Moment der Begegnung hebt Pascal den Kopf.

Die Klinge springt aus dem Heft.

Lang, spitz.

Die Pierre versenkt, während Julie und Gaspard weitergehen und sich so unfreiwillig dagegenstemmen.

Pierre zieht die Klinge des Messers vom Bauchnabel bis zur Lunge, zerfetzt alles dazwischen.

Pascal bäumt sich auf.

Der Zigeuner hat Pierre erklärt, wie es geht.

Damit der andere nicht überlebt.

Julie und Gaspard wollen reagieren, aber Pascal bricht zusammen und reisst die beiden Polizisten mit sich.

Pierre bleibt nicht stehen.

Er hatte sich ausgemalt, dass er ihn länger leiden lässt, dass er ihm in die Augen sieht, ins Gesicht spuckt, ihm die Eier in die Fresse stopft.

Stattdessen steigt Pierre über Pascals Körper hinweg.

Geht weiter.

Gleichgültig.

Gegenüber den schreienden Zeugen in den Autos, den Aufforderungen von Martinez, er solle stehen bleiben.

Pierre zieht die Pistole unter seinem Hemd hervor.

Eine Minute sollte reichen.

Über die Leitplanke hinwegsteigen, die Böschung hinab, über den Zaun.

Hinter ihm hat Gaspard seine Waffe entsichert, er zielt auf ihn.

Julie schiebt seinen Arm nach unten.

Ihre Hand zittert. »Lass ihm noch kurz Zeit.«

Der Autor dankt François Bon für die Begegnung seiner Figuren mit vier Charakteren aus dem Roman Autoroute *(Editions du Seuil 1999): dem Paar mit den Eheringen, der jungen Frau im Mautstellenhäuschen und dem Strassenwart. Einzelne Worte dieser Figuren mischen sich in die Dialoge mit Pierre Castan, denn Bücher werden auch von Büchern inspiriert. Der Autor hat sich von François Bon die kursiv gedruckte Passage über die Mammuts unter der Autobahn entliehen, ebenso wie Jacques Baudins Inventar an Fundstücken und den zerrissenen Liebesbrief, der wiederum einen Auszug aus Malcolm Lowrys* Under the Volcano *zitiert.*

Dante Andrea Franzetti
Richtig im Kopf
Kriminalnovelle
148 Seiten, Softcover
ISBN 978 3 85787 451 2

»Alles ist am richtigen Platz: Spannung, Pathos, die Entwicklung des Plots und die Parabel über die Grenzen der Wissenschaft mit einem wahrhaft überraschenden Ende. Kleines Buch, grosses Thema – brillant.«
Günther Grosser, Berliner Zeitung

Jean-François Haas
Dunkler Weg zum Teich
Roman
Aus dem Französischen von Hilde Fieguth
376 Seiten, Hardcover, mit Schutzumschlag
ISBN 978 3 85787 462 8

»Vor der historischen Kulisse einer teils idyllischen, teils grausamen, im Untergang begriffenen ländlichen Welt erzählt Haas auf schlichte und sensible, manchmal humoristische Weise vom Übergang von der Kindheit zur Adoleszenz.«
Maguelone Wullschleger, Neue Zürcher Zeitung

Ahmed Khaled Towfik
Utopia
Roman aus Ägypten
Aus dem Arabischen von Christine Battermann
188 Seiten, Paperback
ISBN 978 3 85787 789 6
LP 189

»Eine gruslige Vision einer Gated Community.«
Süddeutsche Zeitung